사자의 아들
칸의 여행

사자(獅子)의 아들: 칸의 여행 12

허담 新무협 판타지 소설

초판 1쇄 찍은 날 § 2021년 10월 12일
초판 1쇄 펴낸 날 § 2021년 10월 19일

지은이 § 허담
펴낸이 § 서경석

총괄팀장 § 노종아
편집책임 § 김범석
디자인 § 스튜디오 이너스

펴낸곳 § 도서출판 청어람
등록번호 § 제387-1999-000006호
등록일자 § 1999. 5. 31
어람번호 § 제2-2889호

주소 § 경기도 부천시 부일로 483번길 40 서경B/D 3F (우) 14640
전화 § 032-656-4452 팩스 § 032-656-4453
http://www.chungeoram.com
E-mail § chungeorambook@daum.net

ISBN 979-11-04-92389-0 04810
ISBN 979-11-04-92295-4 (세트)

도서출판 청어람

허담 新무협 판타지 소설

[완결]

12

사자의 아들

칸의 여행

FANTASTIC ORIENTAL HEROES

겨울 대륙
(빙하의 땅)
북해
무산열도
대마협
서북빙해
오주의 섬
열화산
곤모산
늑대섬
석림
봄섬
무산해협
사령군도
수호자들의 섬
포주 하밀
오사성
소하강
이룡섬
마정
사자림
궁산
사령반도
흑룡강
백림
일리강
사자의 섬
육주
(천섬, 천록의 땅)
북천성
육주의 바다
(천해)
파나류
(검은 대륙)
신마제이성
설하
설학
송강
회림
금하강
사해
상가
천록의 성
대하강
대법산
라인강
고해
(잊혀진 바다)
왕의 섬
도산
대사막
불산
남화성
백련
롭의 바다
(야수해)
열사의 섬
해신성
남대해

사자의 아들

칸의 여행

목차

제1장

끝의 시작

빛의 정원을 가득 채운 광채는 인공적인 것만은 아니었다. 밖으로 거대한 돌무더기가 산을 이루고 있는 지붕을 통해 들어오는 자연적인 빛도 적지 않았다.

그 빛이 정교하게 만들어진 천장 구조에 의해 증폭되어 빛의 정원이 지하임에도 불구하고 신비로운 빛으로 가득 찬 공간을 만들고 있었다.

그리고 그 빛에는 힘이 있었다.

아니, 적어도 무한에게는 그렇게 느껴졌다. 마치 응축되어 있는 천년밀교의 힘이 그 빛을 통해 석실에 뿌려지고 있는 것 같았다.

그래서 석실에 들어서는 순간부터 무한은 온몸의 세포 하나하나가 다시 살아나는 느낌을 받았다.

비록 여전히 그의 몸에는 한 올의 공력도 없었지만, 그의 근육과 혈맥들이 생기를 찾고 힘을 얻기 시작하는 것 같은 느낌이었다.

'다시 시작할 수 있겠어!'

무한이 그를 감싸듯 뿌려지는 빛의 분수 속에서 생각했다. 얼마나 많은 시간을 머물러야 잃었던 모든 것을 찾을 수 있을지는 알 수 없었다. 하지만 적어도 빛의 정원에 들어온 것만으로도 뭔가를 다시 시작할 수 있을 거란 확신이 드는 무한이었다.

그것이야말로 무한이 독안룡 탑살에게 가는 것이 아니라 오랜 여행을 통해 이 서역의 신전으로 돌아온 이유였다.

다행히 그의 바람대로 모든 것이 새롭게 시작될 것 같았다. 이 빛의 기운들은 신선한 공기처럼 그를 반겼고, 그에게 새로운 생명력을 불어넣고 있었다.

"문제는 시간일 뿐……."

무한이 혼잣말을 중얼거리며 고개를 들었다.

천장을 통해 햇살들이 비처럼 쏟아져 내려온다.

시간을 가늠할 수는 없었다. 언제 예전의 그, 혹은 그보다 더 완벽한 빛의 술사로 회복할 수 있을지는 그 자신도 알 수 없었다.

다만 한 가지 분명한 것은 있었다.

그가 다시 빛의 술사로서 세상에 나갈 수 있다는 것, 그리고 다시 세상에 나갔을 때의 행보는 지금과 다를 것이라는 사실이었다.

"어쩌면 모두가 바라는 것처럼 진짜 빛의 술사가 될지도 모르지. 몸과 마음 모두……."

무한 자신도 인정하는 것은 지금까지 그가 빛의 술사의 전인임에도 불구하고 그 스스로는 빛의 술사로서의 업을 온전히 자신의 운명으로 인정하지 않고 있었다는 사실이었다.

그로 인해 그는 그가 개입한 모든 일들은 떠밀리듯 맞이했었다.

그러나 다시 세상으로 나가면 다를 것이라는 걸 그 스스로도 느끼고 있었다.

"그때는 모든 것을 내 의지로 행하게 되겠지. 그래서 시간은 언제라도 좋아. 어떻게 변해 있든 그 순간의 세상에 빛의 힘을 뿌릴 테니까. 서두를 이유가 없어……."

무한이 혹시라도 스스로 조급해지는 것을 경계하듯 신중하게 중얼거렸다.

*　　　*　　　*

육주의 젖줄이라 일컬어지는 두 개의 큰 강, 송강과 대하강 사이의 비옥한 땅은 육주 사람들에게 수천 년 동안 풍부한 식량 공급처였다.

그곳에서 재배되는 곡물만으로도 육주 전체의 인구가 충분히 먹고 살 만하다는 말이 나올 정도였다.

그래서 언제나 농사를 짓는 사람들로 넘쳐나던 그 땅에 얼마 전부터 다른 종류의 사람들이 몰려들기 시작했다.

농사를 짓기 위한 농기구가 아닌, 사람을 죽이기 위한 병장기를 든 사람들, 소위 전사라 불리는 자들이 몰려들기 시작한 것이다.

처음에는 위대한 천록의 왕국의 후예를 자처하는 연이설이 보낸 몇 명의 전사들만이 숙영지를 구축했지만, 불과 열흘이 지나지 않아 그 숫자가 오천에 육박할 정도로 늘어났다.

누구도 예상치 못한 엄청난 숫자였다. 그들을 불러모으기 위해 육주 각 성과 십이신무종에 전서를 보낸 탑살조차도 이런 대단한 호응은 기대하지 못했었다.

그리고 그 동기는 분명했다.

위대하고 고결한 존재로 일컬어지는 신무종의 고수들이 산을 내려와 육주를 지키기 위한 대열에 합류했기 때문이었다.

십이신무종의 이름은 그 자체가 강력한 무기였다.

그들이 나서는 순간 육주의 거의 모든 세력들이 움직였다. 물론 각자의 이익을 추구하는 자들이기에 모든 전력을 외부의 적과 싸우는 데 내놓지는 않았지만, 이 싸움을 하나의 기회로 보는 자들은 신무종의 고수들이 하산하는 순간 자신들의 정예 전사들을 파견했던 것이다.

그래서 송강과 대하강 사이에 모여든 육주의 전력은 다양한 만큼이나 강력했다.

그리고 그 와중에 가장 큰 이득을 보는 사람은 연이설이었다.

모든 일에는 가장 먼저 앞에 선 자가 누리는 특권이 있다. 위험을 감수하는 만큼 누리게 되는 선점의 이득이다.

연이설은 그 이득을 누리고 있었다.

독안룡 탑살의 제안에 의해 만들어진 육주연대지만, 정작 독안룡은 육주연대가 오천에 가까워졌음에도 왕의 섬에서 나오지 않고 있었다.

하지만 그렇다고 누구도 탑살을 비난하는 사람은 없었다. 육주의 모든 사람들이 결국 탑살이 활동할 곳은 육지가 아니라 바다라는 사실을 알고 있기 때문이었다.

오히려 그들은 독안룡 탑살이 육지로 오지 않고 바다를 지키고 있다는 것에 안도감을 느끼기까지 했다.

덕분에 연이설이 부각됐다.

가장 먼저 진영을 구축한 연이설이 자연스럽게 육주 전사들의 구심점 역할을 하게 되었기 때문이었다.

혼자이거나 작은 성 출신의 전사들은 큰 성의 전사들에 비해 움직임이 훨씬 빨랐다. 그런 전사들이 자연스럽게 연이설을 찾아왔다.

그래서 육주의 대 세력으로 부각되고 있는 소백성이나 회성, 사공성 등의 성주들이 정예 병력을 이끌고 집결지에 도착했을 때는, 이미 연이설이 육주연대의 가장 중추적인 인물이 되어 있었다.

그리고 그건 신무종의 고수들이 집결지에 도착했을 때도 마찬가지였다.

그들이 집결지에 도착했을 때 연이설은 마치 이 연합 세력의 주인처럼 그들을 맞이할 수 있었다.

연이설은 단지 탑살의 제안에 가장 먼저 움직였다는 것만으로 순식간에 육주의 중심인물이 된 것이다.

* * *

후우웅!

금장 천막이 바닷바람을 받아 무거운 소리를 만들어냈다. 그럼에도 불구하고 천막은 단단하게 뿌리를 박은 듯 흔들림 없이 바람을 버텨냈다.

연이설은 금장 천막으로부터 오십여 장 떨어진 작은 야산에 올라 있었다. 끝없이 펼쳐진 초원 끝에 아스라이 바다가 보이는 지점이었다.

그녀의 곁에는 호천백검의 수뇌들이 늘어서 있었고, 탑살의 대제자인 전위 역시 함께 서 있었다.

"언제쯤 올까요?"

문득 연이설이 입을 열었다.

"사부님 말씀대로라면 결심하는 순간 그들은 삼 일 안에 만화도 인근에 나타날 것입니다. 육주의 바다를 건넌 것은 이미 오래전이지요."

전위가 대답했다.

그러자 연이설이 고개를 저으며 나직하게 실소를 흘렸다.

"훗! 아니요. 적들 말고요."

"그럼……?"

"막내 사제분요."

연이설이 말했다.

"아, 칸 말씀이시군요? 그 녀석… 갑자기 왜 파나류로 갔는지……."

전위가 이해할 수 없다는 듯 고개를 갸웃했다.

전위는 물론 탑살을 제외한 그 누구도 무한이 왜 파나류로 갔는지 아는 사람은 없었다.

무한이 신마성주와 일대 격전을 벌여 큰 부상을 입었다는 것은 오직 탑살만이 아는 사실이었다.

무한이 파나류 빛의 신전으로 떠나기 전 마지막으로 보낸 전서는 오직 탑살만이 읽었고, 그 내용은 철저히 비밀에 붙였기 때문이었다.

"무슨 이유가 있었겠죠?"

연이설이 한마디 말했다.

"그렇긴 하겠지요. 그 녀석이 특별한 이유 없이 행동할 녀석은 아니니까요. 그런데… 사제는 갑자기 왜……?"

전위가 갑자기 무한의 소식을 묻는 연이설의 행동에 뒤늦게 의아함을 드러냈다.

"그냥… 칸 무사님이 여기 계신다면 좀 더 수월한 싸움이 되지 않을까 그런 생각이 들어서요."

"음… 그 녀석이 뛰어난 것은 맞지요. 하지만 칸이 없다고 패할 싸움은 아닐 겁니다. 육주의 모든 전사들이 모였으니까요."

전위가 안심시키려는 듯 말했다.

"물론 저도 싸움에 패할 거란 생각은 하지 않아요. 다만……."

연이설이 말꼬리를 흐렸다. 그러자 호천백검 중 일인인 이사야가 말했다.

"그분은 사람의 마음을 편하게 해주는 능력이 있으시지요."

이사야는 여인으로서 호천백검의 수뇌 중 한자리를 차지하고 있는 뛰어난 검객이었다.

그녀는 연이설이 왜 무한의 부재를 아쉬워하는지 본능적으로 알아챈 것이다.

"그래요. 이상하게 칸 무사님과 함께 이야기를 나누면 마음이 안정되더군요. 좀 더 편하게 이 싸움을 치를 수 있을 것 같다고나 할까. 아주 쉽게 말이죠."

"음… 사제에게 그런 면이 있기는 하지요. 우리 사형제들 중에 나이는 가장 어려도 어린 티가 나지 않는 사제니까요."

전위가 고개를 끄떡였다.

하지만 여전히 그는 연이설이 무한에게 가지고 있는 감정의 실체에 대해선 눈치채지 못하고 있는 것이 분명했다.

"연락은 더 없었나요?"

연이설이 전위에게 물었다.

"그 이후로는 없었습니다. 사부님도 특별한 말씀을 안 하시고……."

"별일 없어야 할 텐데요."

"후후, 다른 사람은 걱정해도 사제 걱정은 안 합니다. 뭘 해도 안심이 되는 녀석이랄까……."

"그런가요? 그렇군요. 전위 님도 칸 님에 대한 믿음이 있으시군요."

"그럼요. 솔직히 말하면… 우리 사형제들 중 가장 믿음이 가는 사제지요."

"사형! 너무하시는 거 아닙니까?"

전위의 말에 곁에서 듣고 있던 일대 출신 용전사 주르킨이 불만을 터뜨렸다.

"아아, 미안, 자네들 생각을 못 했군. 하지만 뭐 칸에 대한 믿음은 모두들 마찬가지잖아?"

"그래도 전 칸보다 사형을 더 믿습니다."

주르킨이 투박하게 말했다.

"하하하! 그런가? 그럼 내가 더 미안해지는데……."

전위가 겸연쩍은 표정으로 머리를 긁적이려는데 막사 쪽에서 한 사내가 빠른 속도로 달려왔다.

"공주님!"

"무슨 일인가요?"

막사에서 달려온 사람은 녹산연가의 젊은 상인 소갑이다. 그는 연이설이 천록의 왕국을 재건한 이후에는 녹산연가를 떠나 줄곧 연이설 곁에서 그녀를 돕고 있었다.

"신무종에서 사람이 왔습니다."

"신무종에서요?"

연이설이 육주연대의 전사들이 숙영하는 거대한 초원 위쪽, 야트막한 야산에 특별한 모습으로 세워진 신무종 고수들의 숙영지를 보며 되물었다.

"예, 오늘 공주님을 초대하고 싶답니다."

"초대라……."

연이설이 말꼬리를 흐렸다.

초대란 말은 누구에게나 기분 좋은 말이지만, 연이설과 신무종 사이에서는 꼭 그렇지만은 않았다.

이미 신무종으로 인해 큰 전쟁을 치른 연이설이기 때문이었다.

물론 비룡성과의 그 전쟁이 전화위복이 되어 지금은 연이설이 육주연대의 중심이 되었지만.

"무슨 일인지 말하던가요?"

호천백검 이사야가 소갑에게 물었다.

"그것까지는… 다만 신무종의 종주들이 모두 모인다고 했습니다."

"종주들이 모두… 가 봐야겠군요."

연이설이 담담하게 대답했다.

놀랍게도 이번에 신무종의 고수들을 이끌고 사대휴무종의 위협에 맞서기 위해 하산한 사람들은 신무종의 종주들이었다.

그들도 사대휴무종을 상대하기 위해선 자신들이 직접 움직여야 한다고 판단한 모양이었다.

혹은 육주연대에서 신무종이 손님 취급을 받지 않으려면, 자신들이 직접 올 필요가 있다고 생각했을 수도 있었다.

그건 다분히 연이설의 천록의 왕국에 대한 견제심 때문이었다. 그들은 여전히 아직도 육주의 주도권을 연이설의 천록의 왕국에게 넘기는 것이 마땅치 않은 모양이었다.

어쨌든 신무종의 종주들이 보내온 초대를 거절할 수는 없었다.

그리고 그녀 역시 지금쯤은 신무종의 종주들과 담판이 필요한 때라고 생각하고 있던 차였다.

"가요. 위대한 전설들을 만나보죠."

연이설이 고개를 끄떡이고는 금장 천막 쪽으로 걸음을 옮기기 시작했다.

청색 기운이 도는 고고한 빛깔의 대형 막사 안으로 들어서던 연이설이 걸음을 멈칫했다. 그 안에 그가 예상치 못했던 인물이 있었기 때문이었다.

하지만 그것도 잠시, 연이설이 천천히 걸음을 옮겨 막사 안으로 들어갔다. 그러자 초로의 승려가 연이설을 마중했다.

"어서 오십시오, 공주님! 모두 기다리고 계십니다."

'청불 법철…….'

연이설의 자신을 마중하는 승려의 이름을 떠올렸다.

불산 불종의 고승 청불 법철, 지난 몇 개월간 세상에 모습을 보였던 인물이고, 신무종의 고수들이 육주연대의 집결지에 온 이후에도 불종의 종주를 대신해 외부 활동을 했던 인물이어서 낯설지 않은 인물이었다.

"초대에 감사해요. 무슨 일로……?"

연이설이 인사를 하는 청불에게 물었다.

"얼추 육주연대에 참여할 성주들이 모두 도착한 것 같아, 종주들께서 대회합에 앞서 이 싸움에 대한 공주님의 생각을 들을 기회를 얻고자 하셨습니다."

"그렇군요. 하지만 제 생각이 크게 중요할지 모르겠군요. 결국 모든 것은 대회합에서 결정이 될 텐데……."

"대회합에는 수백 명이 참여할 것인데 소란스러워서 논의가 제대로 되겠습니까? 그전에 얼추 서로의 의견을 교환하는 것이 일을 좀 더 효율적으로 할 수 있는 방법이지요."

"물론 그렇긴 하지만……."

"몇 성의 성주님들도 오셨으니 일단 편히 앉으시지요."

청불 법철이 연이설에게 빈자리에 앉기를 권했다. 그러자 연이설이 그녀를 따라온 전위를 가리키며 말했다.

"이분이 누구신지 아시겠죠? 독안룡님께서 절 보호해 주시기 위해 보내주신 독안룡님의 대제자 전위 님이세요. 당연히 전위 님을 위한 자리도 준비되었겠지요?"

연이설의 말에 한순간 청불 법철의 얼굴에 당혹감이 스치고 지나갔다.

초대자들은 아마도 전위가 연이설과 함께 올 것이라고는 생각지 못했던 것 같았다.

설혹 그가 함께 오더라도 신무종의 종주들이나 육주 대성의 성주들과 어깨를 나란히 하고 앉아 대소사를 논할 위치는 아니라고 생각했다.

당연히 전위를 위해 준비한 자리는 없었다.

"미처… 준비를 하지 못했군요. 잠시만 기다리십시오. 바로 전 전사의 자리를 준비하겠습니다."

청불이 얼른 사과를 하며 전위를 바라봤다.

이쯤 되면 전위가 자리를 사양하고 물러나거나, 혹은 다른 성의 전사들처럼 연이설 뒤에 서 있겠다고 할 것이라고 생각한 듯 싶었다.

하지만 전위는 그런 법철의 예상과 다른 대답을 했다.

"고맙습니다."

자리를 사양치 않겠다는 뜻이다.

그러자 법철이 다시 한번 당황한 표정을 짓다가 얼른 천막 밖의 사람에게 눈짓을 했다.

사실 전위는 처음에는 자리를 사양할까 생각도 했다. 하지만 자신이 이 자리에서는 사부 독안룡 탑살을 대신한다는 생각이 들자 생각을 바꿔 신무종의 종주들과 동석을 하기로 결심했다.

그것이 사부 독안룡의 명예를 지키는 일이라고 생각했기 때문이었다.

그래서 그는 급하게 그를 위해 준비된 의자에 당당하게 앉았다.

당연히 거대한 천막 안에 모인 사람들 중에는 그런 전위의 행동을 탐탁지 않게 생각하는 사람도 보였다.

하지만 그들 중 누구도 앞으로 나서 전위의 행동을 비난할 사람은 없었다. 현 상황에서 독안룡 탑살의 권위에 도전할 인물이 없기 때문이었다.

그리고 전위에 대한 일은 그들의 주된 관심사도 아니었다.

사람들의 관심은 전위가 아니라 신무종의 종주들과 육주의 유력한 성주들, 그리고 뜻밖에 모습을 보인 사해상가주 노백을 연이설이 어찌 상대할지에 쏠려 있기 때문이었다.

"그런데 이 모임을 소집하신 분이……?"

전위가 자리를 잡고 앉자 연이설이 법철에게 물었다.

그러자 법철 대신 불산 불종의 종주인 무량선사 무등이 입을 열었다.

"외람되지만 제가 이 모임을 요청했소이다."

"무량선사님께서 소집하셨군요. 그런데 혹시 특별한 일이 생겼나요? 적의 공격 징후가 있나요?"

연이설이 물었다.

"그런 것은 아니오. 다만 앞서 밝혔듯이 적들의 공격이 시작되기 전에 우리 쪽 전략을 확정해 놔야 할 것 같아서 이 모임을 소집했소."

"그렇군요. 하지만 다른 사람들이 어찌 생각할지……."

연이설이 말꼬리를 흐렸다.

"법철이 말했듯이 대회합에서는 세부적인 논의가 어려울 것이라 판단했소이다."

"알겠습니다. 그래서… 어느 정도 생각들을 정리하셨나요?"

연이설이 물었다.

그녀가 오기 전 이미 상당수의 사람들이 천막 안에 모여 있었기 때문이었다.

"가장 중요한 것은 이 싸움을 주도할 총사령을 뽑는 일인 것 같소."

무량선사가 말했다.

"동의해요. 어떤 전쟁이든 가장 중요한 것은 지휘자니까요. 그래서 어느 분이……?"

연이설이 무량선사에게 물었다.

"공주의 생각은 어떠시오?"

무량선사가 물었다.
"제 생각에는, 바다에서 싸운다면 당연히 독안룡님의 도움을 받는 것이 좋겠지요. 하지만 육지에서라면 독안룡님이 육지로 나오시지 않으실 테니……."
"이 싸움은 결국 바다에서 해야 할 것이오."
연이설의 말에 침묵하던 노백이 입을 열었다.
일개 상가의 가주이지만 어떤 성주보다 강한 무게감을 지닌 노백의 말이다.
"그런가요?"
연이설이 되물었다.
"그들이 육지에 상륙하다는 의미는… 만화도와 송강 하구 시전을 장악한다는 의미요. 그렇게 되면 장기전이 될 수밖에 없는 싸움이요. 육주가 피폐해질 것이오. 그러니 역시 승부는 바다에서 내야 하오."
노백이 단호하게 말했다.
절대 만화도를 적들에게 내줄 수 없다는 의지가 느껴졌다. 사실 그에게는 육주의 안위보다 만화도 황금성을 지키는 일이 더 중요하기도 했다.
"그렇다면 결국 이 싸움은 독안룡님이 지휘해야겠지요."
연이설이 말했다.
그러자 무량선사가 물었다.
"서운하지 않으시겠는지……?"
"뭐가요?"
"총사령의 지위를 독안룡에게 양보하시는 것이……."

"하하! 그런 걱정을 하시다니 조금 실망이군요."

연이설이 큰 웃음을 터뜨렸다.

"내가 실수를 했소?"

"절 겨우 자리에 연연하는 사람으로 보셨다는 뜻이니까요. 만약 그렇게 생각하셨다면 큰 오해를 하신 거예요. 제 관심은 오직 두 가지입니다. 하나는 육주를 외적의 침입에서 방어하는 것, 다른 하나는 이 땅에 다시 천록의 왕국을 재건하는 일이지요. 총사령이란 감투 따위는 제게 아무런 의미가 없어요. 그러니 그런 걱정은 마세요. 다만 우리가 걱정해야 할 일은 따로 있을 겁니다."

연이설이 정색을 하며 말했다.

"음… 공주님의 기분을 상하게 했다면 사과드리겠소. 그런데 우리가 걱정해야 할 일은 그럼 무엇이오?"

무량선사가 물었다.

"과연 독안룡님이 해전의 총사령을 맡아주실까 하는 것이죠. 그분 역시 지위에 연연하시는 분이 아니니, 오히려 거절하실 가능성이 더 크죠. 흑라의 시대 이후 그분에게 가해진 부당한 일들을 생각하면……."

"음……."

"허험!"

연이설의 말에 막사 곳곳에서 헛기침이 새어나왔다.

흑라의 대선단을 육주의 바다에서 홀로 막아낸 독안룡 탑살이 그 이후 이왕사후와 육주의 권력자들에게 어떤 대접을 받았는지 너무 잘 알기 때문이었다.

대해전으로 독안룡의 상단은 거의 와해되었지만, 그가 얻은 것은 오직 독안룡이라는 이름 하나가 전부였다. 육주의 강자들은 철저하게 독안룡이 육주의 권력자로 성장하는 것을 막았었다.

그런 독안룡에게 다시 외적을 바다에서 막아 달라고 부탁하는 것은 염치없는 일이었다.

"그가… 육주연대를 소집했으니, 이 싸움을 맡아주지 않겠소?"

노백이 연이설에게 물었다.

"글쎄요. 단지 위험을 알리고 그 대책을 강구해야 한다고 조언했다고 그 위험을 막는 일까지 책임지라는 건… 너무 이기적인 생각 아닌가요? 위험을 알려준 것만으로도 고마워해야 할 일인데……."

연이설이 노백에게 되물었다.

"음……."

노백이 연이설의 물음에 바로 대답을 하지 못했다. 생각지 못한 반박에 놀란 듯도 보였다.

그러자 무량선사가 전위에게 시선을 돌리며 물었다.

"독안룡께서 이 싸움을 맡아주실 것 같소?"

"알 수 없습니다. 다만… 한 가지는 확실합니다."

"무엇이오?"

"혹시라도 여러분들이 바다 위의 싸움이라고 뒤로 물러나 있으려 한다면 사부께서도 왕의 섬과 묵룡대선을 지킬 뿐 홀로 해전에 나서지는 않으실 거란 겁니다."

"그야……."

무령선사가 말꼬리를 흐렸다. 사실 그들에게 가장 좋은 것은 독안룡이 주도적으로 바다에서 적을 막아내는 것이었다.

그런 마음은 모두 같은지 떠오르는 육주의 강자 중 한 명인 소백성의 성주 곽사웅이 입을 열었다.

"하지만 이곳에 모인 육주연대의 전력은 대부분 기병과 보병이오. 말을 타고 바다로 나갈 수는 없지 않소?"

"배를 마련하자면 하룻밤 새에도 백여 척을 동원할 수 있지 않습니까?"

전위가 사해상가주 노백에게 물었다.

그의 말대로 사해상가주라면 하루아침에 백 척의 배를 동원하는 것은 어려운 일이 아니었다.

"상선과 전선은 다르오."

노백이 퉁명스럽게 대답했다.

그러자 전위가 미소를 지으며 응수했다.

"묵룡대선도 상선입니다."

"그건……."

노백이 반박하려는데 전위가 재빨리 고개를 저으며 말을 가로챘다.

"전선과 상선이 다르긴 하나, 결국 문제는 그 배에 누가 타고 있느냐입니다. 전사가 타면 상선도 전선이 되는 것이지요. 더군다나 사해상가의 배들은 대양을 건너 먼 세상까지 여행하는 대상선들, 당연히 전선의 기능도 갖추고 있지 않습니까?"

"그렇긴 하지만……."

결국 상선들을 내놓아야 할 상황이 되자 노백이 말꼬리를 흐렸다.

그로서는 사해상가의 피해를 최소화하려는 목표가 틀어지고만 것이다.

"사해상가가 배를 준비하고, 신무종의 고수 분들이 육주연대 정예 전사들을 이끌고 배에 오른다면, 사부께서도 기꺼이 이 해전을 지휘하실 겁니다. 물론, 사부님이 아니어도 해신성주께서 계시니 그분께 부탁하는 것도 선택할 수 있는 일이긴 하지요."

전위가 굳이 탑살만을 고집할 일이 아니라는 듯 말했다.

그러자 연이설이 즉시 입을 열었다.

"그래도 독안룡님이 맡아주셔야죠. 전쟁에 참여하는 전사들의 사기에 영향을 미치니까요. 그럼 우린 일단 전위 님이 말씀하신 것을 결정하면 되겠군요. 어떤가요? 사해상가에서 배를 준비할 수 있나요? 천록회에서도 이십여 척은 가능할 것 같은데……."

"글쎄올시다. 한번 준비해 보긴 하겠소. 백 척까지는 모르겠지만……."

연이설의 물음에 노백이 차갑게 굳은 표정으로 대답했다.

거절할 수 없는 일이기 때문이었다. 그와 사해상가를 지키기 위해서는.

"그럼 이제 전사들 중 배에 탈 사람들을 가려 뽑아야 하겠군요? 그건 대회합에서 지원자를 받기로 하죠. 신무종의 고수 분들이 함께한다면 지원자가 적지 않을 겁니다."

연이설이 무량선사에게 말했다.

이렇게 되자 신무종의 고수들 역시 이 싸움에서 뒤로 물러나 있을 수만은 없게 되었다.

연이설이 교묘하게 그들의 참전을 강요했기 때문이었다.

"알겠소이다. 일단 신무종 각파에서 배에 탈 사람을 정해 놓도록 하겠소."

"좋아요. 그럼 내일 대회합을 통해 배에 오를 전사들을 결정하죠. 이후 송강 하구로 이동해 배에 오른 후 만화도 앞바다에 집결하는 것으로 하지요. 그사이에 독안룡님께 사람을 보내 우리의 요청을 전하도록 하고요."

연이설이 한순간에 장내의 논의를 주도하며 결론까지 내려 버렸다.

그녀의 말은 논리정연하고, 단호해서 누구도 그녀의 말에 반대를 하지 못했다.

그렇게 연이설은 지위가 아니라 말과 행동으로 육주연대를 이끄는 사람이 누군지를 명확하게 보여준 후, 신무종의 천막을 떠나 그녀의 금장 천막으로 돌아갔다.

탑살에게 누굴 보내느냐의 문제도 약간의 신경전이 있었다. 편하기로 생각하면 탑살의 제자인 전위가 육주연대의 의견을 탑살에게 전하는 것이 가장 편했다.

하지만 육주연대의 수뇌들은 그것이 무례한 일임을 너무 잘 알고 있었다.

이 전쟁을 책임져 달라고 청하는 일이다.

총사령을 맡는 순간 독안룡의 묵룡대선이 감당해야 할 일이 적지 않았다. 그 일에는 반드시 희생이 따를 것이기 때문이었다.

흑라의 시대 이미 한 번 육주를 위해 큰 희생을 치른 탑살에게 다시 해전을 지휘해 달라고 말하는 것은 결코 간단한 문제가 아니었다.

특히 탑살은 총사령이라는 명예를 추구하는 사람도 아니었다.

그런 그에게 그의 대제자 전위만을 보내 육주연대의 제안을 전하는 것은 무례하기 짝이 없는 일이었다.

그래서 고심 끝에 육주연대는 소림의 무량선사와 새로운 육주의 강자 중 한 명인 회성의 성주 성요하를 탑살에게 보내기로 결정했다.

각기 신무종과 세속의 성주들을 대표할 만한 사람들이어서 탑살을 해전의 총사령으로 청하는 데 부족함이 없는 사절이었다.

그리고 자연스럽게 그들을 안내하는 일은 전위가 맡았다.

"모든 사람이 동의했소이까?"

독안룡 탑살이 전위의 안내를 받으며 자신을 찾아온 무량선사에게 물었다.

신무종의 종주, 위대하고 고고한 세상 위의 존재로 불리는 신무종의 종주를 대하는 탑살의 태도는 과하지도 부족하지도 않았다.

그는 딱, 무계의 고수를 대하는 정도로 무량선사를 대했다.

그런 면에서는 무량선사가 사절로 온 것이 다행스러운 일일 수도 있었다.

무승이라지만 불도를 추구하는 무량선사는 다른 신무종의 종주들에 비해 소탈한 면이 있기 때문이었다. 다른 자들이었다면 탑살의 행동에 불쾌감을 느껴 대화가 잘 되지 않았을 수도 있었다.

"그렇소이다. 대회합에서 만장일치로 독안룡께 이 어려운 부탁을 드리자고 결정하였소이다. 부디 청을 거절하지 말아주시오."

무량선사가 정중하게 말했다.

"이 싸움은 나 혼자 치를 수 없소이다."

독안룡 탑살이 단호하게 말했다.

그러자 회성의 성주 성요하가 얼른 입을 열었다.

"물론입니다. 과거 흑라의 대선단과의 대해전 같은 일은 없을 겁니다. 사해상가에서 백여 척의 배를 준비할 것이고, 육주의 전사들 중 가장 용맹하고 강한 지원자 일천 명이 그 배에 올라 바다로 나갈 겁니다."

"일백 척의 배와 일천 명의 전사라……."

"비록 수전에 익숙치 못할지라도 독안룡께서 지휘하신다면 충분히 제 몫을 해낼 겁니다."

성요하가 말했다.

그러자 탑살이 잠시 생각에 잠겼다가 입을 열었다.

"적이 송강 하구에서 삼 일 거리에 머물러 있은 지가 꽤 오래. 그들의 움직이지 않는 이유가 뭐라고 생각하시는지?"

갑작스럽게 탑살이 화제를 돌리자 무량선사와 성요하가 잠시 당황한 표정을 짓다가 무량선사가 먼저 대답했다.

"우리 쪽 전력을 파악하는 중이 아니겠소? 생각보다 빨리 육주연대가 결성되어 전사들이 모였으니, 이미 기습의 의미는 사라졌을 테고 말이오."

"선사의 말씀대로일 겁니다. 그들도 장기전을 준비하는 거지요."

성요하가 무량선사의 말에 동조했다.

그러자 탑살이 고개를 저으며 말했다.

"그들이 장기전을 원했다면 서둘러 만화도와 송강 하구를 공격했어야 하오. 비록 육주연대의 오천 전사들이 집결했다고 해도 만화도와는 적지 않은 거리, 더군다나 전선(戰船)이 구비되지 않은 상태이니 당연히 서둘러 만화도와 송강 하구를 공략해 장기전을 위한 교두보를 확보했어야 할 것이오."

"…그렇다면 독안룡께서는 어찌 생각하시는지?"

무량선사가 되물었다.

그러자 독안룡 탑살이 침착하게 대답했다.

"아마도 그들은 누군가의 답을 기다리고 있을 것이오."

"누군가의 답이라… 무슨 말씀인지 모르겠구려."

"그들에게 최선은 피 흘리지 않고 만화도와 송강 하구를 차지하는 것 아니겠소? 전력의 손실을 최소화하는 것은 싸움을 시작하는 자들에게 가장 중요한 일이니까."

"음… 그 말은 사해상가주 노백에게 화친을 제의했을 거란 뜻이구려? 하지만 그건 이미 사해상가주도 밝힌 사실이니 새삼스러운 일이 아닌데……."

"노백이 거절을 한 것이 아니라 확답을 미루고 있다는 뜻이 아니겠소이까?"

탑살이 신중하게 말했다.

"그 말은 사해상가주를 믿을 수 없다는……?"

성요하가 당황한 표정으로 되물었다.

"그가 배신할 거라는 뜻은 아니오. 하지만 적어도 고민은 하고 있을 것이오. 이번에 육주연대에 직접 온 것도 육주연대의 힘을 가늠하기 위해서일 테고. 만약 처음부터 사대휴무종의 제안을 명확하게 거절했다면, 그들은 이미 만화도를 공격했을 것이오. 화해의 가능성이 남아 있기에 아직 바다에 머무는 것이오."

"음… 듣고 보니 그런 것도 같구려. 그럼… 이 계획은 무척 위험한데."

무량선사가 어두운 얼굴로 말했다.

적과 화해를 할지도 모르는 사람이 준비한 배를 타는 것은 위험하기 짝이 없는 일이었다.

만약 배에 어떤 함정을 준비해 놓는다면 일천 전사가 일순간에 수장될 수도 있었다.

"그 일을 방비하기 위해선 역시 해신성의 도움이 필요할 것이오."

탑살이 말했다.

"사해상가가 아닌 해신성의 전선을 이용하자는 것이오? 하지만 당장 해신성이 일백 척의 전선을 동원할 수 없을 텐데……."

성요하가 말꼬리를 흐렸다.

"맞소이다. 해신성에서 일백 척의 전선을 준비하려면 몇 달은 걸릴 것이오. 하지만 적어도 배와 해전에 관한 한 해신성의 전사들만큼 정통한 사람들도 없소. 그러니 사해상가가 준비한 전선에 노련한 해신성의 전사들을 몇 명씩 태우는 것이오. 그들로 하여금 배의 이상 유무를 살피게 하고, 해전에 익숙지 않은 육주연대 전사들을 돕게 한다면 오히려 육주연대의 해상 전력이 크게 상승하게 될 것이오."

"아, 그것 참 좋은 생각입니다. 그런 묘책이 있었군요. 사해상가의 배신을 방비하고, 해상전력의 강화를 모두 꾀할 수 있는 방법이군요."

성요하가 무릎을 치며 감탄했다.

그러자 무량선사가 묵묵히 고개를 끄떡이다가 탑살에게 물었다.

"그럼 독안룡께서는 결국 이 대해전의 총사령을 해신성주에게 맡기고 싶다는 뜻이오?"

"그 일을 이미 해신성주에게 권해 보았소이다. 하지만 해신성주께서 극구 사양하시더구려. 그래서… 이 싸움을 우리 두 사람이 공동으로 지휘해 보려고 하오."

탑살이 신중하게 말했다.

"하지만 전쟁에서 지휘자가 두 사람이라는 것은… 위험한 선택이지 않소?"

무량선사가 걱정스러운 표정으로 물었다.

"두 지휘자가 반목하거나 공을 다투면 그렇겠지만, 서로에 대한 깊은 신뢰와 약속된 전략이 있다면 오히려 해전에서는 유리할 수도 있소. 해전이란 것이… 특히 수백 척의 배가 동원되는 대해전은 워낙 광범위한 전장을 갖게 되기 때문에……."

"이미 적들을 상대할 전략을 세워두었구려?"

무량선사가 놀란 듯 물었다.

"전략을 세우는 일은 세심한 노력이 필요한 일이지요. 그러니 미룰 수 없었소이다. 다만 육주연대와 사해상가의 결정을 기다리고 있었을 뿐."

"그럼 이제 그 변수가 제거된 것이오?"

성요하가 물었다.

"그렇게 믿고 움직일 수밖에 없을 것이오. 일단 삼 일 후 사해상가가 준비한 배에 육주연대의 전사들이 오르는 것으로 합시다. 배는 만화도로부터 반나절 거리에 집결하고, 그곳에서 해신성의 전사들이 각 배에 타는 것으로 하겠소."

탑살이 결론은 내렸다.

그러자 성요하가 물었다.

"너무 조급한 게 아닐지? 배를 준비하고 승선하는 데는 준비가 필요한데……."

"저들에게 시간을 주지 않기 위해서요. 다른 생각, 다른 방법을 찾을 시간을."

탑살이 말하는 저들이 사대휴무종이나 신마성의 세력을 말하는 것인지 사해상가나 육주연대를 말하는 것인지는 모호했다.

그러나 어느 쪽이든 일이 급하게 진행되면 다른 변수를 만들

수 없을 거라는 건 확실했다.

"알겠소이다. 일단은 각 성주들에게 그리 전하겠소."

성요하가 확답을 미뤘다.

그러자 탑살이 말했다.

"만약 삼 일 후 약속된 장소에서 만나지 못한다면, 이 제안은 없던 것으로 하겠소. 해신성과 묵룡대선의 전사들은 그 즉시 전장을 떠나 각자의 본거지로 돌아갈 것이오."

"…알겠소이다."

무량선사가 협박 같은 탑살의 말에 굳은 표정으로 대답했다.

"자, 그럼 서두릅시다. 저녁이라도 대접해 드리고 싶지만 시간이 만만치 않으니……."

"물론이오. 시간이 촉박하니 밥이나 먹고 있을 수는 없지요."

무량선사가 고개를 끄덕이며 자리에서 일어났다.

* * *

둥둥둥둥!

멀리서 북 울리는 소리가 연신 들려왔다. 그 소리를 따라 백여 척의 배들이 만화도를 우회해 큰 바다로 향하고 있었다.

툭툭툭!

사해상가주 노백은 창가에 서서 자신의 배들이 육주의 전사들을 태우고 만화도 앞 쪽으로 진군하는 것을 지켜보고 있었다.

만화도를 지키고, 송강 하구를 지키고, 결국에는 사해상가를 지켜낼 배들이기에 그가 우울할 일은 없었다.

하지만 노백의 표정은 결코 밝지 않았다, 일이 그가 예상했던 것과는 다르게 흘러가고 있기 때문이었다.

"이럴 때 나이만 총관이 있어야 하는 건데……."

노백이 중얼거렸다.

"천록회의 뇌옥에 아직 살아 있다고 들었습니다만……."

대행수 풍주가 대답했다.

"죽은 것보다 못한 거지. 본 상가의 약점이 되었으니. 그가 있다면 오족을 움직일 수도 있었을 텐데……."

"삼공자께서 도움을 줄 수 있지 않을까요?"

대행수 이단이 물었다.

"간교한 자들이야, 오족은… 지금 노룡은 오족 왕의 사위나 후계자가 아니라 인질로 그곳에 있는 걸세."

"인질이라뇨. 그들이 어찌 감히……."

"얼마 전 노룡에게서 연락이 왔지. 오족의 왕에게 날 돕기 위해 오족의 전사들을 데리고 사해상가로 가고 싶다고 청했다는 군. 오족 왕의 대답은 전사를 파견하는 것은 물론 룡의 출성도 허락하지 않겠다는 거였네."

"그가 정말……."

"인질이야. 만약의 경우 내가 죽으면 룡을 앞세워 사해상가에 대한 권리를 주장할 수 있으니까. 룡의 보호자로서! 또한 내가 건재하면 그때는 정말 인질로서 가치가 있는 거지. 룡에게 오족의 성을 물려줘도 나쁠 건 없고. 어차피 사위니까. 그러니까, 내 아들이 아닌 그의 사위로서의 역할에 충실하라는 거지."

"이 일이 끝나면 버릇을 고쳐야겠군요."

"글쎄… 사람은 고쳐 쓰는 게 아니라더군."

"하면……?"

"일이 제대로 끝나면 대선단을 꾸리겠네. 그리고 오족의 섬으로 갈 생각이야. 가서 아예 왕을 내 아들로 바꾸는 거지."

"반발이 만만치 않을 겁니다."

"백 척의 선단에 용병을 가득 채워 가면… 오족들 따위야."

노백이 별거 아니라는 듯 중얼거렸다.

"그러려면 이 전쟁을 반드시 이겨야겠군요."

대행수 이단이 말했다.

"그래야겠지. 하지만 이겨도 이기지 못한 결과가 나올 수도 있네."

"그게 무슨……?"

"우리가 이 전쟁에 내놓은 배들이 손실을 입으면… 당장 상행에 나설 배조차 꾸리기 어려울 걸세."

"독안룡과 해신성주가 나옵니다. 그들이 선봉에 서면 그럴 일은 없을 겁니다."

"그래. 그걸 기대하는 거지. 독안룡 탑살과 해신성주는 다루기 쉬운 인물들은 아니지만, 적어도 바다 위 전쟁터에서는 가장 믿을 만한 자들이니까."

"오히려 걱정은 천록회의 부상일 겁니다. 연이설이 육주연대의 확고한 중심이 되었으니……."

"그건 나중 일이야. 신무종과 거래를 해도 되고… 방법은 많다. 다만 원하는 것은 이 전쟁을 큰 피해 없이 이겨내는 것! 그걸 바랄 뿐이다. 그 이후에는 다시 사해상가의 시대가 올 것이다."

노백이 마치 자신이 출전하는 것처럼 손에 든 짧은 검을 움켜쥐며 중얼거렸다.

제2장

대해전(大海戰)

검은색 일색의 이백여 척의 전선, 투박하지만 단단해서 대해를 건너기에 걱정이 없는 전선들이 진격을 시작했다.

선두에는 과거 십이귀선을 이끌었던 무면귀 후탄과 그가 재기했다는 소문을 듣고 찾아온 과거의 수하들이 선봉으로 나와 있었다.

기세는 등등했다.

오랫동안 충분한 지원을 받아 준비한 전선들이었다. 어떤 경우라도 사해상가의 본 섬인 만화도를 점령하고, 그 기세를 몰아 순식간에 송강 하구를 점령할 수 있다는 확신이 있는 무면귀 후탄과 그 수하들이었다.

그들의 눈은 욕망으로 번들거렸다.

비록 사대휴무종과 신마성을 위해 일하는 신분은 변했지만, 해적질을 하던 시절의 습성은 그대로 남아 있었다.

그런 그들에게 황금으로 가득 차 있는 만화도와 세상에서 가장 번화한 항구 송강 하구의 시전은 그야말로 천국과 같은 약탈지였다.

다만 조심할 것은 하나, 오직 독안룡 탑살이 이끄는 묵룡대선이었다.

그래서 무면귀 후탄은 모든 관심을 오로지 묵룡대선의 움직임에 기울이고 있었다.

"묵룡대선은?"

무면귀 후탄이 망루를 바라보며 소리쳐 물었다.

"아직 보이지 않습니다."

망루 위에서 수하가 대답했다.

"사방을 살펴라. 시선이 닿을 수 있는 가장 먼 곳까지… 그가 오지 않으면 이 싸움은 백전백승이다!"

후탄이 의기양양한 표정으로 말했다.

"적진에는 해신성의 전선과 전사들이 섞여 있습니다. 조심해야 합니다."

과거 십이귀선의 귀장이었던 명사가 조심스럽게 충고했다.

"해신성 따위는 두렵지 않아. 이미 파나류 원정에서 대패한 자들이 아니냐? 그 이후 그들의 힘은 절반 이하로 줄었다. 설혹 그들이 온전한 전력을 지니고 있다고 해도… 봐라! 이 이백 척의 대선단을. 겨우 상선을 끌어모아 만든 놈들의 방어막을 뚫지 못할 리 없다."

"물론 그렇기는 합니다."

압도적인 전력 차를 알고 있는 귀장 명사가 후탄의 말에 동의했다.

"그런데 이 전쟁이 끝나면 대장님은 어찌 되시는 겁니까? 계속 환무종에 남아 계시는 겁니까?"

귀장 중 일인이던 여해적 적울이 물었다.

후탄이 총애하던 여인 귀장 실리의 모습은 보이지 않았다. 솔직히 말하면 검은 산에서 무한 일행에 의해 흩어진 이후 그녀의 생사조차 알지 못하는 후탄이었다.

그래서 그의 총애는 다시 그를 찾아온 또 다른 여인 귀장 적울에게 쏠려 있었다.

"후후후, 이런 대전쟁을 이끌었는데, 어찌 고리타분한 신무종의 일원으로 살아가겠느냐? 다시 독립해야지… 황금성은 어떨까?"

후탄이 꿈에 부푼 표정으로 말했다.

"그들이… 허락할까요?"

적울이 미심쩍은 표정으로 물었다.

"황금성은 황금을 내어주면 빈껍데기 섬이야. 그런 곳은 날 줄 수도 있지 않을까? 이후에 다시… 그 섬을 황금으로 채우면 되지. 송강의 시전이 어딜 가는 건 아니니까."

후탄이 찬란한 미래를 꿈꾸며 말했다.

"그렇긴 하군요. 사대무종이 직접 송강 하구 시전을 관리할 수는 없을 테니까요."

적울이 고개를 끄떡였다.

"신마성도 있지 않습니까?"

듣고 있던 명사가 되물었다.

"그들? 글쎄 난 솔직히 그들의 진정한 목적이 뭔지 모르겠어. 생각보다 물욕이 없더라고… 아마도 육주 어느 한곳에 큰 성을 짓고 사람들 위에 군림하는 것으로 만족할지도 모르지."

"명예를 추구한다는 건가요? 마인들답지 않게……."

명사가 고개를 갸웃했다.

"그게 명예인지 아니면 군림의 쾌락을 추구하는 건지는 모르지만, 아무튼 그래. 물욕은 없어 보였다. 그러니 내가 만화도를 차지하는 것에 반대하지는 않을 거야."

후탄이 고개를 돌려 후방을 보며 말했다.

선봉으로 나선 그들로부터 한참 뒤쪽에는 검은 깃발을 휘날리는 거대한 전선들이 신마성의 마인 전사들을 태우고 묵묵히 따라오고 있었다.

보는 것만으로도 숨이 막히는 모습이지만, 그 전선들이 자신의 편이라면 마음이 달라진다. 세상에서 가장 든든한 우군이 되는 것이다.

"아무튼 정말 좋은 기회입니다."

명사가 말했다.

"맞아. 이런 걸 천재일우의 기회라고 하는 거지. 후후후, 북창에서 독안룡의 간계에 속아 기반을 모두 잃었을 때는 세상이 무너진 것 같더니, 오히려 더 좋은 기회를 잡았어. 이번에 대승을 거두면 좀 더 힘을 모아 반드시… 탑살 그놈의 남은 눈 하나를 마주 뽑아 주겠다."

후탄이 이를 갈며 말했다.

그때 망루에서 적과의 거리를 알리는 소리가 들려왔다.

"백 장 앞입니다!"

"좋아! 투석기를 준비한다!"

후탄이 명을 내렸다.

그러자 검은 전선들의 선수를 덮고 있던 천들이 벗겨져 나가면서 작은 투석기들이 모습을 드러냈다.

* * *

쿵쿵쿵!

콰지직!

전사들을 태운 상선들이 무거운 석포환을 얻어맞고 종잇조각처럼 부서져 나갔다.

"악!"

"뛰어내려!"

부서지는 배 위에서 사람들의 비명과 경고소리가 터져 나왔다.

선두에 선 배들이 적의 투석기 공격에 노출되자 육주연대의 전선들이 일제히 뒤로 물러나기 시작했다.

무면귀 후탄이 이끄는 전선들이 빠르게 추격했지만, 육주연대의 배들은 마치 후퇴를 미리 준비하고 있었던 것처럼 신속하게 물러났기에 앞의 배 몇 척이 부서진 것을 빼고는 큰 피해 없이 석포가 닿지 않은 거리를 유지하며 후퇴했다.

앞선 적선 십여 척을 파괴한 후탄의 입장에서도 나쁘지 않은 상황이었다.

신속하게 물러나는 모습에서 상선을 타고 바다로 나온 육주연대 전사들에게 해전의 전의가 없다고 판단한 것이다.

특히 그들은 그들이 가장 공들여 지켜야 할 만화도조차도 지나쳐서 후퇴하고 있었다.

그건 이 해전을 포기한다는 의미나 마찬가지였다.

처음 배를 끌고 나올 때와 달리 압도적인 상대의 위세를 보고 전의를 상실한 것이 분명해 보였다.

그래서 후탄의 진격에도 거침이 없었다.

쿵쿵쿵!

적에게 닿지는 않지만 검은 전선들의 투석기로 발사되는 석포의 숫자는 줄지 않았다.

후탄은 석포를 쏘아 대며 계속 앞으로 전진했다.

그리고 급기야 육주연대 배들이 사해상가의 본거지 만화도 뒤쪽까지 밀려났다.

그러자 만화도 황금성에서 일부 사람들이 다급하게 몰려나와 배를 타고 육주연대의 배들을 쫓아 도주하기 시작했다.

배의 모양과 그 배에 탄 일행의 옷차림으로 보아 노백을 비롯한 사해상가의 수뇌들로 보였다.

노백까지 황금성을 버리고 도주한다는 건 육주연대의 후퇴가 거짓 후퇴가 아니라는 의미다.

그 어떤 사람도 자신의 안방까지 내주며 거짓후퇴를 하지는 않는다. 특히 황금성과 같은 곳은 더욱 그렇다. 온갖 금은보화로 가득 찬 곳이 바로 황금성이기 때문이었다.

그렇게 황금성이 급하게 비워지는 사이 후탄이 이끄는 전선들이 만화도 앞까지 다가왔다.

그리고 그곳에서 진격이 잠시 멈춰졌다. 후탄으로서는 고민이 되는 순간이었다.

이대로 송강 하구까지 밀고 들어가 송강 하구까지 점령하느냐. 아니면 일단 황금성을 점령하는 것으로 일차 공격을 마치느냐의 갈림길에 선 것이다.

그로서는 황금성을 지나쳐 가기가 아쉬웠다. 황금으로 보자면 송강 하구를 약탈하는 것보다 황금성을 점령하는 것이 훨씬 이득이기 때문이었다.

그곳에는 사해상가가 오랫동안 모아온 금은보화가 가득할 것이다. 더군다나 후탄은 황금성 그 자체에 대한 욕심도 있었다.

그래서 그는 잠깐 진격을 멈추고 후미에 따라오는 사대휴무종의 수장들과 신마성의 신마후들에게 전령을 보내지 않을 수 없었다.

물론 그들의 의견을 묻지 않고 독자적으로 황금성을 점령할 수도 있었지만, 그 일의 후환을 감당할 배포가 없는 후탄이었다.

그런데 그 얼마간의 기다림, 황금성에 대한 욕심이 만든 한순간의 멈칫거림이 갑작스럽게 전세를 뒤바꾸어 놓았다.

* * *

쿵쿵쿵!

갑자기 먼 바다에서 투석기가 석포를 쏘는 소리가 들려오기 시작했다.

황급하게 배를 타고 황금성을 빠져나오고 있던 노백이 급히 시선을 돌려 황금성을 바라봤다.

그의 모든 것, 그가 평생을 받쳐 이룩한 황금성에 대한 공격이 시작된 것이 아닌가 하는 불안함 때문이었다.

그로서는 생각지도 못한 후퇴였다.

설마 자신이 준비한 백여 척의 배에 탄 육주연대의 전사들이 제대로 싸우지도 않고 도주할 것이라고는 상상도 하지 못했던 노백이었다.

그래서 그조차 겨우 몇 개의 물건만 챙겨 들고 이렇게 황금성을 빠져나와 도주하고 있었다.

그리고 이제 자신의 위대한 황금성이 사악한 마인들의 공격에 무너지는 것을 자신의 눈으로 봐야 하는 지경에 이른 것이다.

"독안룡은 어디 있는가?"

노백이 으르렁대며 소리쳤다.

그러나 그 어디서도 독안룡 탑살을 찾을 수 없었다.

그의 눈에 보이는 것은 정신없이 후퇴를 하다, 적의 추격이 느슨해진 틈을 타 송강 하구 포구에 이르러 겨우 전열을 정비하는 육주연대의 전선들뿐이었다.

그 어디서도 독안룡 탑살은 찾을 수는 없었다.

그렇다면 노백은 일생일대의 실수를 한 것이 된다. 그가 이 싸움에서 사대휴무종의 화해 제안을 거절하고 육주연대에 합류한 이유는 독안룡 탑살의 존재 때문이었다.

그를 좋아하는 것은 아니지만, 적어도 해전에서의 그의 능력은 신뢰했다.

그가 있는 바다라면 절대 사대휴무종의 원정대가 뚫을 수 없을 것이라 생각했던 것이다.

그런데 정작 독안룡 탑살은 적의 공격이 시작되고, 육주연대의 전사들을 속절없이 뒤로 물러날 때도 나타나지 않고 있었다. 당연이 모든 원망은 독안룡 탑살에게로 향할 수밖에 없었다.

그리고 그 분노는 이제 곧 일어날 화려한 황금성의 파괴로 인해 극에 달할 것이다.

그런데 그런 노백의 예상과 달리 황금성은 무너지지 않았다.

왜냐하면 먼 바다에서 들려오는 석포 소리는 황금성을 공격하는 석포 소리가 아니라 바로 황금성을 노리는 적을 공격하는 소리기 때문이었다.

"독안룡입니다."

노백과 함께 도주하는 배에 오른 대행수 풍주가 침착하게 말했다.

"뭐?"

"독안룡이 적의 측면을 치고 있습니다. 아마도 해안가 기슭에 숨어 있었던 것 같습니다."

"그렇다면!"

노백이 자신도 모르게 송강 포구 쪽으로 시선을 돌렸다. 그러자 그의 예상대로 후퇴하던 육주연대의 배들이 빠르게 만화도를 향해 재진격하고 있었다.

그리고 처음과 달리 이번에 앞장을 선 배들은 자신이 준비한 상선이 아니라, 해전에 최적화된 해신성의 십여 척 전선들이었다.

"흐흐, 요런 간교한 자! 나까지 속일 정도로 후퇴를 하다니……."

노백의 빙그레 미소를 지었다.

앞서의 후퇴가 잘 계획된 거짓 후퇴였다는 것을 뒤늦게 깨달은 것이다.

"적을 속이려면 아군을 먼저 속이라는 말을 따른 것 같습니다. 아마도 육주연대의 전사들은 자신들이 거짓 후퇴 하고 있다는 사실조차 몰랐을 겁니다. 각 배에 해신성의 전사들을 나눠 태운 것도 그들로 하여금 이 작전을 원활하게 수행하게 하기 위함이었던 것 같습니다. 생각보다는 후퇴를 하면서 큰 손실이나 혼란이 없지 않았습니까? 다급하게 후퇴를 하면서도 말입니다."

풍주가 지금까지 일어난 일을 되새기듯 말했다.

"그렇군. 듣고 보니 그래. 과연 영악한 자야. 자, 그럼 우리도 성으로 돌아가자!

노백이 급하게 명을 내렸다.

"그래도 잠시 기다리심이……?"

여대행수 이단이 노백이 지나치게 흥분했다고 생각했는지 나직하게 충고했다.

"아니, 이 싸움은 결코 한순간도 놓칠 수 없어. 탑살 그자가 어찌 싸우나 내 눈으로 봐야겠어. 정말 그렇게 대단한 자인지 말이야. 가자고!"

노백이 이단의 충고를 무시하고 오히려 배를 모는 자를 재촉해 황금성으로 돌아가기 시작했다.

독안룡은 정확하게 사대휴무종과 신마성의 전선들 사이를 파고들었다.

육주연대 전선들의 후퇴를 송강 하구까지 지켜보았던 것은, 적들 중에서 사대휴무종과 신마성의 전선을 구분해 내기 위해서였다고 생각할 만큼 적의 빈틈을 정확하게 파고 든 독안룡이었다.

그리고 그의 의도대로 적의 진형에 금이 가기 시작했다.

애초에 사대휴무종과 신마성은 연합을 하기는 했지만, 무척 이질적인 집단이었다.

그래서 함께 송강 하구를 향해 진격하면서도 양측의 전선은 서로 섞여 있지 않았다.

그 구분만큼이나 감정적으로도 멀어서 한쪽이 위기에 빠졌다고 다른 한쪽이 목숨을 걸고 구해줄 사이도 아니었다.

그래서 독안룡 탑살이 묵룡대선의 압도적인 힘으로 둘 사이를 파고들어 갔을 때, 그들은 서로를 향해 도움의 손을 내미는 대신 뒤로 물러나 자신들의 피해를 줄이려고 노력했다.

그것이 그들의 패착이었다.

일단 묵룡대선이 길을 내자, 그 뒤를 해신성의 전선들이 파고들면서 신마성과 사대휴무종의 전선들을 완전히 분리시켰다.

그렇게 되자 신마성에 앞서서 전진하던 사대휴무종의 전선들은 송강 하구에서 반격을 가하는 육주연대의 전선들과 묵룡대선과 해신성 전선들의 전선들에 의해 순식간에 포위되는 상황에 처하게 되었던 것이다.

쿵쿵쿵!

적을 포위한 묵룡대선과 해신성의 전선들이 적선을 향해 석포를 퍼붓기 시작했다.

콰지직!

사방에서 사대휴무종의 배들이 부서져 나가기 시작했다.

송강 하구에서 선수를 돌려 반격을 가해오는 배들 중에도 석포를 장착한 전선들이 몇 척 섞여 있어서, 그 방향에서도 석포가 날아오자 무면귀 후탄이 지휘하는 사대휴무종의 전선들은 순식간에 궤멸적인 타격을 입을 수밖에 없었다.

상황이 그쯤 되자 신마성의 전선들은 그제야 이 전장 전체가 위기에 처했음을 깨닫고 물러남을 멈추고 사대휴무종 전선들을 돕기 위해 진격을 시작했다.

그런데 그 순간 다시 한번 사람들이 예상치 못한 큰 변화가 일어났다.

* * *

쿵쿵쿵!

새로운 석포 소리가 북쪽 바다에서 들려왔다.

그리고 뒤를 이어 신마성의 전사들을 태운 배들 사이에서 비명 소리가 터져 나오기 시작했다.

"악!"

"적이닷!"

"기습이다. 조심해!"

비명과 함께 서너 척의 배가 한순간에 침몰하기 시작했다.

전장의 모든 사람들의 시선이 북쪽으로 향했다.

포위되어 있던 사대휴무종의 전선에 탄 자들조차도 북쪽으로 시선을 돌렸다.

그리고 그들 눈에 한 척의 거대한 배와 그를 따라 오는 중간 크기의 전선들이 들어왔다.

석포는 그 전선들로부터 발사되고 있었다.

선두에 선 큰 배에는 검은 룡이 새겨진 깃발이 펄럭이고 있었고, 뒤따르는 중선들에는 은빛 깃발에 외로운 섬이 새겨진 깃발들이 펄럭이고 있었다.

그리고 그 배에 탄 전사들은 눈부신 광채로 번쩍이고 있었다.

"아!"

노백 옆에 서 있던 대행수 풍주의 입에서 자신도 모르게 탄성이 흘러나왔다.

곁에 노백이 있는 것조차 잊은 모습이었다.

그러자 노백이 중얼거리듯 물었다.

"그들이 맞나?"

"……."

노백의 질문에도 풍주는 대답을 하지 않았다.

대답 없는 풍주를 노백이 돌아보았다. 그러자 얼이 빠진 듯 눈부신 전사들을 태운 전선들을 정신없이 바라보는 풍주가 보였다.

"정신 차리게."

노백이 차갑게 꾸짖었다. 그러자 곁에 있던 이단이 툭 하고 풍주의 옆구리를 쳤다.

"엇!"

이단의 행동에 놀란 풍주가 이단을 바라보다가 이단이 눈짓으로 노백을 가리키자 그제야 정신을 차리고 황급히 노백에게 고개를 숙여 보였다.

"죄송합니다, 가주. 제가 잠시……."

"정신 차리게. 이럴 때 정신을 놓다니… 대행수답지 않군."

노백이 못마땅한 표정으로 말했다.

"죄송합니다."

풍주가 다시 한번 고개를 숙여보였다.

그러자 노백이 눈살을 한 번 찌푸리고는 다시 물었다.

"내가 생각하는 그들이 맞는 건가?"

"그런 것 같습니다. 저런 모습의 전사들이란 건……."

풍주가 말꼬리를 흐렸다.

"은갑전사단이 수호자들의 섬을 떠났다? 특별하군."

"애초에 그들의 목적이 흑라의 잔당으로부터, 혹의 외부의 마세로부터 육주를 지키는 것이었습니다. 그들이 나타난 것은 당연한 일일 겁니다."

어느새 침착함을 회복한 풍주가 대답했다.

"앞선 배는 좀 다른데?"

"독안룡이 새로 건조했다는 묵룡이선이나 삼선이 아닐까 싶습니다만……."

"흠… 그렇군. 함께 왔다는 것은 둘 사이에 이미 약속이 되어 있었다는 뜻이겠지?"

"예전부터 면밀한 관계를 유지하고 있었을 겁니다."

풍주가 말했다.

"후우… 독안룡! 영악하군. 아닌 척 하면서 육주의 권력에 욕심이 있었어. 이 기회에 육주의 왕이 되려는 건가? 은갑전사단까지 동원해서……."

노백이 씁쓸한 표정으로 말했다.

"그의 야심은 알 수 없지만, 이 전쟁이 끝나면 그의 명성은 지금보다도 더 높아질 겁니다. 육주의 그 누구도 견줄 수 없을 만큼……."

풍주가 말했다.

"젠장… 그자에게 머리를 조아리기는 싫은데……."

노백이 쓴 약을 삼킨 표정으로 말했다.

"유일한 해결책은 역시……."

"신무종이라는 건가?"

노백이 풍주의 생각을 읽고 되물었다.

"그렇습니다. 전쟁이 끝나면, 혹은 전쟁 중이라도 독안룡을 상대할 수 있는 자들은 결국 신무종의 고수들뿐일 겁니다. 세력으로는 이젠 그 누구도 독안룡을 위협하거나 경쟁하지 못할 겁니다."

"그들이 움직일까?"

"설득하기 나름이겠지요. 그들 역시 수백 년간 향유하던 신무종의 독보적 권위가 독안룡에 의해 흔들리게 된다면, 아니, 흔들리게 될 거라 생각하면 움직일 겁니다."

"그런 생각이 들게 하라는 거지?"

노백이 물었다.

"…그게 우리가 할 수 있는 유일한 방법일 겁니다."

풍주가 대답했다.

그러자 노백이 씩 미소를 지었다.

"하긴… 그렇지. 우리가 언제 도검으로 싸웠나. 한 근 머리와 세 치 혀로 싸웠지. 그것이 장사꾼이라… 후후후!"

* * *

은갑전사단이 묵룡이선을 앞세우고 나타나는 순간 전쟁의 양상의 완전히 변했다.

뒤늦게 사대휴무종 전사들을 구하기 위해 진격하던 신마성의 전선들은 오히려 조금 더 먼 바다로 물러나기 시작했다. 이미 자신들의 전선을 적지 않게 잃은 상태였다.

북쪽에서 내려온 묵룡이선과 은갑전사단의 배들은 빠르게 묵룡본선과 합류했다.

그리고 그렇게 강력해진 전력으로 신마성의 전선들을 추격하는 대신 만화도 인근에 고립된 사대휴무종의 전선들을 공격하기 시작했다.

쏟아지는 석포에 일어난 거친 파도로 인해 사대휴무종 고수들을 태운 배들이 가랑잎처럼 흔들렸다.

그리고 석포에 맞은 전선들이 하나 둘 침몰하기 시작했다.

처음 포위망에 갇힌 전선의 숫자가 삼십여 척, 그중 이십여 척의 배가 순식간에 바닷속으로 수장됐다.

곳곳에서 바다로 뛰어든 자들이 살기 위해 뭍을 향해 헤엄치고 있었다.

후탄이 이끄는 얼마간의 전사들을 빼면, 나머지는 모두 바다에 익숙지 않은 사대휴무종의 고수들이었다. 그럼에도 그들은 뛰어난 무공을 바탕으로 빠르게 뭍을 향해 헤엄쳐 나갔다.

그러자 육주연대의 배들 사이에서 뿔피리 소리가 들려왔다.

뿌우우 뿌우우!

연이어 들려오는 신호음에 송강 하구 쪽에 위치한 배들이 포위를 풀고 헤엄쳐 도주하는 적들의 앞 방향, 그들이 뭍에 상륙할 지점을 향해 이동하기 시작했다.

뭍으로 이동해 온 적들을 사로잡겠다는 뜻이었다.

독안룡 탑살은 묵룡대선 위에서 만화도를 중심으로 벌어지는 해전을 묵묵히 지켜보고 있었다.

그런 묵룡대선 옆으로 다가온 묵룡이선이 선수를 나란히 하고 밀착했다.

"선장님!"

묵룡이선 위에서 독사검왕 서군문이 탑살을 향해 인사를 했다.

"어서 오시오. 수고하셨소!"

"늦지 않아 다행입니다."

서군문이 가볍게 고개를 숙여보였다.

"정확하게 때를 맞춰 주셨소. 그래서 우리 쪽 피해가 거의 없을 것 같소."

탑살이 고개를 끄떡이며 말했다.

그러자 서군문이 고립된 사대휴무종의 배들을 보며 말했다.

"마지막 공격을 가할까요?"

서군문의 물음에 탑살이 고개를 저었다.

"아니오. 끝은 그들 스스로 하게 놔둡시다."

"그들이라시면……."

"팔대활무종. 그들이 끝내야 하는 싸움이오. 그래야 나중에라도 후환이 없을 것이오."

"알겠습니다."

서군문이 탑살의 의도를 금세 알아채고 대답했다.

사대휴무종이 이번 원정에 그 수장들과 주요 고수들이 모두 나왔다고는 해도, 그들의 본산에는 그 후인들이 남아 있을 것이다.

그들은 오늘의 패배를 설욕하기 위해 노력할 것이고, 탑살은 그런 그들의 표적이 되길 원치 않았다.

원한의 뿌리를 뽑는 것이 얼마나 어려운 일인지, 대를 이어 묵룡대선의 후예들에게까지 그 원한이 이어진다는 것을 잘 알고 있는 탑살이었다.

그 긴 싸움의 여정을 탑살은 팔대활무종에게 미루려는 것이었다.

탑살과 서군문이 사대휴무종 전사들에게 대한 추격을 하지 않기로 결정하는 사이 다른 한 척의 배가 묵룡대선의 오른쪽으로 다가왔다.

그리고 그 위에서 눈부신 은갑을 두른 노전사가 탑살을 향해 가볍게 인사를 했다.

"선장님, 오랜만입니다."

그러자 독안룡 탑살이 노전사가 탄 배 쪽으로 걸음을 옮기며 말했다.

"와 주셨군요."

"선장님께서 부르시는데 어찌 오지 않을 수 있겠습니까? 더군다나 육주의 안위가 걸린 싸움인데……."

노전사가 투구를 쓴 채로 빙그레 미소를 지었다.

은갑전사단을 이끄는 백전노장, 고독한 검은 늑대 부하라다. 그의 별호나 알려진 성정에 비하면 오늘 그의 얼굴빛은 무척 밝았다.

"덕분에 싸움이 쉽게 끝났습니다."

탑살이 가볍게 고개를 숙여보였다.

"무슨 말씀을! 모두 선장님의 탁월하신 전략 덕분이지요. 묵룡대선의 위력 역시… 그런데 어느 쪽이든 추격은 하지 않는 겁니까?"

부하라가 뭍으로 도주하는 사대휴무종과 더 먼 바다로 물러가는 신마성의 전선들을 번갈아 보며 물었다.

"물러간다면 굳이 싸울 필요가 없는 상대들입니다."

"음… 후환을 남기는 것이 아닐지……."

부하라가 걱정스럽게 말했다.

"사대휴무종은 결국 팔대활무종이 상대할 것입니다. 그들 간의 사정이 있으니까요. 그리고 신마성은… 글쎄요. 의외로 이 싸움에 큰 의욕이 없는 것처럼 보이는군요. 마치 끌려온 사람들처럼. 그런 자들을 상대로 형제들의 피를 희생할 필요가 없지요."

탑살이 대답했다.

"그런가요?"

부하라가 고개를 갸웃하며 신마성의 전선을 바라봤다.

확실히 그들은 더 이상 싸울 의사가 없는 듯 꽤 먼 거리까지 물러나 있었다.

그리고 개중에는 아예 배를 돌려 대양으로 나가는 전선들도 보였다. 후퇴가 아니라 철군의 명이 내려진 것 같은 모습이었다.

"정말 저대로 다시 바다를 건너 파나류로 돌아갈지도 모르겠군요."

부하라가 뒤늦게 탑살의 의견에 동조했다.

그러자 다른 쪽 배에 있던 독사검왕 서군문이 큰 소리로 외쳤다.

"그래도 저자는 손을 좀 봐야지 않겠습니까?"

서군문의 검이 모든 것을 포기한 듯한 표정을 짓고 있는 너덜거리는 전선 위의 사내. 무면귀 후탄을 가리키고 있었다.

쐐애액!

한 줄기 검기가 허공을 갈랐다.

검기는 무서운 속도로 공기를 가른 후 무면귀 후탄을 향해 떨어져 내렸다.

"대장님!"

무면귀 후탄 옆에 있던 십이귀장 명사가 다급하게 후탄을 불렀다.

후탄은 자신이 심혈을 기울여 준비한 대선단이 침몰하고 흩어지는 것을 넋을 놓고 보고 있었다. 그래서 그는 자신을 향해 떨어지는 검기의 존재를 눈치채지 못하고 있었다.

"헉!"

무면귀 후탄이 명사의 경고에 뒤늦게 자신을 향해 떨어지는 검기를 깨닫고 기겁하며 뒤로 물러났다.

쾅!

검기가 아슬아슬하게 후탄을 지나쳐 배의 갑판에 내리꽂혔다.

콰지직!

검기에 격중된 갑판이 벼락에 맞은 듯 움푹 파여 들어갔다.

"해적 놈! 오늘은 네놈의 목을 반드시 베겠다."

검기를 뻗어내면서 배를 날아 넘어온 독사검왕 서군문이 물러나는 후탄을 향해 돌진하며 소리쳤다.

"독사검왕!"

서군문을 알아본 후탄이 당황한 표정으로 소리치며 더 뒤로 물러났다.

그의 무공 실력으로 볼 때, 독사검왕 서군문에게 일방적으로 밀린 실력은 아니었다.

하지만 단단히 믿고 있던 자신의 대선단이 와해된 충격으로 인해 후탄은 서군문을 맞아 싸울 전의를 상실하고 있었다.

전의를 상실한 자는 결코 싸움에서 승리할 수 없다. 누구보다도 후탄 자신이 잘 알고 있는 사실이었다.

그래서 후탄은 싸워 이기는 쪽보다 도주하는 쪽을 택했다.

콰앙!

서군문이 뻗어낸 검기를 어렵사리 막아낸 후탄이 훌쩍 몸을 날려 배에서 날아 내렸다.

"놈!"

예상치 못한 후탄의 도주에 서군문이 노성을 터뜨리며 서군문이 뛰어내린 배 앞쪽으로 달려갔다.

"나중에 보자, 독사 놈아! 내가 반드시 재기해서 다시 너와 외

눈박이 장사꾼 놈을 찾아가겠다. 네놈들을 죽이는 것이 내 평생의 업이 될 것이다!"

지금까지 자신이 겪은 모든 실패가 독안룡 탑살 때문이라고 생각하는 후탄이 독안룡과 서군문을 향해 독설을 퍼부어댔다.

그는 반파된 작은 소선(小船)에 몸을 싣고 부지런히 노를 젓고 있었다.

그의 수많은 수하들 중 그 누구도 후탄의 곁에 남아 있지 않았다.

노를 젓는 방향은 육주, 일단 그도 사대휴무종의 종주들처럼 육지로 도주한 후 후일을 도모할 생각이었다.

그런데 그런 그의 바람은 한 인물의 등장으로 산산이 깨져 버렸다.

"네가 갈 곳은 없다. 따라서 네 미래도 더 이상 없다."

등 뒤에서 들리는 굵은 목소리에 후탄이 놀라서 고개를 돌렸다.

그러자 그의 눈에 사람의 얼굴을 알아볼 수 없을 만큼 눈부신 갑옷을 걸친 노전사의 모습이 보였다.

"넌……?"

"날 기억하겠지? 과거 두어 번 보았으니까."

"검은 늑대… 부하라!"

"기억하는구나!"

은갑전사단의 단주 부하라가 가볍게 미소를 지으며 말했다.

"네놈……."

후탄이 이를 갈았다. 은갑전사단의 등장으로 신마성이 물러난 것을 알기 때문이었다.

그렇지 않았다면 승리는 몰라도 적어도 자신의 전선들이 이렇게 완벽하게 와해되지는 않았을 것이다.

그래서 패배의 원망이 한순간에 탑살에게서 부하라에게로 움직였다.

"날 원망하는구나. 어리석은 자! 너 자신의 능력을 탓해야지. 아무튼… 이젠 너의 그 찬란한 악명도 끝낼 때가 된 것 같구나. 감히… 외부의 마세를 동원해 육주를 침탈하려 하다니! 바로 그런 자들을 주살하는 것인 우리 은갑전사단의 업(業)이다!"

팟!

부하라가 선언하듯 소리치며 후탄을 향해 날아올랐다.

쐐애액!

부하라의 검에서 일어난 검기가 날카롭게 후탄을 향해 떨어졌다.

그의 별호, 고독한 검은 늑대에 너무 잘 어울리는 검기다.

"이놈!"

이번만큼은 후탄 역시 허둥지둥 물러나지 않았다. 부하라에 대한 원망도 원망이지만, 이미 자신의 인생 마지막 싸움을 예감하고 있었기 때문이었다.

뒤에는 독사검왕 서군문, 앞에는 검은 늑대 부하라다. 더 이상 도주할 곳이 없었다. 이럴 때는 어렵더라도 결국 한쪽을 깨뜨려야 길을 열수 있었다.

그리고 그 상대는 지금 이 순간 자신을 공격해 오는 부하라일 수밖에 없었다.

콰앙!

작은 배 위에서 부하라와 후탄의 검이 격돌했다.

"욱!"

후탄이 부하라의 힘을 이기지 못하고 신음을 토하며 뒤로 물러났다.

"쥐새끼 같은 놈! 오직 배와 바다가 널 지켜주었을 뿐, 전사의 대결 같은 것은 제대로 경험도 하지 못했겠지."

번쩍!

부하라가 늑대가 사냥감을 공격하듯 날카롭게 후탄을 허리를 베어내며 소리쳤다.

팟!

"억!"

단번에 측면 허리를 베인 후탄이 신음 소리를 토해냈다.

그런 그를 향해 부하라가 마지막 일격을 가하며 소리쳤다.

"그 옛날 네놈은 흑라를 추종했다. 우리 은갑전사단은 바로 그런 놈들을 주살하는 것을 평생의 업으로 삼은 사람들이지. 그런 면에서 정말 오랜만에 위대하신 철사자님의 명을 실행하는구나!"

번쩍!

부하라의 검이 허공에서 눈부신 검광을 뿌렸다.

그리고 다음 순간 그 검광을 따라 붉은 혈화가 몇 방울 떠올랐다 떨어져 내렸다.

쿵!

혈화가 미처 가라앉기 전에 그 아래 후탄의 몸이 먼저 쓰러졌다.

투툭!

쓰러진 후탄의 몸 위로 혈화가 내려앉았다.

"사, 살려주시오! 나… 난 환무종 사람이오!"

한쪽 다리가 잘린 후탄이 뒤늦게 신무종의 이름을 앞세워 목숨을 구걸했다.

"이런 간교한 놈! 사대휴무종? 설마 그 이름이 아직도 힘을 가지고 있을 거라 생각하는 거냐? 신마성을 끌어들여 육주를 침탈하려던 자들이 여전히 이 땅에서 고귀한 명성과 권위를 가지고 있을 거라 기대하는 거냐?"

"…살려주시오! 뭐든, 뭐든 하겠소!"

후탄이 다시 소리쳤다.

그 역시 이제 사대휴무종이 그 자신에게 어떤 도움도 되지 않는다는 것을 알고 있는 것이다.

"전사란 죽을 자리를 마다하지 않는 법이다. 그리고 오늘 네가 죽을 자리가 바로 이곳이다."

부하라가 후탄의 목을 치기 위해 검을 들어 올렸다.

그런데 그 순간 조금 떨어진 곳에서 독안룡 탑살의 목소리가 들려왔다.

"단주께서는 그자를 내게 넘겨주시겠습니까?"

"설마 이따위 인간을 살려주시려는 겁니까?"

부하라가 의아한 표정으로 탑살을 보며 물었다.

그러자 탑살이 대답했다.

"그자의 악행은 죽어 마땅한 것이지만, 그자의 머리와 입은 살려 둘 가치가 있습니다. 그자는… 신마성주를 만났을 것이고,

사자의 섬에 남아 있을 그들의 세력에 대해서 우리에게 해 줄 말이 있을 겁니다."

"…음, 그렇군요. 신마성은 여전히 건재하니까."

부하라가 뒤늦게 고개를 끄떡였다.

"살려만 주시오. 뭐든 물은 대로 답하고, 시키는 대로 행하리다!"

살길이 열렸다고 생각한 후탄이 머리를 조아리며 소리쳤다. 잘려 나간 한쪽 다리를 치료할 생각조차 하지 않는 절박함이었다.

"후우… 산다는 게 뭐라고……! 이 자를 치료해 묵룡대선에 태워라!"

자신이 살아가는 모습과 너무 다른 후탄을 이해할 수 없다는 듯 고개를 저으며 부하라가 명을 내렸다.

그리고 가볍게 몸을 날려 자신의 배로 물러났다.

그러자 은갑전사 중 몇 명이 후탄의 배로 날아 내려 그를 치료하기 시작했다.

* * *

만화도를 중심으로 벌어졌던 대해전은 예상과 달리 육주연대의 일방적인 승리로 끝났다.

신마성과 사대휴무종의 연합 세력은 변변한 싸움 한 번 치르지 못하고 사분오열되어 각자 살길을 찾아 흩어졌다.

그리고 그 승리에 대한 찬사는 당연하게 독안룡 탑살에게로 향했다.

적의 약점을 정확하게 파악한 전략의 승리라는 것이 싸움에 참여했거나, 혹은 육지에서 싸움을 지켜본 사람들의 공통된 평가였다.

탑살이 주목한 것은 신마성과 사대휴무종의 연약한 연결고리였다.

그들은 서로 이득을 위해 모였기에, 각자 목숨을 걸고 서로를 지켜줄 세력들은 아니었다.

탑살은 정확하게 그 점을 파고들어, 일차적으로 신마성과 사대휴무종의 전선(戰船)들을 분리한 후, 사대휴무종 세력에 공격을 집중함으로써 신마성의 마인들이 싸움에서 물러나게 만들었다.

더군다나 북쪽에서 먼 바다를 향해해 온 묵룡이선과 은갑전사단의 등장은 육주연대의 전사들조차 예상하지 못한 변수여서 신마성이 싸움을 포기하고 물러나기에 충분한 동기가 되었다.

그렇게 사람들이 예측하지 못한 전략과 추가 전력을 준비한 독안룡 탑살의 치밀함이 육주연대에 큰 피해 없이 거대한 해전을 승리로 이끈 원동력이었다.

그런데 그렇게 위기에 빠진 육주를 구한 독안룡 탑살의 다음 행보가 다시 사람들의 칭송을 이끌어 냈다.

탑살은 해전 이후의 일은 모두 육주연대에 맡기고, 그 자신은 두 척의 묵룡대선과 은갑전사단을 데리고 왕의 섬으로 물러갔다.

그건 해전 이후의 육주의 권력 향배에 아무런 관심이 없다는 마음을 행동으로 보여준 것이었다.

그런 탑살의 행동이 그의 명성을 더욱 높였다.

야심을 가진 여러 성주들의 세력 싸움에 지친 육주의 사람들은 그래서 오히려 더 탑살이 육주의 중심이 되어주기를 바랐다.

하지만 그들도 알고 있었다. 탑살이 그들의 바람대로 육주에 남아 군림할 사람이 아니라는 것을.

그래서 사람들은 자연스럽게 그의 대안을 찾게 되었다.

그 대안으로 떠오른 사람이 녹산연가의 양녀이자 천록의 왕국의 후예를 자처하는 연이설이었다.

천록의 왕국의 재건되고 그 뿌리가 육주에 단단히 내려지면 적어도 이왕사후의 시대와 같은 가혹함은 없을 거란 생각을 육주 사람들이 갖기 시작한 것이다.

연이설에 대한 사람들의 기대를 높이는 이유 중 하나는 독안룡 탑살이 그녀를 후원하고 있다는 소문 때문이었다.

독안룡 탑살의 대제자 용전사 전위가 자신의 사형제들과 함께 연이설을 곁에서 돕고 있다는 소식이 퍼지자, 연이설에 대한 기대는 한층 더 커질 수밖에 없었다.

그러나 연이설에 대한 육주 사람들의 기대가 커질수록 초조해지는 사람들도 있었다.

지금껏 고고한 위치에서 사람들 모르게 육주를 지배해 온 자들, 팔대활무종의 종주들과 그들을 자신이 조종하고 있다고 믿어온 사해상가의 가주 노백이었다.

제3장

진정한 빛의 술사의 업(業)

작은 문이 열렸다.

그 문을 통해 무한은 거대한 해전을 지켜봤다.

카르릉!

풍룡의 울음소리가 애처롭다. 마치 자신의 생명력을 빼앗기고 있다는 듯 풍룡이 울어댔다.

그러나 그러면서도 무한의 손에서 벗어날 생각은 하지 않았다. 무한은 풍룡의 머리에 손을 댄 채 빛의 정원 중심의 정자에 앉아서 세상을 보고 있었다.

무한이 빛의 정원에 들어와 있던 시간 동안, 풍룡은 다시 한 번 육주의 바다를 넘어 거대한 해전이 벌어진 땅을 보고 왔다.

풍룡은 그 전쟁의 모든 것을 눈에 담았고, 그 기억을 지금 무한에게 전하고 있었다.

위대한 천년밀교의 힘으로 탄생한 영물인 풍룡은 태생적으로 빛의 술사와 정신적인 교감을 할 수 있었다. 그래서 사람이 아님에도 무한과 자유로운 의사소통이 가능한 풍룡이었다.

그리고 그 교감이 극도로 발휘되었을 때 이렇게 의사소통의 경지를 넘어 풍룡이 보고 들은 모든 것들을 빛의 술사가 자신의 머릿속에 다시 되살릴 수 있는 경지까지 이르게 된다.

그렇게 지금 무한은 풍룡이 육주에서 보고 들은 것들을 눈을 감은 채 보고 있었다.

카르릉!

풍룡이 다시 한번 애처로운 울음을 흘렸다. 그리고 그 순간 무한이 풍룡의 머리에서 손을 뗐다.

"미안하구나. 힘들었어?"

"카르릉!"

무한의 물음에 풍룡이 고개를 저으며 대답했다.

"힘들지는 않지만 불안하다고? 그럴 수도 있겠지. 너의 기운이 흘러나가는 듯한 느낌이 들었을 테니까. 하지만 걱정할 것 없어. 그건 기운이 아니라 단지 네 기억일 뿐이니까. 그런데 그렇게 불안하면 물러나지 왜 그대로 있었니?"

무한이 풍룡의 머리를 쓰다듬으며 물었다.

"카륵 카르릉!"

풍룡이 대답했다.

"날 믿었다고? 후후, 고맙구나. 날 믿어주니. 그런데 참 대단한 분이지?"

무한이 물었다.

"카룽!"

무한의 물음에 풍룡이 고개를 끄떡이며 대답했다.

무한이 말한 사람은 독안룡 탑살이었다. 그는 풍룡의 기억을 통해 탑살이 어떻게 신마성과 사대휴무종 연합세력을 상대했는지 모두 볼 수 있었다.

그리고 그 대승리의 이유가 탑살의 세심한 전략 때문이라는 것을 알고 있었다.

"다른 건 몰라도 은갑기사단이 움직인 것은 정말 예상 밖이구나. 그들이 수호자들의 섬을 떠나 육주까지 올 줄은 몰랐는데… 후후후, 그나저나 아버지는 참 열심히도 싸우셔……."

무한이 미소를 지었다.

그가 떠올린 아버지는 묵룡이선을 타고 나타난 아적삼이었다.

아적삼은 신마성의 전선들을 공격할 때 배의 가장 앞에 서서 적선을 향해 화살을 날리고 있었다.

풍룡의 기억이 모든 장면을 가져온 것은 아니지만, 그 장면만은 무한의 뇌리 속에 분명히 남아 있었다.

"카르륵?"

무한이 머릿속에서 읽어낸 대해전에 대해 이런 저런 말들을 늘어놓는데, 갑자기 풍룡이 소리를 내 무엇인가를 물었다.

"음, 조금 더 발전했어. 이제 네가 본 것들을 나도 볼 수 있게 되었으니 빛의 술사로서 부족함이 없는 상태가 된 것이라고 할 수 있겠지. 이렇게 되고 보니 그동안 내가 얼마나 부족한 술사였는지 새삼 알겠더라고. 천년밀교의 위대한 힘이 얼마나 위험한 것인지도… 그런데 이런 빛의 술사의 진정한 힘을 너는 알고 있었을 테니 그동안 날 무척 비웃었겠다? 진정한 힘도 모르고 작은 힘으로 애송이처럼 으스대고 있다고."

"카르릉 카릉!"

무한의 말에 풍룡이 얼른 고개를 저었다.

"그래? 정말 아니야?"

"카릉!"

풍룡이 얼른 다시 대답했다.

"빛의 술사는 능력이 아니라 세상을 향한 선한 마음으로 되는 것이라고? 핫하, 어디서 그런 멋진 말을 배웠냐? 하지만 현실은 그게 아니라는 것을 알지?"

무한이 풍룡의 머리를 가볍게 치며 말했다.

그러자 풍룡이 훌쩍 날아오르면서 다시 소리를 냈다

"카릉?"

"언제 나갈 거냐고? 흠… 이제 나가야 할 것 같기는 한데. 자꾸 이곳에 오래 있고 싶은 생각이 들어. 그 어떤 시간보다 편했거든."

"카르릉!"

"맞아. 그래도 나가긴 해야지. 기다리는 사람이 많은데. 자, 그럼 가볼까!"

무한이 자리에서 일어났다.

그러자 무한에게서 물러났던 풍룡이 다시 날아와 무한의 어깨에 앉았다.

무한이 그런 풍룡을 쓰다듬으며 말했다.

"나가게 되면 어떤 식으로든 그들과의 관계를 정리해야겠지?"

"카르르릉!"

"모두 무릎 꿇리라고? 그건 불가능해, 그들이 뭘 하지 못하게 할 수는 있어도. 그리고 내 힘은 여전히 온전한 것이 아니야. 완전한 빛의 술사가 되려면 어둠의 술사의 힘… 그게 필요한 거지. 신마성주… 어쩌면 좋을까?"

무한이 고개를 갸웃했다.

이제 무한도 온전한 빛의 술사가 되기 위해 뭐가 필요한지 명확히 알고 있었다.

어둠의 술사인 신마성주로부터 천년밀교의 반쪽 힘을 회수하는 것, 그래야만 그는 온전히 빛의 술사가 될 수 있을 것이다.

그리고 온전한 빛의 술사만이 세상의 법을 다시 세울 수 있을 것이란 것도 알고 있는 무한이었다.

"카룽!"

무한의 말에 풍룡이 나직하게 소리를 냈다.

"그는 위험하다고? 그래, 맞아. 위험한 사람이야. 내가 경험한 바에 의하면 그는 어둠의 술사의 힘 이상의 그 무엇인가를 가지고 있었어. 아니라면 내가 그렇게 일방적으로 당할 수는 없거든. 빛의 힘에서 어둠의 힘이 나뉠 때, 사실 어둠의 힘은 어느 정도 빛의 힘에 구속되게 나뉘어졌으니까. 그게 천년밀교의 정통성이 빛의 술사에게 있는 이유이고. 그런데 그는 그런 법칙을 넘어섰어. 빛의 힘을 억누를 강력한 힘이 있더라고. 그게 뭘까?"

"카르르!"

"알아. 그럼에도 이제는 내가 다시 패하는 일은 없을 거라는 걸. 아무튼 그래도 위험하긴 하지. 변수가 있는 사람이니까. 일단… 신전을 떠나면 그를 찾는 일에 집중해 줘."

"카르릉!"

무한의 말에 풍룡이 얼른 대답했다.

"좋아. 그럼 이제 정말 나가자!"

무한이 훌쩍 정자에서 날아 내리며 소리쳤다. 그리고 문지기들이 기다리고 있을 서역신전의 지하 석실로 이어진 빛의 길로 다시 걸어 들어갔다.

* * *

후우웅 후우웅!

거친 사막의 사풍이 불어왔다. 거대한 모래 구름이 일행을 덮쳐왔지만 일행은 걸음을 멈추지 않았다.

그런데 한순간 신기한 일이 벌어졌다. 일행을 덮쳐 오던 모래바람이 마치 살아 있는 생명처럼 일행을 피해 측면으로 스쳐 지나갔던 것이다.

일행은 걸음을 멈췄다.

그리고 이 신비한 현상을 경탄의 시선으로 바라봤다. 마치 물속에 들어와 있는 것처럼, 자신들 주위를 휘감아 지나가는 사풍을 그 속에서 온전히 살펴볼 수 있었다.

그리고 그들의 시선은 마지막으로 한 사람에게 향했다.

낙타에 탄 채 사풍 위로 뚫린 하늘을 바라보고 있는 아름다운 청년, 신비롭고 거대한 빛의 아우라를 뿜어내는 인물, 무한이었다.

무한은 사풍이 일행을 스쳐 지나갈 때까지 움직이지 않았다. 그는 그저 고개를 들어 사풍 위 푸른 하늘을 바라볼 뿐이었다.

그렇게 사풍이 지나가자 날씨는 거짓말처럼 변했다.

사방은 뜨거운 태양에 반짝이는 모래의 세상, 어느 한 곳 눈길 머물 수 없는 사막이었고, 하늘은 구름 한 점 없이 눈 시리게 파랬다.

무한은 파란 하늘이 나타난 후에야 시선을 일행에게로 돌렸다. 그리고 그제야 사람들이 모두 자신을 바라보고 있는 것을 발견했다.

"왜요?"

무한이 자신을 바라보고 있는 사곤 등에게 물었다.

"어떻게 하신 겁니까?"

서역신전의 문지기 사곤이 물었다.

"그러니까, 뭘요?"

무한이 되물었다.

"사풍 말입니다. 어떻게 우리를 비껴가게 하셨습니까?"

"그게… 사람의 힘으로 되는 일이라고 생각하세요?"

무한이 미소를 지으며 되물었다. 세상의 그 누구도 사풍의 방향을 돌릴 힘은 없다. 위대한 자연의 힘 앞에서 인간의 힘은 보잘것없이 미미한 것이었다.

"그러니까 말입니다. 아무리 대단한 사람도, 설혹 빛의 술사님이라 해도 사풍의 방향을 틀 수는 없지요. 아니, 방향을 튼 게 아니라 사풍 안에서 온전히 우리가 있는 곳만 사풍이 비껴가게 만드는 것은 더더욱 불가능한 일입니다. 그런데… 그런 일이 우리에게 일어났군요. 그래서 여쭙는 겁니다. 어떻게 하신 건지……."

사곤이 다시 물었다.

그러자 무한이 고개를 저으며 말했다.

"조금… 실망이군요."

"그게 무슨 말씀이십니까? 제가 술사님의 힘을 너무 과소평가했다는 뜻입니까?"

사곤이 놀란 눈으로 무한을 보며 물었다.

"그런 것이 아니라 제가 어떻게 사풍이 밀어온 모래 바람을 피했는지 모르시는 것이 실망스럽다는 겁니다. 세 분은… 특히 사곤 님은 사막에서 오래 사셨으니 당연히 그 방법을 알고 있을 거라 생각했는데요."

"사막에서 오래 살면 만들어지는 능력이란 겁니까? 사풍의 방향을 바꾸는 힘이?"

"사풍의 방향을 바꾼 것이 아니에요. 사풍의 바람 길목을 읽은 거죠. 사풍이 분다고 모든 공간이 모래로 가득 차는 것은 아닙니다. 사풍 안에도 일정한 흐름이 있지요. 그래서 그 바람의 결을 읽어낼 수만 있다면 사풍 안에서 모래를 피할 공간을 찾을 수 있지요. 전 다만 그 길목에서 걸음을 멈췄을 뿐이에요. 사풍은 변하지 않고 불던 대로 우릴 지나쳐 지나간 것이고요."

"음……."

"허! 그런 방법이 있었던가?"

사곤은 침음을 흘렸고, 용노는 나직하게 탄성을 터뜨렸다.

생각해보면 위대한 능력이 아니라 다만 바람의 길을 읽을 수 있는 눈을 가지고 있느냐의 문제였던 것이다.

"모르셨어요?"

무한이 사곤 등이 그 방법을 모른다는 것이 오히려 신기한지 다시 물었다.

"저희는… 몰랐습니다. 그런 방법이 있는지. 그런데 그 방법은 역시 빛의 술사의 법으로 전해지는 겁니까?"

"그렇기는 한데, 아마 서역신전의 서고에 있는 서책에도 그 방법은 쓰여 있을 텐데요. 이제 보니 서고의 책을 모두 읽으신 것은 아니군요?"

무한이 타박하듯 말했다.

"아니, 뭐 그걸 다 읽을 필요야……."

사곤이 겸연쩍은 표정으로 말을 얼버무렸다.

"심심하셨다면서요? 평생."

"그렇긴 하지만……."

"그럼 다 읽으셨어야죠. 서책이 많은 것도 아니고. 겨우 오백여 권밖에 안 되는데… 그걸 다 읽지 않으셨다니……."

무한이 혀를 찼다.

"솔직히 재미있는 서책들은 아니죠."

"그래도 평! 생! 신전에만 계셨잖아요?"

무한이 핑계를 대는 사곤을 추궁했다.

"에이, 뭐 그렇습니다. 제가 서책에는 별로 취미가 없지요. 그래서 서고의 책 중에서 밀교의 경전만 읽었을 뿐입니다. 특히 잡학은……."

"잡학이 오히려 실용적일 때가 있어요. 뜬구름 잡는 경전보다."

"이런! 밀교의 교주께서 불경스럽게 그런 말씀을!"

"후후, 교주니까 그렇게 말할 수 있는 거죠. 아무튼, 나중에라도 모두 읽어 보세요. 생각보다 쓸모 있는 것들이 많을 겁니다."

"알겠습니다. 그런데… 나중에라… 다시 돌아갈 수 있을까요?"

사곤이 고개를 돌려 사막 저 멀리 보이는 작고 검은 점을 보며 말했다.

서역신전 위를 덮은 거대한 돌무더기가 그렇게 작게 보일 만큼 멀어져 있었다.

"일이 끝나면 다른 곳에 정착하셔도 되긴 하죠. 물론 사자의 섬이나 무산열도 북쪽 섬의 신전에서 생활하셔도 되고요. 하지만… 가끔은 그리울 때도 있을 겁니다. 이 사막의 서역신전이."

무한이 말했다.

"그럴까요? 그리워질까요?"

사곤이 평생 살아온 지겨운 곳을 떠나는데, 과연 이곳이 그리워질까 싶은 표정으로 중얼거렸다.

그러자 곁에서 듣고 있던 이공이 말했다.

"사람에게 지치면 그럴 겁니다. 사람들과 섞여 살다 보면 반드시 지치게 되어 있지요. 애초에 사람들이란, 후우……!"

무한 일행은 다시 풍룡이 우는 동굴을 지나 황벽의 한 중간으로 나왔다.

그리고 하루를 걸어 황벽을 관통한 일행은 불이 생명인 열화산을 뒤로하고 청류산으로 향했다.

청류산 산장은 고지대에 있어서 시간이 흘러도 그리 낡거나 삭지는 않았다.

더군다나 사곤과 이공이 무한을 따라 세상을 여행하는 동안 일 년에 한두 번은 이곳까지 나와 산장을 살폈으므로 며칠 묵어 가기에는 충분히 깨끗했다.

무한 일행은 그곳에서 한 달 정도 머물 생각이었다.

무한이 빛의 정원에 머문 시간이 대략 석 달 정도, 그리고 서역신전을 떠나 청류산에 까지 오는 시간이 다시 보름 정도였다.

무한이 육주의 바다 한가운데서 파나류 서역신전으로 돌아가기로 결정한 이후로 따지면 근 반년의 시간이 흐른 것이다.

그래서 무한과 그 일행은 세상 소식을 전해 들을 필요가 있었다.

물론 서역신전에서도 세상 소식을 듣지 못한 것은 아니었다.

간간히 사막을 여행하는 사람들도 있었고, 세상에 남아 있는 빛의 전사들이 보내오는 소식도 있었다.

특히 무한의 경우에는 풍룡이 가져오는 소식도 유용한 것들이 많았다.

그러나 청류산에서 접할 수 있는 소식들은 다르다. 그들이 직접 인근 작은 마을로 내려가 사람들로부터 얻어 오는 소식들은 살아 있는 것들이라서 단순한 소식이 아닌 그 느낌까지 알아낼 수 있었다.

같은 소식이라도 전하는 사람의 말투나 행동에서 그 소문이 세상에 어떤 영향을 미치는지 전혀 다른 방식으로 해석할 수 있었다.

그런 면에서 신마성주에 대한 파나류 원주민들의 평은 무한과 그 일행이 예상한 것과는 조금 달랐다.

특히 신마성주가 지금은 무서운 속도로 파나류 북부를 정복하고 이왕사후와 건곤일척의 대회전을 할 때와는 전혀 다른 존재로 여겨진다는 것은 무한 일행에게는 충격적인 일이기도 했다.

"영웅이라……."

풍노가 허탈한 음성으로 중얼거렸다.

"검은 영웅이라고 하더라고요. 여전히 두려운 존재이기는 한데, 그로 인해 파나류가 사람들이 안전하게 살 수 있는 땅이 되었다고……."

삼 일간 산을 내려가 주변 마을을 돌고 온 이맥이 조심스럽게 말했다.

"사람이 살 수 있는 땅?"

이공이 되물었다.

"예, 다시 말하면 파나류가 안정되었다는 말을 많이 하더군요. 특히 신마성의 신마후였다가 독립한 천극성의 마도한이나 대하성의 반융, 독립이라고 말하기는 뭐하지만, 신마제이성을 맡아서 주변을 다스리고 있는 신마후 룬에 대한 사람들의 평이 생각보다 좋았습니다. 세상을 두려움에 떨게 만들던 신마후들이 아니라 단호하게 질서를 잡아주는 성주들의 모습이랄까… 그들 덕에 다른 야심가들도 사람들을 함부로 죽이거나 약탈하지 못한다는 말이 돌고 있었습니다."

이맥이 파나류 사람들 사이에 돌고 있는 이야기를 자세하게 전했다.

"그리고 그 공이 자연스럽게 신마성주에게로 향한다?"

"그렇습니다. 그래서 개중에는 권력 쟁탈전으로 혼란스러운 육주보다 파나류가 오히려 살기 좋은 땅이 될거라 말하는 사람도 적지 않았습니다. 당연히 신마성주의 육주 원정에 대해서도 그리 나쁜 평은 아니었고… 물론 신마성과 사대휴무종의 패배는 충격적인 모양입니다만……."

이맥이 대답했다

"두려움을 통한 안정이라… 그야말로 어둠의 술사가 원하는 일이군요."

무한이 담담하게 대답했다.

그러자 소의가 조심스럽게 물었다.

"나쁜 겁니까?"

어떤 형태로든 파나류와 같은 위험한 땅에 질서가 생기는 것이 나쁜 것은 아니지 않냐는 물음이다.

"물론, 당장은 나쁜 것이 아니지요. 하지만 어느 순간 그 질서를 유지하는 자들이 정말 공포스러운 일을 하게 된다면 그때는… 이 땅이 지옥으로 변할 겁니다. 특히 그들의 행동이 선의(善意)가 아니라 지배의 방편이나, 혹은 누군가 한 사람의 지시에 의한 행동이라면 더더욱 위험하지요."

"신마성주의 뜻에 따라 이 모든 게 이뤄지고 있다고 보시는 거군요. 각 성주의 선택이 아니라……."

이공이 고개를 끄떡였다.

"그렇습니다. 애초에 인간의 본성은……."

무한이 말꼬리를 흐렸다. 말하고 보니 어느 순간부터 그 자신이 세상을 너무 비관적으로 보고 있는 것이 아닌가 하는 생각이 들었기 때문이었다.

"그가 사라지고 전혀 다른 성격의 어둠의 술사가 나타나면 이곳이 지옥으로 변하는 것은 한순간이겠군요."

이공이 무한의 생각에 동의한다는 듯 고개를 끄떡였다.

"하지만… 그런 변화는 육주에서도 언제나 있어온 것 아닙니까?"

용노가 반문했다.

"육주의 야심가들이 신마성주보다 선하다는 말은 아닙니다."

무한이 미소를 지으며 대답했다.

"맞습니다. 그들이 결코 신마성주보다 선하다고 말할 수 없지요. 적어도 이왕사후나 팔대활무종 같은 자들은 더하면 더했지… 젠장, 그러고 보니 지금 육주에서 가장 살판난 사람들은 팔대활무종이겠군요. 눈엣가시 같은 사대휴무종을 신나게 사냥하고 있을 테니까요. 사대휴무종을 제압하고 나면 결국 세상에서 가장 고고한 자들은 그들 자신뿐이라고 생각할 테니까요."

용노가 갑자기 화제를 돌렸다.

그러자 무한이 다시 고개를 저었다.

"그것도 꼭 그런 것은 아닌 것 같아요. 그 전쟁으로 인해 팔대활무종도 결국 고귀한 천외천의 인간에서 보통 인간의 위치로 내려왔다고 하더군요. 육주의 사람들에게."

"하긴… 풍룡이 그리 전하던가요?"

"예. 그리 말하더군요."

무한이 대답했다.

풍룡은 그들이 서역신전을 떠나는 순간 무한의 명에 따라 다시 세상으로 떠났다.

신마성주를 찾는 것이 급선무였지만, 그 외에도 바다를 건너가 육주의 일을 빠르게 살피는 것 또한 풍룡만이 할 수 있는 일 중 하나였다.

배로 왕복 두어 달 이상 걸리는 육주의 바다를 풍룡은 단 며칠 만에 다녀올 수 있었다. 그 속도는 무한에게 많은 도움이 되었다.

"그럼 결국 이 전쟁에서 가장 큰 이득을 본 사람은 역시 연이설 님인 건가요?"

이맥이 물었다.

"그렇다고 봐야겠지. 어쨌거나 천록의 왕국을 재건할 수 있는 기반은 공고해진 것이니까. 특히 독안룡의 명성이 높아지면 높아질수록 천록의 왕국도 이득을 보는 구조가 되었으니……."

이공이 대답했다.

"명성은 독안룡님, 실리는 연이설 님, 그렇게 되었군요."

이맥이 고개를 끄떡였다.

"그래도 여전히 관건은 신무종들이라고 봐야겠지. 기왕에 인간의 세계로 끌려 내려왔으니 그들은 육주의 권력을 노골적으로 탐할 거다. 특히… 사해상가와 손을 잡으면 더더욱 그렇겠지. 사해상가는 사실 이 전쟁으로 육주에서 가장 큰 손해를 봤으니까."

"황금성이 약탈당한 것은 아니잖아요? 송강 하구의 시장도 건재하고."

"하지만 상선이 없다. 사해상가란 이름을 생각해 봐라. 그들에게 가장 중요한 것은 대해를 왕래하는 대선단이야. 그런데 이번 싸움에 그 상선들을 모두 내놓았다. 육주연대가 승리하기는 했지만, 그 와중에 파손된 배가 삼분지 일은 된다니……."

이공이 고개를 저으며 말했다.

상선의 삼분지 일이 파괴된 사해상가의 피해를 쉽게 복구 할 수 없다고 보는 듯 했다.

"더군다나 더 중요한 것은 애써 회복한 대하강 철광산에서 실어오던 상급의 철들을 잃었다는 거지. 그걸 찾기 위해 신마성이 건재한 사자의 섬으로 갈 수도 없고… 참… 재밌는 일이야. 그자의 얼굴을 봤으면 좋겠는데……."

이번에는 용노가 실실 웃으면서 말했다. 노백의 손해가 못내 즐거운 모양이었다.

"그래서 더 위험한 사람이 되는 거지요. 구석에 몰린 자는 무슨 일이든 할 수 있으니까요."

이공이 말했다.

"하긴, 결국 손 내밀 곳은 신무종… 신무종 역시 황금성에 쌓여 있는 사해상가의 재물들을 이용하면 단번에 거대한 세력을 만들 수 있을 테고. 고고한 존재로서의 존경심은 사라졌어도 그들의 무공은 여전히 육주 최고니까."

용노가 이공의 말에 동의했다.

그러자 무한이 잠시 생각에 잠겼다가 말했다.

"그들이 그렇게 노골적으로 과거 빛의 술사께서 제안하고 그들의 선조가 동의한 무종의 법을 깨뜨린다면… 그들은 그 대가를 치러야 할 겁니다."

"그들과… 싸우시렵니까?"

사곤이 놀란 표정으로 물었다.

무한이 모든 무공을 잃고 빛의 정원으로 돌아왔을 때, 사곤 등 신전의 문지기들은 그저 무한이 건강한 몸으로 돌아오기만을 빌었다.

그 여운은 지금도 남아 있었다. 그래서 무한이 예전보다 훨씬 강한 존재, 완벽하게 빛의 술사의 힘을 회복한 지금도 그들은 무한이 직접 위험한 인물들과 싸우는 것을 걱정하고 있었다.

그런 면에서 보자면 무한과 문지기들의 입장은 예전과 완전히 반대로 변해 있었다.

이전에 문지기들은 무한이 빛의 술사의 업을 등한시하고 세상일에 관여치 않으려는 태도에 약간의 불만을 가졌지만, 지금은 오히려 세상일에 본격적으로 관여하려는 무한의 행보를 걱정하고 있었다.

그건 그들이 무한을 빛의 술사라는 신분이 아니라 한 명의 인간으로서 사랑하게 되었다는 의미였다.

"필요하다면요."
무한이 대답했다.
"위험한 일입니다. 아무리 술사님이라 해도……."
"그들을 상대할 방법이 있어요. 준비하기가 어렵기는 해도……."
무한이 말했다.
"독안룡에게 도움을 청하시렵니까?"
사곤이 물었다.
무한이 가장 믿을 수 있는 힘은 독안룡 탑살의 묵룡대선이었다.
"음… 묵룡대선을 위험에 빠뜨리는 일은 없을 겁니다. 하지만 약간의 도움은 받을 수는 있겠지요. 적어도 사부님께서 신무종들이 움직이는 동기를 만드실 수는 있을 테니까요."
"신무종을 움직인다라… 무슨 생각을 하시는지 통 모르겠군요."
"그들을 불러 모을 방법이 있다는 거죠."
무한이 대답했다.
"함정을 파겠다는 겁니까? 묵룡대선을 이용해서? 하지만 그렇게 되면 묵룡대선도 그 싸움에서 벗어날 수 없을 텐데요."
"아뇨. 그런 식의 싸움은 아니에요. 빛의 술사의 방식은 다르지요. 다만……."
"……?"
"그 일을 하기 위해서는 한 가지 전제 조건이 있어요."
"어떤……?"
"어둠의 술사를 만나야 하다는 거지요."
"아!"

용노를 비롯한 문지기들이 나직하게 탄식을 흘렸다.

그들에게도 어둠의 술사, 신마성주는 두려움의 대상이었다. 사곤을 제외한 다른 사람들은 사자의 섬 신전에서 무한이 신마성주에게 속절없이 당하는 장면을 자신들의 눈으로 보았었다.

사곤 역시 서역신전으로 돌아온 무한의 몸 상태를 본 후 신마성주에 대한 두려움이 생겨 있었다.

그런 신마성주를 다시 만나야 한다는 것은 그들로서는 지옥으로 들어가는 것과 같은 느낌이었다.

"그와 다시 싸우신다면… 승산이 있습니까?"

용노가 조심스럽게 물었다.

"음… 적어도 패하지는 않을 거예요."

"…완성된 빛의 힘으로도 그 정도인 겁니까? 패하지 않는 정도……."

용노가 실망한 표정으로 물었다.

"이미 말했지만, 그는 어둠의 술사로서 얻은 힘 말고, 그에 버금가는, 어쩌면 그보다 더 강한 다른 힘을 가지고 있어요. 그래서 승패를 장담할 수 없는 거죠. 하지만 적어도 지난번과 같은 일은 없을 테니 안심하세요."

"정말입니까?"

용노가 확인하듯 물었다. 그런 확신이 없다면 무한이 신마성주를 다시 만나는 것을 막을 기세였다.

"지금 제가 가진 빛의 힘은 충분히 그를 상대할 만해요. 더군다나… 나 역시 그와 마찬가지로 빛의 술사의 힘 이외의 몇 개의 힘이 있으니까요."

"무극종… 그렇군요. 그것도 완성하신 거군요."

용노가 밝은 얼굴로 물었다.

"천년밀교의 비전은 참 신비한 구석이 많죠. 특히 사람의 잠재력을 일깨워 준다는 면에서… 물론 그래서 무섭기도 하지만 말이죠. 그 신비한 힘은 사람들의 상상 이상의 경지까지 닿아 있으니까요."

무한이 깊은 눈으로 청류산 아래 펼쳐진 세상을 보며 말했다.

가끔 문지기들은 무한이 알 수 없는 말을 한다고 생각했다.

물론 예전에도 무한은 문지기들이 볼 때 보통 사람들과 다른 성정을 지닌 것 같았다.

그러나 신마성주에게 받은 부상을 치유하기 위해 빛의 정원에 머물다 나온 무한은 그 이전보다 훨씬 많이 변해 있었다.

모호함을 넘어 신비함까지 불러오는 모습일 때도 종종 있었다.

그래서 문지기들의 생각 역시 이전과 다르게 변했다.

이전까지 그들은 무한이 빛의 술사라는 신분을 가지고 있었기에 그를 따르고 존중했었다. 물론 인간적으로 무한을 좋아하기도 했지만.

하지만 이제 그들은 무한의 능력과 신비함에 매료되고 있었다. 그 신비함이 빛의 술사로서의 완성 때문이라고 해도, 그들은 빛의 술사 무한이 아닌 무한이라는 그 사람에 대해 경외심을 갖기 시작한 것이다.

그런 감정을 느끼는 것에 무한의 나이는 아무런 방해가 되지 않았다. 가끔 문지기들은 무한이 어쩌면 수백 년 동안 살아온 사람이 아닐까 하는 엉뚱한 생각조차 했다.

인간의 나이를 넘어선 그 무엇이 무한에게 담겼다는 것을 그들은 본능적으로 느끼고 있었던 것이다.

그리고 그것이 진정한 천년밀교의 저력, 빛의 술사의 힘이었다.

무한과 그 일행은 예정대로 한 달 뒤 청류산 산장을 떠났다.

그들이 향한 곳은 풍룡이 돌아와 전한 신마성주의 거처가 있는 곳, 열화산이나 한열지보다 더 깊은 땅으로 알려진 곤모산 어딘가에 존재한다는 마정(魔井)이었다.

*　　　*　　　*

후우웅 후우웅!

푸른 숲이 사라지고 검은 숲이 보이기 시작한 지 삼일 만에 눈보라까지 불어댔다.

그야말로 여행하기에는 가장 힘든 날씨였다. 그럼에도 무한 일행은 꾸준히 앞으로 전진했다.

그들을 막아서는 눈보라나 혹은 어둠의 술사의 기운으로 인해 만들어졌을 것 같은 검은 기운들도 그들의 걸음을 막지는 못했다.

그들은 꾸준히 마정을 향해 걸었다.

다시 돌아온 풍룡이 높은 하늘에서 길을 잡아주고 있었기에 길을 잃을 염려는 없었다.

그래서 결국 그들은 청류산 산장을 떠난 지 한 달여 만에 설봉이 첩첩이 늘어선 대곤모산 깊은 곳에 자리 잡고 있는 작은 호수, 마정을 눈앞에 뒀다.

후우웅!

마정이 보이자 바람이 더 거세졌다. 마치 다가오는 무한 일행에게 걸음을 멈추고 돌아가라고 협박하는 것 같았다.

그 협박이 받아들여진 것일까. 문득 무한이 타고 있던 말의 고삐를 당겨 걸음을 멈췄다.

사실 말들은 이미 오래전부터 이 길을 가기 싫어하고 있었다. 다만 그들의 등에 탄 사람들의 강요에 못 이겨 마정을 향해 걷고 있었을 뿐이다.

말 못하는 미물이라고 하지만, 말들은 이미 본능적으로 마정 근처에서 흘러나오는 강력한 마기에 강한 두려움을 느끼고 있었던 것이다.

"참… 무서운 곳이군요. 아름답기도 하지만……."

걸음을 멈춘 무한의 곁에서 이맥이 중얼거렸다.

경치로만 보자면 마정 근처는 아름다웠다. 설경 중에 보물처럼 존재하는 마정의 존재는 신비로움 그 자체였다.

추운 곳임에도 불구하고 그 중심부에 얼지 않은 물결이 찰랑이는 호수가 존재한다는 것은 누구라도 신비함을 느낄 수밖에 없었다.

그러나 그래서, 그런 아름다움을 가진 곳이라서 사람들을 더 두렵게 만들었다.

이런 추운 곳에 얼지 않는 검은 호수라니…….

"잠시 쉴 곳을 찾아야겠어요."

무한이 말했다.

"좋은 생각이십니다. 쉬면서 피로를 풀고 그를 찾아가는 것이 좋을 것입니다."

사곤이 고개를 끄떡였다.

그러자 이공이 그들의 오른쪽에 위치한 산비탈의 숲을 가리켰다.

"저곳에 적당할 것 같군요. 숲은 작지만 눈을 막을 수 있고, 마정을 한눈에 바라볼 수 있는 곳입니다. 길에서도 가깝고……."

"그러죠."

무한이 이공의 의견에 찬성했다. 그리고 더 입을 열지 않고 이공이 가리킨 장소로 말을 몰아갔다.

"후우!"

툭툭!

숲으로 들어온 일행이 누가 먼저랄 것도 없이 길게 한숨을 내쉬며 옷에 묻은 눈들을 털어냈다.

검은 기운 때문에 검게 보일 뿐, 사실 그들 옷에 쌓인 눈들은 백설처럼 흰색이었다.

"작게 천막을 치고 불을 피우지요."

눈을 털어낸 후 무한이 말했다.

"그래도 될까요? 우리의 위치가 노출될 텐데요."

이공이 걱정스럽게 물었다.

그러자 무한이 고개를 저었다.

"그는 이미 우리가 온 것을 알고 있을 겁니다. 사실… 이미 삼일 전부터 우릴 감시하는 자들이 있었어요."

"…그런데 왜?"

이공이 의아한 표정으로 되물었다.

적에게 발견된 것을 알았으면서도, 특별한 경계 없이 마정까지 온 무한의 행동을 이해할 수 없었던 것이다.

이건 마치 호랑이 입속으로 걸어들어 온 것이나 마찬가지였다.

"그도 날 만나고자 한다는 것을 알았기 때문이죠."

"…그래도 위험한 것은 마찬가지입니다."

"아뇨. 어쩌면 대화로 잘 끝날 수도 있어요. 싸움은… 뒤로 미뤄질 수도 있을 겁니다."

"알 수가 없군요. 왜 그렇게 생각하시는지……."

이공은 여전히 무한의 판단을 믿을 수 없는 모양이었다.

"공격을 하려 했으면 벌써 했을 겁니다. 이곳보다 공격하기 편한 곳이 몇 군데 있었거든요. 우릴 도울 후군이 있는 것도 아니고… 굳이 마정까지 오기를 기다릴 필요가 없는 거죠. 그가 공격하지 않은 것은 날 만나 대화를 나누길 원한다는 뜻일 겁니다."

"음… 그렇다고 무사히 돌려보낼 거란 뜻은 아니지 않습니까?"

이공이 다시 물었다.

"글쎄요. 그건 두고 봐야죠. 내가 생각하는 계획에 그가 관심을 보인다면 우린 무사히 이곳을 벗어나게 될 거예요. 싸우게 된다면, 그와 나 둘 중 하나는 이곳에서 죽겠지요. 그나 나나 다른 분들이 개입하는 것은 원치 않을 테니 여러분은 어떤 경우라도 무사할 겁니다."

무한이 이공들을 보며 말했다.

"지금 저희들 목숨 걱정하는 것이 아니지 않습니까? 제가 걱정하는 것은 술사님의 안전입니다."

이공이 화를 냈다.

"하하, 알고 있습니다. 하지만 제 걱정도 하지 마세요. 어떤 경우라도… 이제는 그에게 죽을 일은 없습니다. 그래서 하는 말인데 여러분은 여기 계세요. 그는 저 혼자 만나고 오겠습니다."

"술사님!"

이공이 정말 화가 난 표정으로 무한을 바라봤다.

그러자 무한이 얼른 말했다.

"그게 절 위한 길입니다. 만약의 경우 그와 싸우게 된다면 저로선 홀가분하게 대결할 수 있어야 합니다. 그의 본거지에는 그의 수하들이 있지요. 그들에게 여러분이 공격당하는 일이 벌어지면 전 절대 그와의 싸움에 집중할 수 없어요. 그렇게 되면 우리 모두 위험에 빠지게 될 겁니다. 서로가 서로를 걱정하다가요."

"음……."

이공이 여전히 불만스러운 표정이지만 무한의 말에 반박하지는 못했다. 그도 무한의 말이 옳다는 것을 인정하기 때문이었다.

물론 그렇다고 해서 무한이 혼자 신마성주를 만나러 가는 것이 탐탁지도 않았다.

"그를 불러낼 수는 없을까요?"

문득 소의가 말했다.

"불러낸다고? 어디로? 어떻게?"
이맥이 의아한 표정으로 되물었다.
"술사님 말대로 그가 술사님을 만나기를 원한다면 그의 거처가 아닌 외부로 그를 불러내도 되는 것 아닐까?"
소의가 이맥을 보며 말했다.
"그러니까, 어떻게 불러내냐고?"
이맥이 답답하다는 듯 소리쳤다.
"그야 뭐… 그냥 술사님의 마정 근처에 가 있으면 그가 나오지 않을까?"
소의가 어깨를 으쓱하며 말했다.
"뭐? 그게 방법이냐? 그런 위험한 자를 불러낼?"
이맥이 어이가 없다는 듯한 표정으로 소의를 보며 되물었다.
그런데 그 순간 무한이 입을 열었다.
"그것도 좋은 방법이군요. 그라면… 나올 겁니다."
무한의 말에 일행이 모두 무한을 바라봤다. 신마성주를 불러내자고 말한 소의조차도.
"정말 그렇게 되겠습니까?"
사곤이 침착하게 물었다.
"한번 시도해 볼 만은 하죠. 그렇게 되면 여러분도 제가 그를 만나는 모습을 이곳에서 지켜볼 수 있을 겁니다. 제가 마정으로 가죠. 그전에 일단 몸을 좀 녹이고요."
무한의 말에 이맥과 소의가 얼른 자리에서 일어났다.

이맥과 소의가 숲으로 들어가 급히 마른 나무들을 모아 와

불을 피웠다. 그러고는 능숙하게 말에서 짐을 풀어 바람을 막아 줄 천막을 만들었다.

오랜 여행으로 이제 이런 일은 금세 해치울 만큼 능숙한 두 사람이었다.

무한은 피워놓은 모닥불에 몸을 녹이고 있다가 천막이 모두 만들어지자 자리에서 일어났다.

"다녀오겠습니다."

"정말… 혼자 가십니까?"

이공이 여전히 불안한지 다시 물었다.

"그게 좋습니다."

무한이 다시 한번 자신의 의사를 확인하고는 마정을 향해 걸어가기 시작했다.

"말이라도 타고 가시지요?"

뒤에서 용노가 소리쳤다.

"하하, 말이 무슨 죄입니까. 사지(死地)까지 따라가게. 그리고 몸을 피해야 한다면 말이 없는 게 저로서는 더 편합니다."

농담을 섞어 대답을 한 무한이 손을 흔들어 보이고는 마치 산책을 나가듯 눈 내리는 숲 밖으로 걸어 나갔다.

"후우… 참, 고집하고는……."

용노가 무한의 뒷모습을 보며 혀를 찼다.

그러자 사곤이 일행을 돌아보며 말했다.

"모두 만반의 준비를 하고 있게. 만약의 경우 빠르게 움직일 수 있도록!"

"알겠습니다, 대형!"

"예, 사백님!"

일행이 일제히 사곤에게 대답했다.

*　　　*　　　*

후우웅! 후우웅!

숲을 벗어나자 다시 차가운 눈보라가 무한을 향해 몰려왔다.

그러나 무한은 더 이상 그 눈보라에 영향을 받지 않았다. 눈들은 그의 몸 한 자 안으로는 들어오지 못했다. 무한에게서 흘러나오는 묘한 빛들이 눈송이들이 그에게 닿는 것을 막고 있었다.

그래서 시야도 자유로웠다.

그는 검은 호수 마정 주변을 찬찬히 살피면서 호수를 향해 다가갔다.

그리고 호숫가에 이르자 호수를 따라 천천히 걸음을 옮겼다. 정말 산책을 나온 사람 같았다.

그러다가 어느 순간 무한의 걸음이 멈췄다. 그가 멈춘 지점에서 서북쪽으로 그리 멀지 않은 곳에 성(城)이라고 부르기에는 너무 작고, 장원이라고 부르기에는 너무 큰, 검은 건물이 있었다.

그리고 그 안에 신마성주가 있었다.

제4장

그들이 알고 있는 것

신마성주는 성 안에서 무한을 바라보고 있었다.

그의 뒤에 서 있는 아불은 불안한 시선으로 그런 신마성주를 응시했다. 그의 눈에 왠지 모르게 신마성주가 무척 늙은 듯이 보였다. 그리고 그건 곧 약해졌음을 뜻한다.

"만나… 보시지요."

아불이 신마성주에게 말했다.

그러나 신마성주는 아무런 대답도 하지 않았다.

그러자 아불도 다시 입을 닫았다. 그의 말에 움직일 신마성주도 아니거니와, 이미 무한이 왔으니 만나지 않을 수 없다는 사실을 알고 있기 때문이었다.

"패배는 생각지 못한 일이었어."

호수에 서 있는 무한을 보고 있던 신마성주가 엉뚱한 말을 내

뱉었다.

"그야……."

아불이 당황한 표정으로 말을 얼버무렸다.

"내가 갔으면 달라졌을까?"

다시 신마성주가 물었다.

"그야 당연히……."

아불이 다시 대답했다.

아불은 이 세상에서 신마성주를 막을 수 있는 사람은 존재하지 않는다고 생각했다. 멀리 마정을 서성이는 빛의 술사 무한조차도.

"난 내가 가지 않아도 육주에 교두보 정도는 확보할 수 있을 거라 생각했네. 황금성을 점령하지는 못해도… 그런데 사대휴무종 종주들의 욕심이 과하다는 것을 간과한 거지. 송강 하구로 바로 진격하다니… 어리석은. 해전에서 독안룡 탑살을 무너뜨릴 수 있을 거란 생각은 어떻게 한 걸까? 겨우… 십이귀선의 해적 놈 따위를 앞세워서……."

신마성주가 혀를 찼다.

"겨우 그 정도 인물들이었던 것이겠지요."

아불이 경멸 어린 말투로 말했다. 그에게 사대휴무종이나 팔대활무종의 종주들은 결코 존경의 대상이 아니었다.

"그래. 겨우 그 정도 인물들… 그런 자들이 수백 년을 군림했지. 인간 위의 존재라면서… 가소로운 것들."

신마성주가 혀를 찼다.

"오래 기다렸습니다."

아불이 말했다.

마정을 서성이고 있는 무한을 두고 하는 말이다.

"음……."

신마성주는 아직 결심이 서지 않은 듯 나직한 침음을 흘렸다.

"…제가 가볼까요?"

아불이 다시 물었다.

"아니! 내가 만나야지."

"……."

"내 생각보다 빨라. 그리고 예상외의 행보고. 솔직히 날 바로 찾아올 거라고 생각지 못했네. 더군다나 저렇게 강해진 모습으로… 분명히 작지 않은 부상이었는데."

신마성주가 당혹스러운 음성으로 말했다.

"그런 것이 중요한 것은 아니지요."

아불이 말했다.

"…그렇군. 내가 정작 두려워하는 것은 저 아이의 아버지로서 난 자격이 없다는 거겠지?"

"충분한 자격을 갖고 계십니다. 다만……."

"다만… 뭐가 문제일까?"

"아버지로서 지금의 모습이 성주님 스스로 마음에 들지 않으신 거지요. 과거 철사자로 불리던 시절을 생각하면……."

"음……."

무곤이 신음 소리로 아불의 말에 수긍했다.

"하지만 아드님은 그렇게 생각지 않을 겁니다. 아니, 아드님이란 사실을 알리지도 않으실 생각이시지 않습니까? 지금 당장은……."

"그렇긴 한데. 자격지심이랄까……."

"평소답지 않으시군요."

"당연한 일이지. 마인이라도 아버지는 아버지니까."

"누가 감히 성주님께 마인이라는 말을 한단 말입니까? 그건 제가 용납할 수 없습니다."

"후후, 그야 자네들 사정이고. 다른 사람들에게야 난 마인이지. 저 아이에게도."

"어둠의 술사임을 밝히지 않으셨습니까? 아마 다른 대화가 가능할 것입니다. 보통 생각하는 정과 마의 구분은 이 경우에 해당하지 않지요."

"그렇게 보나?"

"성주님의 아드님이시라면 현명함을 갖추고 계실 겁니다."

"난… 현명한 사람이 아니었네."

"그런 말씀 마십시오. 그리고 이젠 그만 가서 만나보십시오. 날이 춥습니다. 오래 기다리게 할 일은 아니지요."

"훗! 빛의 술사에게 추위 따위……."

신마성주가 실소를 흘렸다. 그러면서도 아불의 충고에 따라 걸음을 옮기기 시작했다. 이젠 그도 더 이상 무한을 기다리게 하면 안 된다고 생각했기 때문이었다.

무한이 기다림에 지쳐 성 쪽으로 걸어오고 있었던 것이다.

* * *

뚝!

무한이 걸음을 멈췄다. 그가 성을 나왔다는 것을 본능적으로 알아챘기 때문이었다.

무한이 손을 들어 눈을 가리며 내리는 눈송이들을 막았다. 그러자 먼 곳, 작고 검은 성에서 한 인물이 검은 전포를 두르고 걸어오는 것이 보였다.

머리에는 검은 투구까지 썼다. 마치 전쟁을 하기 위해 나온 전사 같았다.

"후… 싸우자는 건가?"

무한이 길게 한숨을 내쉬었다.

그가 신마성주를 만나러 온 것은 싸우기 위함이 아니었다.

물론 훗날 육주와 신무종의 일이 정리되었을 때는 천년밀교의 정통성을 놓고 다시 한번 겨룰 수도 있었다. 하지만 적어도 오늘은 그와 싸우기 위해 온 것이 아니었다.

그런데 모습을 드러낸 신마성주가 전포에 투구까지 걸친 모습이니 당황스러운 일이었다.

무한으로서는 신마성주 무곤이 평소에도 이런 차림으로 살고 있다는 것을 모르기 때문에 생긴 오해였다.

저벅저벅!

성을 벗어난 신마성주는 거침없이 무한을 향해 다가왔다. 그 기세로 보면 정말 싸우려는 사람 같기도 했다.

후우웅!

눈바람이 불어와 신마성주의 전포를 날렸다. 그럼에도 신마성주는 약간의 머뭇거림도 없이 무한을 향해 걸어왔다.

"음……."

무한이 신마성주가 다가오면서 만들어내는 검고 어두운 기운에 자신도 모르게 신음 소리를 냈다. 그리고 본능적으로 진기를 끌어올렸다.

그러자 한순간 무한이 그 자리에서 사라진 것처럼 투명하게 변했다가 금세 본래의 모습을 회복했다,

그 모습을 본 신마성주가 걸음을 멈췄다. 그의 눈에 감탄의 빛이 서렸다.

"온전한 빛의 힘을 얻었구나!"

신마성주가 무한을 보며 말했다. 그의 말 속에서 알 수 없는 감격이 느껴진다.

"다시 만날 거란 걸 예상하셨소?"

무한이 물었다.

"물론, 죽지 않은 이상은… 그 당시의 부상은 죽을 정도는 아니었지."

신마성주가 대답했다.

두 사람의 거리가 대량 십오 장 정도여서 보통 사람이라면 목소리를 높여야 대화가 가능한 거리였다.

그러나 두 사람은 마치 곁에 있는 것처럼 조곤조곤 나직하게 말했음에도 서로에게 명확하게 자신의 말을 전달하고 있었다.

"내가 온 이유도 알고 있소?"

무한이 다시 물었다.

"글쎄. 그것까지야. 설마 날 죽이기 위해 왔느냐? 어둠의 술사의 힘을 얻어 완전한 빛의 술사가 되기 위해?"

신마성주가 물었다.

어떤 대답이 나와도 화를 낼 것 같지 않은 모습이다.

그런 신마성주를 무한이 이상한 눈으로 바라봤다. 신마성주에게서 어떤 적의나 전의도 느껴지지 않기 때문이었다.

"당신과 싸우고 싶은 생각은 없소. 하지만 내가 원하는 것을 얻기 위해 싸워야 한다면 그렇게 할 것이오.,"

"원하는 것이 무엇이냐? 역시 어둠의 힘이냐?"

"아니오. 내가 원하는 것은 당신이 가지고 있는 마지막 한 조각의 도편이오."

무한이 말했다.

그러자 신마성주가 품속에서 검은색 도편(陶片)을 꺼내 들었다.

"이것?"

"그렇소."

"천년밀교의 힘과는 아무런 관련이 없다며? 그런데 왜 이것을 원하는 거지?"

"…무공과는 관계가 없지만, 다른 힘을 가지고 있소. 지금 이 시대에 필요한 힘을……."

"이 시대에 필요한 힘이라… 뭘 하려는 거냐?"

신마성주가 물었다.

그러자 무한이 되물었다.

"당신은 뭘 원하시오? 이 시대, 이 땅에서!"

그러자 신마성주가 고개를 갸웃했다.

"글쎄… 솔직히 말하자면 난 이 세상에 원하는 바가 없다. 신마성을 일으킬 때는 이왕사후를 제거하는 것이 목적이었지. 그리고 얼마 전까지는 신무종의 버릇을 고쳐주고 싶었다. 그들에게 그들 위에 군림할 수 있는 존재가 있다는 것, 두려움이라는 감정을 심어주길 원했다. 하지만 지금은 그조차도 시들하구나."

"권력을 원하지 않소? 육주로 전선들을 보냈던데……."

"후후… 그건 육주를 원해서가 아니라 말했듯이 신무종의 버릇을 고쳐주기 위함이었지."

"실패했더구려?"

"네 사부 때문이었지. 바다에서는 그 누구도 독안룡 탑살을 상대할 수 없으니까. 어리석은 해적 놈이 전면전을 택할 줄은 나도 몰랐구나. 후후후, 하지만 아쉬운 결과는 아니다."

"신무종이… 살아날 거요. 육주에서! 지금까지와 달리 세상의 권력을 추구하면서!"

무한이 경고하듯 말했다.

"그렇겠지. 사대휴무종을 제압하고 나서는 더욱 욕심이 생길 테니까. 그런데… 그 일은 네 일이 아니더냐? 빛의 술사의 후인으로서 그들을 제어할 책임이 네게 있으니까."

"그 말은 날 빛의 술사의 유일한 후계자로 인정한다는 것이오?"

무한이 되물었다.

"음… 그렇다고 대답하면 어둠의 술사의 힘을 얻은 내가 너무 무책임한 건가?"

"아니오. 다만 그렇다면 그 도편을 내게 넘겨야 할 이유가 되지 않겠소?"

무한이 말하자 신마성주가 손에 든 도편을 눈앞에 들어 올렸다.

그리고 도편을 살피며 말했다.

"네 말을 들어보면 결국 이 도편 속에 신무종들을 굴복시킬 힘이 있다는 건데… 그것이 무공은 아니고. 대체 무슨 비밀이 숨어 있는 거지?"

"……."

신마성주의 물음에 무한이 침묵했다. 말해 줄 수 없다는 뜻이다.

그러자 신마성주가 고개를 저으며 말했다.

"말해줄 수 없다면 이 도편을 그냥 가져갈 수 없다!"

휙!

줄 수 없다면서도 신마성주가 검은색 도편을 허공에 던졌다.

그러자 도편이 허공에서 빙글빙글 회전하더니 흰 눈 위에 가볍게 꽂혔다.

퍽!

"날 설득할 수 없다면 네게 이 도편을 가져갈 능력이 있음을 증명하라!"

신마성주가 묵빛 검을 뽑아 들며 말했다. 자신을 꺾고 도편을 가져가란 뜻이다.

"꼭 그래야만 하오?"

무한이 물었다.

"세상에… 대가 없이 얻을 수 있는 것은 아무 것도 없다."

신마성주가 가르치듯 말했다.

"후우…! 좋소. 그래야만 한다면!"

무한이 가볍게 한숨을 내쉬고는 검을 빼 들었다.

지잉!

검집을 벗어난 검이 무한의 손 안에서 무겁게 울음을 울었다.

석림도의 한철로 만든 검은 신마성주 검은 기운에 본능적으로 반응하는 것 같았다.

"좋은 검이구나!"

신마성주가 새삼스럽게 무한의 검을 보며 감탄했다.

이미 사자의 섬에서 한 번 상대했던 검임에도, 오늘 무한이 다시 든 한철로 만든 검은 그때와 전혀 다른 검처럼 신비로운 빛을 발하고 있었다.

"당신이 상대해야 할 것은 좋은 검이 아니라 바로 나요."

무한이 검을 빼든 후 설원에 꽂혀 있는 도편을 향해 걸어 나오면서 말했다.

그러자 신마성주가 마주 걸음을 옮기며 말했다.

"후후후, 그렇군. 하지만 그 말은 곧 너 역시 상대해야 할 사람이 나라는 것을 의미한다. 널 위해 한 가지 사실을 말해주겠다. 난 태어나서 지금껏 단 한 번도 패한 적이 없는 사람이다. 무공이라는 것을 두고서는 말이다."

"…인생은 어떻소?"

무한이 물었다.

"인생?"

갑작스러운 무한의 질문에 신마성주가 고개를 갸웃했다.

"지금 이 모습… 인생에선 패배한 자의 모습인 것 같소만!"

순간 신마성주가 걸음을 멈췄다. 그리고 무한을 보며 나직하게 중얼거렸다.

"건방지구나……."

그러자 무한이 신마성주를 향해 뛰어 오르며 소리쳤다.

"충고할 자격이 있다는 걸 증명하겠소. 당신이 단 한 번도 패하지 않았다는 그 무공으로!"

파팟!

검기와 검기가 검은 도편 위에서 날카롭게 교차했다.

스치는 것만으로도 치명적인 부상을 입을 만큼 날카로운 검기다.

하지만 무겁지는 않다. 날카롭지만 부드러운 검기들은 겨우 몇 개의 눈송이를 잘랐을 뿐이다.

그리고 다시 서로를 스치고 지나친 두 사람이 상대를 향해 검을 겨눴다.

누구도 결코 서두르는 법이 없는 대결이다.

이들은 마치 세상의 시간이 자기들의 것인 듯, 아주 느리게 한 번씩 검초를 교환할 뿐이었다.

그러나 산 위에서도 두 사람의 대결을 지켜보고 있는 사곤 등과, 성 안에서 이 싸움을 지켜보는 아불도 감히 싸움이 벌어지는 곳으로 다가갈 생각을 하지 못했다.

무한과 신마성주 두 사람이 겨루는 초식은 단순하기 이를 데 없었지만, 두 사람의 주변에는 신비로운 빛의 장막이 펼쳐져 있었다.

그 장막 역시 흑과 백이 어우러진 것이었다. 검기의 움직임에 따라 출렁였지만, 그렇다고 그 안을 볼 수 없는 것은 아니었다.

태극의 섞임을 흉내 내는 듯한 빛의 장막은 그 자체로 신비로웠고, 대결 도중 일어나는 변화는 아름다웠다.

그런 두 사람의 싸움을 방해할 용기를 가진 사람은 마정 근처에 없었다.

창!

대결 후 드물게 검기와 검기가 부딪혔다.

검기의 충돌음이라기에는 작고 맑은 소리가 빛의 장막을 뚫고 멀리까지 퍼져 나갔다.

다시 한번 두 사람이 도편 위를 지나치며 순식간에 교차했다.

물론 그 누구도 부상을 입지는 않았다. 그런데 그 순간 무한이 슬쩍 몸을 틀면서 검을 들지 않은 손을 가볍게 뻗어냈다.

찌릿!

그의 손에서 한 줄기 지력이 발출됐다.

일지파천, 빛의 술사의 독문지공이다.

그런데 일지파천이 향한 곳은 신마성주가 아니었다. 무한의 손에서 흘러나온 지력은 설원에 박힌 도편의 아래쪽을 가볍게 두드렸다.

그러자 거짓말처럼 도편이 허공으로 떠올랐다. 그 순간 무한의 지력이 살아 있는 생물처럼 도편을 부드럽게 휘어감아 자신쪽으로 끌어들였다.

"어딜!"

순간 신마성주의 외침이 들려오더니 강력한 검은 검기가 무한의 지력을 끊었다.

빙글!

지력의 힘이 끊기자 허공에 떠 있던 도편이 두어 바퀴 회전하더니 다시 눈밭으로 떨어져 내렸다.

순간 신마성주가 가볍게 검을 휘둘러 검기를 만들어내더니 설원에 떨어지는 도편을 받아냈다.

"내 것이니 내가 회수하마!"

신마성주가 검기를 이용해 도편을 끌어당겼다.

순간 무한이 빛의 속도로 움직여 신마성주의 측면을 치고 들어갔다.

"애초에 세 개의 도편은 빛의 술사의 것이었소."

삭!

무한의 검기가 신마성주의 검기를 종으로 베었다.

팟!

한순간 신마성주의 검기가 허공에서 사라졌다.'

그러자 도편이 다시 힘을 잃고 눈밭으로 떨어져 내리기 시작했다.

사륵!

무한의 지력이 거의 눈밭에 떨어지려는 도편을 휘어 감았다.

그리고 다시금 도편을 자신의 손으로 이끌었다.

그런데 그 순간 검은 기운이 무한을 덮쳤다.

"도편이 흩어진 것은 그 이유가 있을 것이다. 그중 하나가 어둠의 술사에게 전해진 것 역시! 그리고 아직 넌 그걸 가져갈 자격을 증명하지 못했다."

신마성주의 무거운 음성이 그의 기운과 함께 밀려왔다.

순간 무한이 도편을 설원에 내려놓았다. 그러고는 옆으로 이동하면서 검을 휘둘렀다.

콰아아!

싸움을 시작하고 처음으로 거친 풍경이 연출됐다.

신마성주가 일으킨 검은 눈보라, 그리고 그 안으로 뚫고 들어가는 눈부신 무한의 모습이 보였다.

어두운 밤, 한 줄기 빛이 어둠을 밝히는 것처럼, 거칠게 일어난 검은 눈보라 속에서 무한이 만들어낸 빛이 검은 눈보라를 밀어내고 있었다.

그리고 그는 한 걸음 한 걸음 눈보라의 주인인 신마성주를 향해 걸어갔다.

신마성주 역시 뒤로 물러나지 않았다. 그는 더욱 강력한 눈보라를 일으켜 무한을 밀어내려 했다.

콰지지직!

한순간 두 사람 사이에서 벼락이 치는 듯한 소리가 터져 나왔다. 그리고 무한의 걸음이 멈췄다.

무한의 걸음만 멈춘 것이 아니었다. 신마성주 역시 검은 기운을 밀어내는 것 말고는 다른 행동을 하지 못했다.

그만큼 두 사람의 진기대결은 팽팽했다.

그들은 느끼지 못했지만, 진기대결이 시작된 이후 마정 외곽에 얼어 있던 얼음들이 줄줄이 금이 가 결국 산산조각이 나서 물 위로 떠오르기까지 했다.

그런 두 사람 사이에는 여전히 검은색 도편이 있었다.

"후우우!"

무한이 검을 들어 올려 자신에게 밀려오는 검은 눈보라를 막아내며 깊게 숨을 들이마셨다.

그리고 천천히 한쪽 무릎을 꿇기 시작했다.

그렇다고 그것이 신마성주의 공세를 이겨내지 못해 무너지는 모습은 아니었다.

툭!

무한이 한순간 부드럽게 무릎을 꿇은 후, 왼손을 내밀어 설원에 떨어진 도편을 잡으려 했다.

그 순간 신마성주의 검이 일으키는 눈보라가 더욱 강력해졌다.

휘우웅!

검은 눈보라가 무한을 압살할 듯이 밀려들었다. 그럼에도 무한은 태풍에 흔들리지 않는 바위처럼 자신의 중심을 잃지 않으면서 결국 도편을 손으로 집었다.

삭!

무한이 재빨리 도편을 들어 올렸다. 그러고는 다시 하늘을 지고 있는 사람처럼 무겁게 한쪽 무릎을 세우기 시작했다.

후두둑!

허공을 메웠던 눈송이가 녹아서 물이 되어 떨어졌다.

떨어진 물방울은 금세 지면의 냉기에 얼어붙었다. 그리고 더 이상 눈보라가 치지 않았다.

신마성주는 검은 도편을 손에 쥔 무한을 물끄러미 바라보고 있을 뿐, 더 이상 공격하지 않았다.

무한 역시 더 이상 싸울 이유가 없다는 듯 검을 검집에 넣고 도편을 품속에 갈무리 했다.

"날 믿느냐?"

신마성주가 물었다.

그러자 무한이 고개를 끄떡였다.

"적어도 도편을 들어 올릴 때 검으로 내 목을 치지는 않을 거라고 생각했소. 물론 모든 힘을 다해 방해는 하겠지만……."

"왜 그렇게 생각했느냐?"

"당신의 검에 살기가 없었으므로. 당신이 비무를 하려는 것이었지 생사결을 하려는 것이 아니라는 것을 깨달았소. 그래서 난 마음 편하게 도편을 집어 들 수 있었던 거요."

"음… 그 비무조차 하기 싫었던 거냐?"

신마성주가 물었다.

"우스운 일 아니오? 빛의 술사와 어둠의 술사가 비무를 한다는 것은……."

"우습다라… 그렇군. 우습군. 우리의 선조들은 서로를 못 죽여서 안달이었으니까."

신마성주가 고개를 끄떡였다.

"빛의 힘이 나뉜 이유를 알고 있소?"

무한이 물었다.

"알고 있다."

신마성주가 대답했다.

"그럼 그것이 애초에 나뉘어져서는 안 되는 힘이었다는 것도 알겠구려?"

"운명이었던 거지. 천년밀교조차 거부할 수 없는……."

신마성주가 대답했다.

"의외구려. 대신마성주께서 운명론자일 줄은 몰랐소."

정말 의외라는 듯 무한이 말했다.

"내가 처음부터 어둠의 술사였다고 생각했던 것이냐?"

"…아마 처음부터 그런 삶을 사는 사람은 없었을 것이오."

"그렇다. 나 역시 운명에 이끌려 이렇게 살고 있는 것이다. 물론… 이것이 나쁜 것은 아니야. 내가 하고 싶은 일은 거의 다 할 수 있으니까. 음, 넋두리는 이쯤 하고. 그래, 그걸 가지고 뭘 할 생각이냐?"

신마성주가 물었다.

"신무종의 종주들에게 교훈을 줄 생각이오."

"신무종을 상대하는 데 쓸 생각이다? 대체 어떻게? 무공과 관련된 물건이 아니라면서?"

신마성주가 호기심을 드러냈다.

"이 도편들은… 천년밀교의 법술을 일으키는 데 사용하게 될 것이오."

무한이 말했다.

“궁금하군, 어떻게 그것들로 신무종을 상대할지…….”
“때가 되면 알게 될 것이오.”
무한이 말했다.
“날 초대하는 것이냐?”
“내 뒤를 따라다닐 것 아니오?”
무한이 되물었다.
“왜 그렇게 생각하느냐?”
“결국에는 빛의 힘을 하나로 모으길 원할 테니까.”
무한이 대답했다.
오늘은 비무에 지나지 않았다고 해도, 결국 언젠가는 신마성주가 온전한 빛의 힘을 원할 것이라는 걸 의심치 않는 무한이었다.
“음… 그럴지도…….”
신마성주는 수긍도 부인도 하지 않았다.
“그럼 난 이제 그만 가도 되겠소?”
무한이 물었다.
“…차라도 한잔하고 가든지?”
신마성주가 뜻밖의 제안을 했다. 그가 손을 들어 자신의 작고 검은 성을 가리켰다.
그러나 무한이 고개를 저었다.
“그러고도 싶지만, 날 걱정하는 식구들이 있어서 말이오.”
무한의 말에 신마성주가 시선을 돌려 멀리 숲 입구까지 나와서 무한과 자신을 주시하고 있는 사곤 등을 바라봤다.
“저들 말이구나. 신전의 문지기들인가?”

"그렇소."

무한이 대답했다.

"음… 아쉽지만 어쩔 수 없군. 저들에게는 네가 가진 마음의 여유가 없을 테니까."

"이해해 주니 고맙소."

무한이 가볍게 고개를 숙여 보였다.

그러자 신마성주가 마주 고개를 끄덕이고는 옆으로 걸음을 옮겨 무한에게 길을 터줬다.

무한이 다시 한번 고개를 가볍게 숙여 보이고 신마성주가 열어 준 방향으로 걸음을 옮기기 시작했다.

* * *

후우웅!

아불이 신마성주 곁으로 다가온 것은 무한이 동료들이 있는 숲 언저리에 거의 도착했을 때였다.

"그냥 보내시는 겁니까?"

신마성주 곁에 도착한 아불이 물었다.

"오늘은 때가 아닌 것 같군. 동료들이 있으니까."

신마성주가 대답했다.

"멀리서 보았습니다만… 도편을 찾으러 온 것이었습니까?"

아불이 물었다.

무한이 신마성주를 찾아온 이유가 단지 도편 때문이었다는 것이 의외인 모양이었다.

"그렇다고 하더군."

"대체 어디에 쓰는 물건이기에……."

"신무종을 상대할 때 쓸 거라 하더군."

"도편으로 말입니까?"

"음……."

"그런 힘을 가진 물건이었나요?"

"오직 빛의 술사에게서만 힘을 발휘하는 것이라고 하더군. 천년밀교의 법술을 사용하기 위한 물건……."

"그래도… 위험하군요. 홀로 신무종을 상대한다는 것은……."

"저 아이를 걱정하는 건가? 지금?"

신마성주가 아불을 돌아보며 물었다.

"당연히 걱정이 되지요. 성주님의 아드님이신데… 아드님의 고난은 우리의 선택에서 비롯된 것이고 말입니다."

"…내가 감당해야 할 빚이네. 저 아이의 운명이 그렇게 정해져 있었다고, 그래서 더 강해지지 않았냐고 말하고 싶은 생각은 없네. 그것이야말로 치졸한 변명이니까. 하지만 그 책임을 자네들에게까지 넘기고 싶지도 않아. 오직 나의 선택이었을 뿐이네."

"성주님을 설득한 것이 우리지요. 우리가 설득하지 않았다면 성주님은 결코 사자림을 떠나지 않았을 겁니다."

"그렇지 않네. 자네들이 설득하지 않았어도 난 결국 흑라를 치기 위해 떠났을 것이네."

"…정말이십니까?"

아불이 물었다.

그러자 신마성주가 대답했다.

"자네들만으로는 흑라를 죽일 수 없다는 걸 알고 있었으니까. 결국 내가 가야 일이 끝날 거라고 생각했지. 이왕사후가 나설 것도 아니고……."

"그러니 말입니다. 결국 우리 때문이었지요."

아불이 투박하게 말했다.

그러자 신마성주가 다시 무한에게 시선을 돌리며 말했다.

"그야 어쨌든… 떠날 준비를 하게. 얼마간 저 아이를 따라다녀 봐야겠어, 대체 어떻게 하려는 건지……."

"이렇게 그냥 가는 겁니까?"

이맥이 얼떨떨한 표정으로 물었다.

무한이 마정에서 돌아오자마자 천막을 걷고 떠나자고 말했기 때문이다.

"더 남아 있고 싶으세요?"

무한이 물었다.

"아니, 그런 것은 아니지만……."

"이곳에서 할 일은 모두 끝났습니다. 그럼 조금이라도 빨리 떠나는 것이 좋겠지요. 그의 마음이 바뀌기 전에……."

무한이 여전히 마정 근처에 괴승 아불과 함께 서 있는 신마성주를 보며 말했다.

"그런데 그와 싸우신 것은 맞습니까?"

이번에는 용노가 물었다.

"싸움이라기에는 뭐하고… 비무 정도로 해두지요."

무한이 미소를 지으며 대답했다.

"비무라… 비무를 할 사이는 아닌 것 같은데요."

용노가 무한과 신마성주가 비무를 했다는 것을 선뜻 받아들이기 어렵다는 듯 말했다.

"그나 나나 서로에게 살기를 품지 않았으니 그런 싸움은 비무라고 해야겠지요."

무한이 다시 말했다.

"살기가 없는 대결이라. 그럼 비무 맞는데……."

용노가 중얼거렸다.

"결과는 어떻게 된 겁니까?"

사곤이 물었다.

워낙 먼 곳에서 본 터라 무한과 신마성주의 대결이 어떤 결과로 끝났는지 알 수 없는 일행이었다.

그들의 눈에는 그저 싸움을 하다 중간에 멈춘 듯 보였기 때문이었다.

"그냥… 더 이상 할 필요가 없는 비무라 중도에 그만두었습니다."

"역시……."

"그럼 이곳에 온 목적은 달성된 것입니까?"

옆에서 이공이 물었다.

"얻을 것은 얻었습니다."

"예? 뭘 얻으셨는데요?"

이맥이 다시 대화에 끼어들었다. 일행이 보기에 두 사람이 짧게 비무를 한 것 말고는 어떤 일도 일어나지 않았기 때문이었다.

"전 그에게서 필요한 물건 하나를 받았습니다. 애초에 그와 만나면 빛과 어둠으로 나뉜 힘을 한쪽이 포기해야 하지 않을까 하는 생각했지만, 그에게서 적의를 읽지 못했습니다. 그건 곧 그가 빛의 힘을 욕심내지 않는다는 뜻이지요. 그렇다면 저 역시 굳이 그의 힘을 회수하려고 무리할 필요는 없지요. 적어도 지금은……."

무한이 말했다.

서로의 힘을 빼앗으려는 싸움은 결국 한쪽이 죽거나 폐인이 되어 끝날 가능성이 컸다.

신무종을 상대해야 하는 지금으로서는 무한이 선택하기 어려운 일이었다.

어차피 그가 원하던 도편을 얻은 이상 신마성주와 생사결을 벌일 만큼 어리석은 무한은 아니었다.

"얻으신 물건이란 것이……?"

이맥이 다시 물었다.

"어허! 이놈! 무례하구나!"

옆에서 이공이 호통을 쳤다.

그러자 무산이 웃으며 손을 저었다.

"아닙니다. 모두 궁금하시겠지요. 제가 그에게서 얻은 것은 이겁니다."

무한이 품속에서 검은색으로 빛나는 도편을 꺼내 들었다.

"그건… 지난번 사자의 섬에서 찾은 것과 같은 것이군요? 색은 다르지만."

이맥이 물었다.

"맞습니다. 그 도편 중 하나지요. 그리고 이것으로서 제가 찾던 도편들은 모두 찾았습니다."

"그건 대체 어떻게 쓰실 겁니까?"

이맥이 물었다.

"그것이야말로 말해 드릴 수 없군요. 하지만… 결국 보시게 될 겁니다. 이 도편들이 얼마나 신비로운 물건들인지……."

무한이 대답을 미루고 도편을 품속에 갈무리했다. 그러자 이맥도 더 이상은 도편에 대한 질문을 할 수 없었다.

"자, 이제 정리하고 떠나시죠?"

도편을 갈무리한 무한이 일행을 보며 말했다.

"알겠습니다. 모두 준비하지."

사곤이 대답을 일행을 보며 말했다.

준비랄 것도 없었다. 나뭇가지에 걸쳐 놓았던 천막을 걷어내고, 피웠던 모닥불에 눈을 덮어 불을 끄는 것으로 떠날 준비는 끝났다.

무한과 일행은 그렇게 짧은 마정에서의 시간을 끝내고 말에 올라 서둘러 숲을 떠났다.

마치 당장에라도 신마성주가 달려와 그들을 공격할 것을 두려워하는 사람들처럼.

*　　　　*　　　　*

대하강 하구, 천록항 주변은 바다나 땅이나 급격한 변화를 겪고 있었다.

애초에 늘어나고 있던 상선과 사람들의 이동이 대해전이 끝난 후 두어 배로 늘어난 것 같았다.

천록항에서 제법 멀리 떨어져 있는 왕의 섬 주변까지 미처 항구로 들어가지 못한 배들이 머물고 있었다.

항구를 중심으로 형성된 시장은 천록회의 본거지가 있는 야산 주변까지 넓어져 있었으며, 곳곳에 아름다운 장원이나 상가들을 세우는 목수들의 움직임이 분주했다.

마치 천하의 모든 목수들이 천록항으로 와 있는 것 같았다.

그래서인지 사람들은 이제 더 이상 송강 하구를 천하의 중심이라고 생각하지 않았다.

사대휴무종과 신마성의 연합함대를 격퇴한 이후 천하의 중심은 송강 하구에서 다른 두 곳으로 이동하기 시작했다.

상권의 중심은 대하강 하구의 천록항, 육주 권력의 중심은 옛 천록의 왕국 성터가 있는 대하강 상류, 대신화산맥의 대표적인 고봉인 천왕산 서쪽의 위태로운 산악 지역에 세워지고 있는 새로운 천록의 왕국의 성이었다.

이제는 누구도 부인할 수 없는 천록의 왕국의 새로운 왕, 연이설은 천왕산 자락에 천험의 지형을 이용해 난공불락의 성을 세우고 있었다.

이미 그녀는 천록의 왕국 옛 성터 근처에 이궁을 가지고 있었고, 송강 중상류에 왕국의 전사들이 모여 있는 단단한 영지를 구축하고 있었지만, 그 두 곳 모두 새로운 왕국의 왕성을 세우기에는 지나치게 노출된 곳이었다.

물론 평화로운 시기라면 그런 개활지도 왕성을 세우는 데 문제될 것은 없었다.

하지만 혼란한 시기에는 천험의 요새인 천왕산 자락 같은 곳이 왕성의 위치로 적합했다.

물론 그런 곳에 성을 쌓으려면 수많은 어려움을 이겨내야 할 테지만.

아무튼 그렇게 세워지는 천록의 왕국의 성이 육주의 중심이 되어가고 있었다.

육주연대를 이끌었던 연이설을 제외하고 그 누구도 육주의 패권을 논할 수 없기 때문이었다.

더군다나 비룡성이 송강의 패배 이후 오히려 천록의 왕국의 든든한 연대 세력이 되어 주었다.

비룡성이 스스로 천록의 왕국의 한 지역 영주임을 자처한 이후 연이설과 천록의 왕국을 단독으로 도모할 수 있는 세력은 육주에서 전무했다.

그렇게 천록회와 천록의 왕국이 육주의 새로운 중심이 되어가고 있을 때, 그 변화를 결코 인정할 수 없는 사람들도 움직이기 시작했다.

* * *

"의외군."

독안룡 탑살이 한 장의 서찰을 손에 들고 중얼거렸다.

그의 곁에 묵룡이선을 이끄는 독사검왕 서군문 등 묵룡대선의 주요 수뇌들이 모여 있었다.

하루가 다르게 커지는 천록항을 바라보이는 왕의 섬 안에 있는 독안룡 탑살의 거처였다.

"정말 의외긴 합니다. 갑작스러운 화해라니……."

독사검왕 서군문도 고개를 갸웃하며 말했다.

독안룡 탑살이 들고 있는 서찰은 육주에 나가 있는 묵룡대선의 용전사 중 한 명이 보내온 것이었다.

그 안에는 팔대활무종의 움직임이 담겨 있었는데, 육주 땅으로 도주한 사대휴무종의 생존자들을 추격해 결국에 그들을 제압한 팔대활무종의 종주들이, 사로잡은 사대휴무종의 종주와 전사들을 죽이거나 옥에 가두지 않고 그들과 화해를 했다는 소식이었다.

그건 확실히 이상한 일이었다.

팔대활무종과 사대휴무종의 화해, 그게 가능한 일이라 생각한 사람들은 거의 없었다.

신마성까지 끌어들여 대규모 선단을 꾸린 후, 육주를 공략한 사대휴무종과 어떻게 화해를 할 수 있단 말인가.

그런데 그 화해를 팔대활무종의 종주들이 한 것이다.

"견제일 겁니다."

왕의 섬을 총괄하는 총관 좌월이 침착하게 말했다.

"견제라면… 누구에 대한 견제란 말입니까?"

묵룡이선의 총관 옹백이 좌월에게 물었다.

"천록의 왕국과 천록회… 혹은 선장님을 향한 경고네. 사실 사대휴무종의 종주들을 용서하는 것은 팔대활무종의 종주들이 단독으로 결정할 수 없는 일이지. 대해전을 주도한 선장님과 육주연대의 동의가 필요한 일이라고 할 수 있네. 그런데 팔대활무종이 단독으로 그들을 용서하고 화해했네. 십이신무종의 복원이지. 그들은 말하고 있는 거야. 육주의 진정한 주인은 여전히 그들, 십이신무종이라고. 그러니 육주의 지배자가 되고 싶다면 자신들의 허락을 받으라고!"

좌월이 침착하게 말했다.

"육주의 권력은 자신들의 허락 없이는 누구에게도 갈 수 없다는 경고라는 거군요."

옹백이 좌월의 말을 이해한 듯 고개를 끄덕였다.

그러자 독사검왕 서군문이 걱정스러운 표정으로 탑살을 보며 말했다.

"일이 복잡해질 수도 있겠습니다. 그들이 선장님과 육주연대, 혹은 천록의 왕국을 인정하지 않겠다면……."

"사대휴무종의 종주들을 살려주고 그들과 다시 십이신무종을 부활시킨 것은 의외긴 하지만, 그들이 어떤 식으로든 육주의 권력을 차지하려고 할 것은 예상했던 일이네."

탑살이 침착하게 대답했다.

"이미 속세에서 벗어나 무도만을 추구하는 고고한 수도자의 위치는 사라졌으니 그들이 권력을 탐하는 것은 당연하겠지요."

서군문이 고개를 끄떡였다.

"그럼 그들도 세력을 규합할까요?"

창왕 두라문이 물었다.

"아마도… 그럴걸세. 그것도 한순간에 천록의 왕국의 힘을 능가하는 세력을 만들어낼 것이네. 그들에게는 그럴만한 능력이 있으니까."

"후, 그럼 다시 피비린내 나는 전쟁이 시작되겠군요. 선장님께서는 어떻게 하실 생각이십니까? 천록의 왕국을 도우실 겁니까?"

두라문이 물었다.

그러자 사람들의 시선이 모두 탑살에게로 향했다. 그의 결정에 따라 묵룡대선은 대해전과는 또 다른 거대한 전쟁을 치러야 할 수도 있기 때문이었다.

그런데 사람들의 예상과 달리 탑살이 엉뚱한 대답을 내놓았다.

"전쟁은… 아마도 없을 거네."

"그럼, 육주의 일에 관여하지 않으시겠다는……?"

"아니, 육주에서 전쟁은 일어나지 않을 거란 뜻이네."

"그게 무슨……?"

탑살의 말을 이해하지 못한 두라문이 어리둥절한 표정을 지으며 되물었다.

그러자 탑살이 품속에서 다른 한 장의 전서를 꺼내 들면서 말했다.

"수천, 수만의 사람이 피를 흘리고 죽어가는 전쟁, 결국은 육주의 몰락을 가져올 전쟁은 결코 일어나선 안 되네. 그런 전쟁을 막기 위해선 새로운 방법과 새로운 사람이 필요하지."

"그 방법과 사람이 있습니까?"

독사검왕 서군문이 물었다.

"…기대를 걸 만한 사람이 나타났네. 그리고 그가 내게 약간의 도움을 청하는군."

탑살이 심각한 상황임에도 불구하고 가볍게 미소를 지으며 대답했다.

제5장

바람에 실려 온 위대한 전설의 유산

후우웅~

해풍이 강하게 불어왔다.

해안을 접하고 이어진 능선을 따라 나무들이 일제히 한 방향으로 고개를 숙였다.

그럼에도 꺾이지 않는 것은 이 나무들이 수십, 수백 년간 이 바람을 견뎌왔기 때문이었다.

그렇게 고단한 시간을 살아온 나무들은 황량한 해안가 절벽을 따라 거대한 숲을 만들었다.

그 숲은 일반인들이 험한 절벽 때문에 쉽게 접근할 수 없어서 더욱더 무성해졌고, 어느 때부터는 신령스러운 장소로 여겨지게 되었다.

그런데 그 신령스러운 숲에 최근 들어 일단의 사람들이 영채를 세우기 시작했다.

한때 세상의 중심을 꿈꿨던 송강 하구의 사해상가 시전을 지나 북쪽으로 삼십여 리를 가면 나오는 숲이었다.

북쪽으로 오 일 정도 말을 달리면 한때 육주를 지배했던 이왕사후 중 한 곳인 북천성이 그 상류에 웅거하고 있던 중간 크기의 강 설하가 나온다.

숲은 그렇게 송강과 설하의 거의 중간 지점에 위치해 있었다.

영채 안에 임시로 세워진 막사들은 화려하기 이를 데 없었다.

아니, 화려하다기보다는 도도했다.

푸른빛이 도는 천막도 있었고, 검은빛이나 황금색을 띠는 천막도 있었지만, 그 천막들이 하나같이 은은한 빛을 흘려내 보통 사람이 감히 접근하기 힘든 고고한 기운을 만들어내고 있었다.

영채 중심에 다른 곳보다 조금 높은 구릉이 있었다. 그 구릉 위에 사방으로 입구를 펼칠 수 있는 아름다운 천막이 서 있었다.

그 천막 안에 천막만큼이나 고귀해 보이는 열두 명의 인물이 원탁을 중심으로 앉아서 심각하게 이야기를 나누고 있었다.

이들이야말로 수백 년 육주의 진정한 주인임을 은연중에 자처해 온 자들, 하늘 위의 하늘로 불리면서 인간 위의 인간으로 군림해 온 십이신무종의 종주들이었다.

얼마 전까지만 해도 사대휴무종과 팔대활무종으로 나뉘어 서로를 향해 검을 들이대던 이들이 극적인 화해를 하고, 오늘 이렇게 하나의 영채를 세우고 그곳에 모여 육주와 파나류, 양 대륙의 운명을 논의하고 있었다.

그런데 의욕적으로 새 출발을 한 십이신무종의 종주들은, 미처 그들의 힘을 세상에 알리기도 전에 해풍에 들려온 한 가지 소식 때문에 깊은 고민에 빠져 있었다.

"갑자기 빛의 술사의 유산이라니… 참으로 공교롭군."

악산 천무종의 종주 대무인 악종효가 턱을 괸 채 중얼거렸다.

악산 천무종은 악가(岳家)와 남궁가, 제갈세가 등 세 개의 가문이 모여 만든 무종으로, 그 종주는 세 가문이 오 년씩 돌아가면서 맡는다.

지금의 종주 대무인 악종효는 삼 년째 천무종의 종주 자리를 지키고 있었다.

"소문은 단지 소문일 뿐이오. 지난 수백 년간, 빛의 술사는 세상에 나타난 적이 없소. 간혹 과거의 빛의 술사가 기거했다는 유적이 모습을 드러내기는 했지만, 이미 폐허가 되어 오히려 빛의 술사가 더 이상 현존하지 않는다는 것만 증명하였소. 그들에 대한 소문은 전설처럼 끊이지 않고 있지만, 그 모든 소문 역시 사실이었던 적이 없었소. 큰 의미를 둘 수 없는 소문이오."

대검종 검산파의 종주 검신 막휴가 말했다.

육주의 검(劍)가들을 대표하는 검산파의 종주답게 서릿발 같은 날카로움을 지닌 막휴다.

"그렇기는 하지만 이번 소문은 왠지……."

악종효가 말꼬리를 흐렸다.

십이신무종의 종주들을 이렇게 심각하게 만든 소문은 오늘 아침 전해졌다.

파나류에서 시작된 소문, 빛의 술사의 새로운 유적지가 발견되었고, 그곳에 빛의 술사의 진짜 유산이 고스란히 남아 있어서 파나류에 살고 있는 절정의 무공 고수들이 그 유적을 찾아 움직이고 있다는 소문이었다.

소문이 사실이라면 십이신무종의 종주들도 결코 간과할 수 없었다.

십이신무종에게 빛의 술사라는 이름은 하나의 굴레와 같아서, 그들의 선조들이 과거의 빛의 술사들과 맺었던 무종의 맹약은 여전히 지금까지 그 전통이 이어지고 있었다.

물론 빛의 술사가 세상에서 자취를 감춘 지난 수백 년 동안, 빛의 술사와 맺은 맹약은 그저 향기만 남았을 뿐 십이신무종의 행보에 큰 영향을 미치지는 않았다.

그래서 그들은 대담하게 스스로 육주의 세속 권력을 차지하겠다고 이렇게 모여 있는 것이었다.

그러나 그럼에도 불구하고 빛의 술사와 그 유산에 대한 소문은 단지 소문만으로도 십이신무종의 종주들을 긴장시키기에 충분했다.

"그 장소가 특정된 것도 아니지 않소?"

사대휴무종의 일파인 태양종의 종주 양왕 자오가 붉은 눈을 번들거리며 입을 열었다.

사대휴무종의 종주들은 팔대활무종 종주들의 설득으로 다시 한번 십이신무종을 출범시켰으나, 대해전의 패전 이후 그 발언권은 크게 축소되어 있었다.

그래서 말을 하는 양왕 자오의 모습은 평소와 달리 조심스러운 면이 있었다.

"물론 그렇소. 하지만 파나류 무인들의 움직임이 보통 때와 다르오. 확신이 없다면 보일 수 없는 그런 움직임들을 보이고 있소. 그러니… 그냥 간과할 수는 없을 것 같소."

도산 선종의 종주 천도자 명화인이 말했다.

"그럼 사람을 보내자는 말씀이오?"

악종효가 물었다.

"적어도 사실 여부는 확인할 필요가 있지 않겠소?"

천도자 명화인이 되물었다.

그러자 그동안 침묵하던 한 사람이 입을 열었다.

"그동안 빛의 술사의 유적이 나타났다는 소문이 있을 때마다 우리 신무종은 각파의 고수들을 내보내 그 소문의 허실을 살펴보게 했었소. 하지만 언제나 소문은 허위로 끝나고 말았소. 그런데 지금 우리는 뛰어난 고수들을 함부로 외부로 보낼 처지가 아니오. 육주의 모든 세력이 순순히 우리 발밑에 무릎을 꿇을 상황이 아니기 때문이오. 특히 천록의 왕국이나 묵룡대선은… 그들을 굴복을 받아내려면 우린 고수 한 사람도 아쉬운 실정이오."

입을 연 자는 남해 해산종의 종주 연정토다.

그는 평소에는 침착하지만, 일단 무공을 사용하게 되면 태풍같은 광포함을 보이는 것으로 신무종 사이에서도 유명한 인물이었다.

"…그럼 해산종주께서는 이 소문을 무시하자는 말씀이신지……?"

명화인이 되물었다.

"일단 천록의 왕국과 독안룡 탑살을 굴복시키는 게 중요하다는 것이오. 이번에 나타난 빛의 술사의 유적이 설혹 정말이라 해도 그 유적들이 어떤 가치가 있는지는 알 수 없는 것 아니오? 반면 당장 천록의 왕국과 독안룡을 굴복시키지 않으면 우린 절대 육주를 지배할 수 없을 것이오. 그들의 힘이 하루가 다르게 성장하고 있다는 것을 아시지 않소?"

연정토가 냉정한 말투로 말했다.

그의 말에 신무종의 종주들이 저마다 고개를 끄떡였다.

빛의 술사는 이미 전설이 된 아련한 과거다. 그 과거의 유적을 쫓기 위해 당장 육주의 패권을 다른 사람에게 넘겨주는 일은 어리석은 일이었다.

"그들과 전쟁을 할 수는 없고, 어떻게 그들을 굴복시킬 것이오? 세력을 모아서 전쟁을 하는 것은… 우리에게도 큰 부담이 되는 일이지 않소?"

이야기의 중심이 천록의 왕국과 독안룡 탑살로 이어지자 사대휴무종의 일파 환무종의 종주 부여기가 팔대활무종 종주들을 보며 물었다.

그러자 신산종의 종주 현안 무사확이 입을 열었다.

십이신무종의 종주들은 모두 놀라운 무공의 소유자들이었지만, 그들조차도 현안 무사확의 뛰어난 두뇌에는 경외심을 품고 있었다.

"호랑이를 고립시키는 것이 가장 좋소. 이후 신무종의 절대고수들이 호랑이를 찾아가 굴복시킨다면 일은 생각보다 쉽게 끝날 것이오. 전쟁은… 이겨도 큰 이득이 없는 일이오."

"독안룡 탑살을 왕의 섬에 고립시키자는 것이오?"

부여기가 되물었다.

"내가 말한 호랑이는 탑살이 아니오. 그는 결국 무산해협으로 돌아갈 장사꾼에 지나지 않소. 명성은 천하제일이어도 육주의 지배자가 될 수 없는 사람이오. 그 스스로 원치 않으니……."

"그럼 연이설을 고립시키자는 말이구려."

부여기가 고개를 끄떡이며 말했다.

"연이설이 천왕산 기슭에 세우고 있다는 성은 난공불락의 천험의 요새라고 하오. 그런 곳을 점령하는 것은 쉬운 일이 아니오. 하지만 반면에 워낙 험한 곳이라 그곳으로 향하는 길을 끊기는 오히려 쉽소. 대하강 상류를 점령해 뱃길을 끊고, 신무종 고수들을 동원해 육로를 모두 끊읍시다. 이후, 정예고수들을 성으로 보내 비무를 청하는 것이오. 연이설은 그 비무를 거절할 수 없을 것이고, 비무를 한다면 호천백검이 아무리 강해도 우리 신무종의 초절정 고수들을 감당할 수는 없을 것이오."

"그렇기는 한데… 그럼에도 여전히 문제는 독안룡 탑살이 될 것 같소만. 그가 고립된 연이설을 구하기 위해 묵룡대선을 이끌고 대하강 상류로 진격하면 전쟁을 피할 수 없을 것이오."

사천종의 종주 융한이 냉혹한 눈빛을 흘리며 말했다.

"난 그가 연이설을 구하기 위해 묵룡대선을 이끌고 올 거라고는 생각지 않소. 그는… 용기 있는 자이기는 하나, 육주의 권력싸움에 묵룡대선의 전사들을 동원하는 일은 결코 하지 않을 것이오."

현안 무사확이 확신하듯 말했다. 그의 확신이 너무 확고해서 다른 사람들이 감히 반론을 제기하지 못할 정도였다.

"그가 오지 않는다면야……"

융한이 말꼬리를 흐렸다.

"그럼 내일이라도 대하강 상류로 진격합시다. 연이설이 미처 눈치채지 못하게 말이오. 그 어린 여자아이가 눈치를 채면 반드시 난국을 해결할 방도를 강구할 것이오."

빙궁의 동천록이 말했다.

그러자 현안 무사확이 불산불종의 종주 무량선사 무등을 바라봤다.

십이신무종 각파는 고하가 없는 관계지만 그래도 전체적인 행보는 불산불종의 종주 무량선사의 판단에 따르고 있었다.

"그게 피를 덜 흘리는 방법이라면 지체할 이유가 없소."

무량선사 무등이 담담하게 말했다.

"그럼 모두 내일 새벽에 다시 모이지요. 정예 고수들을 이끌고 우리가 먼저 출발하고 본대는 준비를 단단히 한 후 하루 정도 차이를 두고 출발하는 것으로 하면 될 것이오. 그렇게 되면 연이설은 본대의 속도에 맞춰 대응하려 할 것이오. 간단한 속임수지만, 누구라도 속을 수밖에 없는 방법이오."

무사확이 단언했다.

그의 계획에 모든 종주들이 고개를 끄떡여 동의했다.

그런데 그렇게 연이설의 천록의 왕국을 공격할 단순하면서도 확실한 계획은 결국 실행될 수 없었다.

*　　　*　　　*

새벽이 되자 안개가 이슬이 되며 풀 끝에 맺혔다.

그 이슬을 말릴 태양이 아직 뜨지 않은 시간, 어스름한 새벽 어둠이 물러가는 것을 신호로 백여 명의 고수들이 소리 없이 십이신무종 영채를 떠났다.

그들은 십이신무종의 종주들이 각파에서 엄선한 백여 명의 고수들이었다.

신무종의 종주들이 직접 이끌고 있는 이 절대고수 집단은 대하강 상류로 진격해 순식간에 연이설의 천록의 왕국으로 이어지는 뱃길을 끊을 생각이었다.

천왕산 자락에 세워지고 있는 연이설의 성으로 이어지는 뱃길이 끊기고, 사방의 육로가 막히면 연이설은 세상에서 고립될 수밖에 없었다.

고립무원이 된 연이설에게 십이신무종은 비무를 요구할 것이다.

그리고 일단 비무가 시작되면 신산종의 종주 무사확의 말처럼 십이신무종 최고의 절대고수들이 호천백검에게 패할 일은 없었다.

아무리 강하다고 해도 결국 속세의 전사들인 호천백검이 이 땅 모든 무공의 뿌리임을 자처하는 십이신무종의 절대고수들을 상대할 수는 없기 때문이었다.

그런데 그렇게 모든 계획의 출발점에서 움직이기 시작한 십이신무종 종주들의 발걸음을 후방에서 급하게 달려온 말 한 필이 막아섰다.

히히힝!

다급하게 달려온 말이 크게 울음을 터뜨리며 앞발을 들며 멈춰 섰다.

그러자 말 위에 타고 있던 사내가 훌쩍 말에서 날아내려 십이신무종의 종주들 앞에 고개를 숙여 보였다.

"무슨 일이냐?"

도산선종의 종주 명화인이 굳은 표정으로 물었다.

보통 일이 아니라면 감히 신무종 종주들 앞을 막아설 사람은 없다.

"천록항으로부터 급한 전갈이 왔습니다."

"천록항에서?"

"예."

"무슨 소식이냐?"

"독안룡 탑살이 움직였답니다."

"뭣? 독안룡이? 어디로? 설마 우리 계획을 눈치채고 대하강으로 들어왔다는 말이냐?"

"아닙니다. 그는 왕의 섬을 떠나 사자의 섬으로 향했다고 합니다."

"사자의 섬? 무슨 일로……."

"왕의 섬에 어렵게 침투한 첩자의 전언에 의하면 그가 급히 사자의 섬으로 향한 것은 빛의 술사의 유적과 관련이 있다고 합니다."

"빛의 술사?"

"예."

명화인이 되묻자 사내가 얼른 대답했다.

그러자 명화인이 신무종의 종주들을 돌아보며 말했다.

"이거… 다시 생각해 봐야 할 것 같소. 독안룡 탑살까지 움직일 정도면, 이번에 발견되었다는 빛의 술사의 유적은 과거와 다르다는 의미일 것이오. 독안룡까지라면……."

"그뿐이 아닙니다. 은갑전사단 역시 독안룡과 함께 사자의 섬으로 향했다는 소식입니다."

소식을 가져온 사내가 급히 말을 덧붙였다.

"그들까지! 그렇다면 우린 천왕산으로 갈 수 없소!"

명화인이 단호한 표정으로 다른 종주들을 보며 말했다.

*　　　*　　　*

무한은 파나류 동부 해안에서 작은 배를 빌려 타고 다시 사자의 섬으로 향했다.

그리고 이번에는 적으나마 일행이 붙어 있었다.

무한이 탄 배를 따라 다시 한 척의 배가 따르고 있었는데, 그 배에는 그동안 무한의 존재에 대해서는 제대로 알지 못했던 빛의 전사들이 타고 있었다.

사곤 등 세 명의 문지기들은 신전을 지키고 세상의 소식을 듣기 위해 소수의 빛의 전사들을 키워냈다.

하지만 그들 중에서 자신들이 위대한 전설, 빛의 술사를 위해 일하고 있다는 것을 아는 사람들은 극소수였다.

이번에 일행과 동행한 사람들이 바로 그 극소수의 빛의 전사들이었다. 하지만 그들조차도 무한의 얼굴을 제대로 본 것은 이번이 처음이었다.

그래서 사자의 섬으로 향하는 십수 명의 빛의 전사들은 무척 흥분해 있었다.

빛의 술사라는 위대한 전설을 직접 자신들의 눈으로 보는 것은 물론, 이제 그 전설과 함께 세상을 위해 싸울 시간이 되었기 때문이었다.

사명감과 스스로에 대한 자존감으로 인해 사기가 한껏 오를 수밖에 없는 상황이었다.

하지만 정작 사자의 섬에 도착한 이후 그들이 할 일을 생각하면 그들은 전의는 사실 쓸모없는 일일 수도 있었다.

무한이 새삼스럽게 그들을 데리고 사자의 섬으로 가는 것은 그들로 하여금 적과 싸우게 하기 위함이 아니라 적을 상대할 준비를 하기 위해서기 때문이었다.

철썩철썩!

멀리 사자의 섬 서쪽 해안선이 눈에 들어왔다. 그런데 해안선의 풍경이 지난번 사자의 섬에 왔을 때와 조금 변해 있었다.

과거 검은 기운에 물들었던 해안가는 밝은 태양 아래 눈부시게 빛나고 있었다.

그리고 그 해안가를 따라 형성된 무성한 숲 역시 지난번 보았을 때의 검은 기운들을 걷어내고 생명력 가득한 초록빛을 내뿜고 있었다.

그런데 그 모습에 일행은 감탄보다는 두려움이 앞섰다.

"정말 무서운 사람이었군요. 그는……."

이맥이 밝은 태양 아래서도 한기를 느끼는 듯 몸을 떨며 말했다.

그가 말하는 그란 신마성주를 말하는 것이었다.

몇 달 전 폭우 속에서 사자의 섬에 왔을 때는 해안가와 숲이 온통 검은 기운에 휩싸여 있었다.

그런데 지금은 그 당시의 풍경이 정말 존재했었나를 의심할 만큼 모든 것이 눈부셨다.

이 섬이 사자의 섬으로 불리는 것조차 어울리지 않을 정도였다.

흑라의 시대 이전의 이름, 신들의 정원이란 이름을 다시 써야 할 시간처럼 느껴졌다.

그런데 그런 변화가 단 한 사람의 유무(有無)에 의해 일어난 것이라는 사실이 이맥을 두렵게 만든 것이다.

"무서운 사람 맞다."

이공이 당연하다는 듯 말했다.

"어둠의 술사가 아니냐. 우리 천년밀교 힘의 반을 가진 사람……."

용노도 입을 열었다.

"그 이상인 것 같다는 생각이 들어서 그럽니다."

이맥이 대꾸했다.

"그 이상?"

이공이 되물었다.

"예, 어둠의 술사의 힘 이상의 뭔가를 가진 사람 같아서요. 이런 변화라는 것은……."

"그럼 뭐 신이라도 된다는 거냐?"

옆에서 소의가 빈정거렸다.

지나치게 신마성주에게 두려움을 갖는 이맥이 못마땅한 듯 보였다.

"신? 느낌으로는 그런 느낌이야. 어떤 사람이 자연의 빛을 변화시킬 수 있겠어?"

이맥이 정색을 하며 되물었다.

"…그래서 도망갈까?"

소의가 다시 물었다.

"에이, 그런 말이 아니잖아. 그냥 그의 능력이 두렵다는 거지."

"후우… 그런 사람과 싸워서 도편을 얻어 오신 분이 옆에 있는데 뭐가 두려워?"

소의가 무한을 가리키며 말했다.

"그, 그렇긴 하지만……."

이맥이 신마성주에 대한 두려움이 무한을 무시한 것처럼 들렸을까봐 걱정되는 표정으로 대답했다.

그러자 무한이 웃으며 말했다.

"사실 나도 그가 두렵습니다, 여전히……."

"술사님도요?"

소의가 놀란 표정으로 되물었다.

서역신전에 있는 빛의 정원에서 몸을 회복하고 나온 이후 무한은 신마성주나 그 누구에 대해서도 자신감을 드러냈기 때문이었다.

"이번에 다시 만난 그는 지난번과는 또 다르더군요."

무한이 말했다.

"어떻게 말입니까?"

문지기들을 우두머리 사곤도 무한이 말에 관심을 보였다.

"지난번 사자의 섬에서 그와 겨뤘을 때 그는 거의 완벽한 마인의 모습이었다. 파괴와 살의로 가득 찬 기운을 뿜어냈죠. 그런 자들은 대단한 능력을 지니고 있기는 하지만 상대하기가 오히려 수월한 면이 있습니다. 아시다시피 지나치게 강한 자는 부러지기 쉬운 법이죠. 약점을 찾으면……."

"그런데 지금은 아니라는 말입니까?"

"이번에 만났을 때는 많이 변해 있더군요. 마치… 마(魔)이 기운을 뛰어넘는 경지에 이른 느낌이었습니다. 강하지만 여유 있고, 그러면서도 빈틈이 없었지요. 완성된 무인의 모습이었습니다. 그런 자는… 무섭지요. 세상에는 덜 위협적이겠지만……."

무한의 말에 일행의 얼굴이 심각하게 굳었다.

무한의 말대로라면 신마성주의 무공이 지난 몇 달간 더욱 진보했다는 뜻이 되기 때문이었다.

"그가 이 일에 방해가 될까요?"

이공이 심각하게 물었다.

그러자 무한이 고개를 저었다.

"그렇지는 않을 겁니다. 적어도 십이신무종의 종주들의 탐욕을 꺾으려는 제 계획에는 동의한 것이나 다름없으니까요. 다만 그 이후에는……."

"천년밀교의 정통성을 두고 겨룰 수밖에 없겠군요."

"그렇습니다. 그래서 조금 걱정이 되는군요. 신무종의 종주들을 상대한 직후에는 저도 많이 지쳐 있을 테니까요."

"그가… 그 기회를 노릴까요? 제가 본 신마성주는 자존감이 무척 강한 사람이라서 상대의 약점을 노리고 공격하지는 않을 것 같던데……."

이공이 되물었다.

"그럴 사람 같지는 않지만, 그래도 빛의 술사의 정통성이라는 것은… 신조차 거부하기 힘든 유혹이지요."

무한이 어두운 표정으로 말했다.

그러자 다른 사람들이 침묵에 빠졌다.

빛과 어둠의 술사의 싸움이 자신들이 관여할 수 없는 일이란 것을 알기 때문이었다.

하지만 또 속으로는 결코 무한이 신마성주에게 죽음을 당하는 것을 두고 보지는 않을 거라고, 신마성주로부터 어떻게든 무한을 지켜낼 거라고 결심하는 일행이었다.

그래서인지 이맥과 소의는 슬그머니 자신들의 허리에 찬 검을 힘주어 잡아보기도 했다.

그리고 그사이 배는 어느새 눈부신 백사장으로 밀려가고 있었다.

*　　　　*　　　　*

앞에서 길을 여는 것은 무한이었다.

용노는 자신이 빛의 술사들을 이끌고 앞장서겠다고 했지만, 무한은 그런 용노를 만류하고 자신이 앞에서 길을 만들어 나가고 있었다.

나무 무성한 숲은 길은 없었지만 걷기에는 편했다.

신들의 정원이라 불리는 것이 어색하지 않을 만큼 쾌적한 숲이었다.

그래서 일행은 섬의 동쪽은 어찌 변했을지 궁금했다. 과거 그들이 상륙한 곳은 섬의 동쪽이었다.

그곳에서 신마성의 전사들과 사대휴무종의 고수들이 모여서 육주를 공략할 전선들을 건조했었고, 신마성주도 그 근방에 있었기에 검은 기운으로 가득 차 있었다.

그런데 이제 이 섬에는 신마성의 전사들도, 사대휴무종의 고수들도 없었다.

육주의 바다를 건너다가 탑살이 이끄는 육주연대에 격파당한 양 세력은 두 갈래로 나뉘어져 각자 살길을 찾았다.

사대휴무종은 육주의 땅으로 도주해 결국 팔대활무종에게 굴복한 후 다시 십이신무종을 구성했고, 신마성은 사자의 섬에서 물러나 파나류로 곧장 후퇴한 것으로 알려져 있었다.

덕분에 사자의 섬은 지금으로선 어떤 세력도 없는 무주공산의 공간이었다.

인간이 없는 섬은 아름다운 신들의 정원 그 모습이었지만, 그래도 신마성주와 사대휴무종의 고수들이 머물렀던 섬 동쪽은 서쪽과 사정이 다를 수도 있었다.

하지만 그렇다고 일부러 섬 동쪽 해안으로 여행을 갈 수도 없었다.

세상 곳곳에서 수많은 전사들이 사자의 섬으로 몰려들고 있었다. 그들을 상대할 준비를 하려면 무한 일행에게도 시간이 없었다.

솔직히 무한을 제외한 다른 사람들은 그렇게 위험한 사람들을 불러들인 무한이 어떻게 그들을 상대할지 예상조차 할 수 없는 상황이었다.

그 불안감이 떠도는 와중에 무한은 빛의 전사들을 이끌고 묵묵히 사자의 섬에 있는 빛의 신전을 향해 가고 있었다.

섬에 상륙한 지 삼 일 만에 일행은 드디어 사자의 섬 빛의 신전에 도착했다.

신전은 수개월 전 무한이 신마성주와 격돌했을 때의 모습 그대로였다.

변한 것이 있다면 주변의 공기 뿐, 당시에 일정한 거리를 두고 신전 주변을 휘감았던 검은 기운들은 이제 더 이상 보이지 않았다.

신미성주가 물러났기 때문일 것이다.

"변한 것은 없네요. 다행히 먼저 도착한 사람도 없는 것 같습니다."

신전을 앞에 두고 이맥이 말했다.

무한의 큰 부상으로 황망하게 떠나기는 했지만, 당신의 풍경은 머릿속에 남아 있었다.

"그들이 손을 댄 것 같지는 않습니다."

이공이 무한을 보며 말했다.

일행은 자신들이 떠난 후 신마성주와 그 수하들이 신전을 다시 뒤졌을지 모른다고 생각했었다. 하지만 다시 찾은 신전은 예전 그 모습 그대로였다.

무한이 신전을 죽 둘러보고는 사곤 등을 보며 말했다.

"오늘은 일단 편히 쉬죠. 빛의 전사들도 신전을 둘러볼 수 있게 시간을 주고요. 내일부터는 바빠질 겁니다."

"오늘 바로 일을 시작해도 됩니다만……."

사곤이 말했다.

그러자 무한이 고개를 저었다.

"아닙니다. 그래봐야 한 시진인데요. 일단 쉬세요. 저는 주위를 둘러보고 오겠습니다."

"함께 가겠습니다."

용노가 얼른 나섰다.

그러자 무한이 고개를 저었다.

"아니에요. 산책이나 하면서 생각을 정리하려고요."

무한이 용노를 만류했다.

그러자 용노가 서운한 표정으로 말했다.

"뭐… 그러시겠다면……."

"서운해 마세요. 중요한 일이니 저도 계획을 다시 점검해 볼 시간이 필요해서 그러니까요."

"서운하다니요. 어서 다녀오십시오. 대신 조심하시고요."

"후후, 걱정 마세요. 그럼 다녀오겠습니다."

무한이 사곤 등에게 말을 하고는 다시 숲속으로 들어갔다.

"대체 무슨 생각을 하시는 건지 모르겠네."

숲으로 사라진 무한을 보며 용노가 고개를 갸웃했다.

"기다려 보세. 설마 술사께서 아무 생각 없이 그자들을 이곳으로 부르시려 하겠는가?"

사곤이 침착하게 말했다.

"그래도 말입니다. 우리는 빛의 전사까지 모두 합쳐도 서른이 안 되는데, 이 인원으로 신무종의 고수들을 어찌 상대하며, 또 천하에서 몰려드는 고수들은 어찌 처리하실 생각이신지 참……."

용노가 이번 일은 정말 이해할 수 없다는 듯 고개를 저었다.

그러자 이번에는 이공이 입을 열었다.

"십이신무종의 고수들을 제외하고 이곳으로 올 수 있는 자들은 극히 소수일 겁니다."

"왜 그렇게 생각하나? 내 생각에는 수백 명을 넘어 수천이 올 수 있을 것 같은데. 자그마치 빛의 술사의 진짜 유적 아닌가?"

용노가 되물었다.

그러자 이공이 고개를 저으며 대답했다.

"아무리 욕심이 나도 감히 십이신무종과 경쟁하려는 자들이 얼마나 있겠습니까? 하물며 십이신무종의 종주들이 직접 온다면 그 두려움 때문에 웬만한 무인들은 오히려 사자의 섬에서 벗어나려 할 겁니다."

"음… 그런가? 하긴 십이신무종과 보물을 두고 경쟁할 자들은 거의 없지."

용노가 그제야 이공의 말에 동의하는 듯 고개를 끄떡였다.

*　　　*　　　*

신전에서 홀로 나와 숲을 거닐던 무한 앞에 작은 호수가 나타났다.

거울처럼 맑은 물이 하늘을 담은 것도 모라자서 호수 주변에 우거진 수풀 모두를 그 안에 담고 있는 것 같았다.

돌을 던지면 깨질 듯한 호수의 맑음이 사람들의 관심을 끌 수밖에 없지만, 워낙 깊은 숲에 숨겨진 작은 호수, 아니, 연못이라고 불러도 좋은 크기라서 사람들이 접근한 흔적을 찾을 수 없었다.

그 호수 앞에서 무한이 걸음을 멈췄다.

"맑구나."

무한이 거울 같은 작은 호수를 보며 중얼거렸다.

맑은 수면을 보니 마음속에 담긴 복잡한 생각들이 모두 씻겨 나가는 듯한 느낌이 들었다.

무한이 호수 변에 쪼그려 앉아 호수에 손을 담갔다. 그가 일으킨 파문이 잔잔한 호수 면을 따라 길게 퍼져 나갔다.

그러다가 어느 순간 십여 장 떨어진 곳에서 파문이 무엇엔가 막힌 듯 원을 그리면 좌우로 흩어지기 시작했다.

"저곳인가?"

무한이 중얼거렸다.

물결이 물속의 물체에 막혀 좌우로 퍼지는 곳에 무한의 시선이 머물러 있었다.

무한이 몸을 일으켰다. 그리고 잠시 주변을 둘러보았다.

어디서도 사람의 기척은 느껴지지 않는다. 빛의 문지기들 역시 몰래 따라오지는 않은 것 같았다.

그렇게 주변에 사람이 없음을 확인한 무한이 갑자기 땅을 박차고 도약했다.

팟!

펄럭!

그의 옷자락이 허공에서 나부꼈다. 그리고 한순간 그가 거울처럼 맑은 호수의 수면 위로 떨어져 내렸다.

철퍽!

그의 발이 수면에 닿는 순간 작은 소음이 일어나며 물방울들이 튕겨 올랐다.

그런데 놀라운 일이 벌어졌다. 분명 수면 위에 내려섰음에도 무한의 발이 발목 아래만 물에 잠길 뿐 더 이상 물속으로 내려가지 않았던 것이다.

무한은 물 위를 걸을 수 있는 사람처럼 편안하게 수면을 밟고

서 있었다.

무공을 극도로 수련한 사람 중 극소수가 물 위를 빠르게 달려 날듯이 건널 수 있다고는 하지만, 그런 일을 실제로 행한 고수를 보았다는 사람은 없었다.

또한 무한은 그렇게 빠른 속도로 물 위를 달리는 것이 아니라 아예 물 위에 서 있었다.

이런 일은 세상의 그 누구도 할 수 없는 일이었다.

그런데 무한은 그렇게 경악할 만한 광경을 만들어내고서도 아무렇지도 않게 자신이 밟고 선 물 아래로 시선을 떨구고 있었다.

"크게 상한 곳은 없는 것 같군."

무한이 중얼거렸다.

무한의 시선은 그의 발아래 물속에 고정되어 있었다. 그리고 그 물속 사정이 드러나는 순간, 이 거짓말 같은 광경이 한순간에 설명되었다.

무한은 물을 밟고 서 있는 것이 아니라 물속에서 세워진 탑의 머리를 밟고 서 있었던 것이다.

이상한 일이었다.

물 위에서 보면 수면 아래 석탑이 명확하게 보였지만, 애초에 무한이 있던 호숫가에서는 수중 석탑이 보이지 않았었다.

수중 석탑의 크기나 호수 물의 맑기를 생각하면 호수 변에서 십여 장 거리밖에 떨어지지 않은 곳에 있는 이 수중 석탑은 분명히 눈에 띄어야 정상이었다.

그런데도 호숫가에서는 이 수중 석탑이 보이지 않았다. 무한 역시 그 위치를 정확히 찾기 위해 수면에 파문을 일으켜야 했었다.

왜 이 큰 수중 석탑의 모습이 사람들 눈에 보이지 않는지 그 이유를 알고 있는 사람은 오직 이 석탑이 가진 비밀을 알고 있는 사람들일 뿐일 것이다.

그리고 그중 한 사람이 무한이었다.

"들어가 봐야겠어."

수면 위에서 석탑을 살피던 무한이 그대로 몸을 날려 물속으로 뛰어들었다.

그가 물속으로 뛰어 들자 잔잔하던 수면이 한 차례 출렁이더니 이내 다시 고요함을 되찾았다. 호수는 무한도 수중 석탑도 없는 것 같은 조용한 상태로 변했다.

그렇게 물속으로 들어간 무한은 한동안 물 밖으로 나오지 않았다.

사람이 이렇게 오래 숨을 참고 잠수를 할 수 있을까 싶은 시간이 지나도 무한은 물 밖으로 나오지 않았다. 만약 빛의 신전 문지기들이 지켜보고 있었다면 무한의 생사를 확인하기 위해 물속으로 뛰어들어 갔을 것이다.

무한은 물속으로 들어간 지 일각이 넘어서도 물에서 나오지 않았다. 그건 수중 석탑에 따로 숨을 쉴 수 있는 장치나 공간이 없으면 불가능한 일이었다.

그렇게 무한이 물속으로 들어간 지 이각여 가까이 흐른 후에야 수면이 다시 일렁였다.

"푸우!"

작은 물방울들이 하늘로 솟아오르며 무지개를 만들었다.

그리고 수면으로 솟아오른 무한이 그 무지개를 밟듯 다시 호수 위에 내려섰다.

물론 그가 내려선 곳은 처음처럼 수중 석탑의 머리였다.

"다행히 모든 게 정상이야. 계획대로 일을 진행해도 되겠어."

무한이 수중 석탑을 보며 중얼거렸다.

그런데 말하는 무한이 표정이 그리 밝지 않았다. 자신의 계획대로 일이 진행될 수 있을 거라 생각하는 사람 같지가 않았다.

무한이 무거운 얼굴로 수중 석탑을 바라보다 이내 고개를 들어 호수 주변을 살폈다. 그러다가 작은 한숨을 내쉬었다.

"모두가 자신의 본분을 지킨다면 이런 무리한 일을 하지 않아도 될 텐데. 천년밀교의 교리는 순리를 거역하는 일이 얼마나 무서운 일인지 경고하고 있다. 그런데 그 전수자인 내가 정작 순리를 거역해야 하는 것은 무슨 운명의 장난일까?"

무한이 고개를 갸웃했다.

그러다가 다시 고개를 저으며 말했다.

"아니지. 운명이 그렇다면 그것이 순리 아닐까? 운명에 수긍하는 것이 순리대로 살아가는 것이겠지. 일은… 되는 대로! 돌아가자. 조금 더 지나면 날 찾으러 올지도 모르니까."

무한이 상념을 떨쳐 버리듯 고개를 젓고는 훌쩍 날아올라 단번에 호숫가로 돌아갔다.

그러고는 몸을 흔들어 젖은 옷의 물기를 털어낸 후 뿌연 빛을 흘려내면서 숲으로 들어갔다.

* * *

사실 무한 일행은 근처에 호수가 있었는지도 알지 못했다.

그래서 무한의 옷에 물기가 있는 것을 보고 처음에는 놀라기도 했다.

그러나 무한이 근처에 호수가 있고, 더위를 식히느라 호수에 잠시 들어갔다가 나왔다는 말을 듣고서야 근방에 호수가 있다는 것을 알게 되었다.

"그럼 내일은 아예 그곳으로 거처를 옮길까요?"

모닥불에 마른 나무를 조금 더 얹으면서 이맥이 물었다.

"왜?"

소의가 되물었다.

"아무래도 물 근처에 머무는 편이 여러모로 편하니까. 여긴 물이 있는 곳이 멀어서 번거롭기도 하고. 씻기도 어렵고……."

이맥이 대답했다.

"그렇긴 하네. 그렇게 할까요?"

소의가 무한에게 다시 물었다.

그러자 무한이 고개를 끄떡였다.

"그럼 그렇게 하죠. 낮에는 이 근방에서 일을 좀 하고, 밤에는 그곳에 머무는 것으로… 그곳에서 준비할 것도 있고."

"호수에서 말입니까?"

이맥이 되물었다.

“예. 이번 일은 신전과 호수 두 곳에서 준비해야 합니다. 음… 사실은 하나로 연결되어 있다고 할 수도 있겠지만.”

“결국 알게 되겠지만 술사님이 어떤 계획을 세우시는지 정말 궁금합니다.”

이맥이 말했다.

그러자 무한이 대답했다.

“먼저 신전에서 그들에게 과거 빛의 술사와 각 무종의 종주들이 맺었던 협약의 정신을 일깨워 줄 겁니다. 그래서 그들이 자신들의 잘못을 깨닫고 마음을 바꿔 맹약을 지키며 살겠다면 그것으로 끝나는 것이고, 그들이 과거의 맹약을 지키지 않겠다면 그 때는…….”

“호수에서 그들을 상대하실 생각이시군요?”

듣고 있던 이공이 물었다.

“그렇게 될 겁니다. 그리고 그때가 되면 여러분은 미리 정해진 계획에 따라 움직여야 합니다. 만약 조금이라도 실수를 하면… 제 계획이 틀어지고 모두에게 위험이 닥치겠지요.”

“그럼 정말 중요한 것은 호수 근처의 싸움이 되겠군요?”

용노가 물었다.

“그렇지요.”

무한이 대답했다.

“호수라… 수공을 하는 것은 아닐 테고. 어떻게 신무종의 고수들을 상대하실지……?”

이공이 궁금함을 참을 수 없다는 듯 무한을 보며 다시 물었다.

그러자 무한이 웃으며 대답했다.

"위대한 천년밀교의 법으로요. 그때가 되면 모두가 알게 될 겁니다. 천년밀교가 왜 이 땅의 무종과 무종의 맹약을 만드는 중재자가 되었는지를……."

대답을 하는 무한의 눈빛이 어느 때보다도 반짝였다.

* * *

쿵쿵쿵!

아름드리나무들이 여럿 쓰러졌다. 무한은 신성한 신전 주변의 수백 년 된 나무들을 망설임 없이 베어 넘겼다.

그렇게 쓰러진 나무들은 잘 다듬어져서 적지 않은 수의 아름드리 기둥으로 변신했다.

무한은 빛의 전사들을 움직여 그 나무들을 신전으로 오는 동남쪽 길 주변에 세우기 시작했다.

그 작업이 사흘 동안 이어졌다. 그렇게 통나무들을 기둥처럼 세운 후 무한은 다시 작은 나무들을 베어내 그 중간 중간에 기이한 모양으로 배치했다.

신전에 이르는 거대한 길을 만든 다음에는 신전 주변에도 통나무들을 세우기 시작했다.

마치 신전 주변에 거대한 방책을 세우는 것 같은 모양새였다.

그렇게 다시 이틀 동안 신전 주변에 나무 기둥을 세우고 나자 무한이 동료들을 신전 안으로 불러 모았다.

어떤 다른 작업도 없이 그저 거대한 통나무를 땅에 박아 넣는 작업만 닷새 동한 한 일행은 무한이 그 나무들을 이용해 무엇을 하려나하는 표정으로 무한 주위로 모여 들었다.

그런 일행에게 무한이 입을 열었다.

"수고하셨습니다. 신전에서의 준비는 끝이 났습니다."

"예?"

무한의 말에 일행이 모두 놀란 눈으로 무한을 바라봤다.

"신무종의 고수들을 맞을 일차 준비가 끝났습니다. 이제는 호수 주변에서 삼사일 준비를 하면 될 겁니다."

"대체 저게 뭐라고 준비가 끝났다는 말씀이십니까?"

이맥이 이해가 가지 않는다는 듯 신전 주변과 남쪽 숲을 관통하며 세워진 거대한 나무 기둥들을 보며 물었다.

그러자 무한이 곁에 있던 사람 키만 한 크기의 나무토막을 들어 올리며 말했다.

"진(陣)입니다."

말을 하면서 무한이 들어 올린 나무토막을 한 지점으로 던졌다.

쿵!

무거운 소리를 내며 작지 않은 크기의 나무토막이 허공을 날아가 신전 주변에 박혀 있는 거대한 나무 기둥들 사이에 박혔다.

순간 갑자기 숲에서 안개가 밀려들어 오기 시작했다.

스스스!

그리고 다음 순간 일행은 그들이 박아놓은 거대한 나무 기둥들 사이가 새로운 모습으로 변하는 거짓말 같은 상황을 목격했다.

환영처럼 나타난 거대한 바위와 그들이 박아 넣은 것보다 더 굵은 나무들이 신전 주변을 채우고, 남쪽으로 신비로운 숲길을 만들어가기 시작했던 것이다.

제6장

전설의 유혹

밖에서 보자면 그건 신전으로 이어지는 성스러운 길처럼 보였다. 신전에 접근할 수 있는 유일한 길, 그 길이 좌우로 장벽처럼 우거진 숲 사이에 생긴 것이다.

무한을 제외한 빛의 전사들은 자신들이 박아 넣은 나무 기둥들이 만들어낸 신비로운 변화를 눈으로 보고도 믿을 수 없었다.

그러나 현실은 현실이었다.

환상일지라도 눈에 보이는 신전 주변의 모습은 완전히 변해버렸다.

이제 신전을 찾아오는 사람들은 무한과 빛의 전사들이 통나무를 박아서 만든 길을 통해서만 신전으로 들어올 수 있었다.

남쪽 숲에서 신전으로 이어지는 숲의 길 외의 지역은 거대한 바위와 앞을 볼 수 없는 숲으로 변해서 신전으로의 접근이 완전히 차단됐다.

물론 밀교의 신비로운 진법으로 만든 환상이지만, 결코 환상으로만 치부할 진법도 아니었다.

왜냐하면 진법이 만드는 환영의 숲 안으로 들어간 사람은 그 속에서 길을 잃고 헤매다가 결국 지쳐 쓰러져 죽고 말 것이기 때문이었다.

무서운 사진(死陣)이 환상의 아름다움 속에 숨어 있는 것이다.

"이 진의 목적은 두 가지입니다. 하나는 오직 한 길로만 신전에 접근할 수 있다는 것으로, 다시 말해 다른 방향에서 기습적인 공격을 할 수 없다는 뜻입니다. 신전을 찾아오는 사람은 제 눈앞에서 신전으로 걸어오게 될 것입니다."

무한이 여전히 당황한 시선으로 숲의 길을 바라보고 있는 일행에게 말했다.

"두 번째 목적은 무엇입니까?"

이공이 물었다.

"일단 이 신전 안으로 들어온 사람들은 제가 허락할 때만 이곳을 떠날 수 있다는 거지요. 올 사람이 다 오면 저 길도 막힐 겁니다. 이야기가 잘되면 그럴 리 없겠지만, 그렇지 않다면 그들은 제가 원하는 곳으로 가게 될 겁니다."

무한이 단호하게 말했다.

그 단호함에 일행은 서늘한 두려움을 느꼈다. 갑자기 무한이 무엇이든 할 수 있는 사람처럼 느껴졌기 때문이었다.

그런 그들을 향해 무한이 다시 입을 열었다.

"자, 이제 호수로 가죠. 그곳에서도 며칠간 해야 할 일이 있습니다."

"역시 진을 세우는 일입니까?"

이맥이 물었다.

"비슷하기는 하지만… 조금 다르기도 하죠."

무한이 묘한 대답을 하고는 몸을 돌려 호숫가를 향해 걸음을 옮기기 시작했다.

* * *

콰아아!

조류가 강해지기 시작했다.

묵룡대선 뱃머리에 올라선 독안룡 탑살은 멀리 보이는 사자의 섬을 묵묵히 바라보고 있었다.

왕의 섬을 떠난 지 보름, 그는 그 보름 만에 육주의 바다를 주파해 사자의 섬을 눈에 두고 있었다. 그 누구도, 어떤 배도 따를 수 없는 속도였다.

이 항해의 목적을 정확하게 아는 사람은 탑살 자신 말고는 아무도 없었다.

묵룡대선의 이인자들인 묵룡사왕조차도 탑살이 갑자기 묵룡대선을 끌고 사자의 섬으로 온 이유를 알지 못했다.

그럼에도 그들은 바다를 건너는 동안 탑살에게 그 이유를 묻지 못했다. 탑살의 표정이 워낙 심각했기 때문이었다.

물론 빛의 술사의 유적이 사자의 섬에서 발견되었다는 소문이 세상에 돌고 있다는 것을 모르는 바는 아니었다.

그러나 그 소식이 특별한 것은 아니었다.

과거 신북창이 신마성의 공격으로 무너졌을 때, 묵룡대선의 구원을 받은 북창의 촌장 염호에 의해 이미 사자의 섬에 빛의 유적이 있다는 것은 묵룡대선의 수뇌부들에게 알려진 상태였다.

그리고 그곳으로 수련 여행을 핑계 삼아 소룡 일대와 사대를 조사차 보내기도 했던 탑살이었다.

그건 묵룡사왕 등 묵룡대선의 수뇌부 모두가 알고 있는 사실이어서, 사자의 섬에서 빛의 술사의 유적이 발견되었다는 소문이 탑살이 급하게 움직일 이유가 될 수는 없었다.

이미 그 유적에 의미 있는 유산이 없다는 것을 확인했기 때문이었다.

그래서 바다를 건너 사자의 섬을 눈앞에 둔 상황에서는 이제 더 이상 질문을 참을 수 없었다.

"사자의 섬입니다. 이젠 이유를 말씀해 주시지요."

독안룡 탑살의 뒤에 서 있던 사풍왕 보로가 조심스럽게 물었다.

그러자 탑살이 덤덤하게 대답했다.

"솔직히 말하자면 나도 잘 모르겠네."

"예?"

"이번 항해는 내가 계획한 일이 아니네. 한 사람의 부탁으로 시작한 일이지. 물론 이 일에서 나도 완전히 자유로운 것은 아니지만."

"대체 누가……?"

"지금은 말할 수 없네. 하지만 곧 알게 될 걸세. 그… 가 무슨 일을 하려는지."

탑살이 대답했다.

"그럼 이제 우리는 어떻게 해야 하는 겁니까? 사자의 섬에 상륙하는 겁니까?"

총관 함로가 물었다.

"일단은 바다 위에 머물 걸세. 빛의 술사의 유적을 찾아온 자들이 모두 섬으로 들어갔을 때, 그 뒤에나 상륙할 것이네."

"저로선 이해가 잘… 혹시 이번에 발견되었다는 빛의 술사의 유적이 과거 북창의 촌장께서 말씀하신 그곳이 아닌 겁니까?"

함로가 다시 물었다.

그러자 탑살이 고개를 저었다.

"그곳이긴 하네. 하지만 조금 다르기도 하지."

"무슨 말씀이신지……."

함로가 수수께끼 같은 탑살의 말에 고개를 갸웃했다.

그러자 탑살이 작게 한숨을 내쉬며 대답했다.

"후… 솔직히 나도 정확하게 모르겠네. 그곳에 가 본 적이 없으니까. 그런데 확실히 그때와는 다를 걸세. 사람들은 지금껏 보지 못한 것을 보게 되겠지. 그리고 그것이… 육주의 운명에 큰 영향을 미칠 것이네. 우린 다만 그 일을 조금 거드는 것이고."

"그렇게 말씀하시니 더 궁금하군요. 대체 이 일을 주도하는 사람이 누군인지."

"한 가지는 분명히 말할 수 있네. 세상에서 내가 가장 신뢰하는 사람 중에 한 명이고. 또 육주의 안정을 한순간에 이뤄낼 수 있는 사람이기도 하지."

"그런 사람이… 이 세상에 있습니까?"

함로가 믿기 힘들다는 듯 물었다.

"난 그렇게 생각하는데… 또 모르지. 그 사람에 대한 내 믿음이 너무 강해서 제대로 못 보는 것일 수도. 하지만 적어도 그가 하려는 일이 자신이 아닌 세상을 위한 일이라는 것은 확신하네. 그래서 돕고 있는 거고… 아무튼 바다에 좀 더 머물도록 하세. 아마도 곧 신무종의 종주들도 올 걸세. 그들이 오면 사자의 섬을 떠나는 자들이 많을 걸세. 감히 신무종의 종주들과 보물을 두고 다툴 용기가 있는 자들은 많지 않을 테니까. 우린 그 이후에 상륙하도록 하세."

탑살이 여전히 모호한 상황에 답답해하는 묵룡대선의 수뇌들을 돌아보며 말했다.

* * *

독안룡 탑살의 묵룡대선이 사자의 섬 인근 바다에 도착한 이후 사방에서 배들이 몰려들었다.

사자의 섬을 찾은 배들은 하나같이 중선 이상의 큰 배들이었다.

파나류에서 오든, 육주에서 오든 대양을 건너는 배가 작을 수는 없었다.

그렇게 사자의 섬 동남쪽 해안에 모여든 배들이 수십 척, 그리고 그들은 조심스럽게 사자의 섬에 상륙해 빛의 술사의 유적을 찾기 시작했다.

그런데 그런 그들의 움직임이 어느 날 거짓말처럼 멈추었다.

그리고 섬 깊은 곳까지 들어갔던 자들도 다시 해안가로 몰려 나오기 시작했다.

이유는 섬에 상륙한 무인들에게 전해진 한 가지 소식 때문이었다.

묵룡대선만큼 크지는 않지만, 화려함으로 따지면 묵룡대선을 능가하는 열두 척의 배가 서서히 사자의 섬으로 접근했다.

배들이 사자의 섬 인근 바다에 나타난 것은 삼 일 전이었다. 그리고 그 배에서 일단의 사람들이 작은 배를 갈아타고 섬으로 상륙했다.

이후 섬으로 빛의 술사의 유적을 찾아 들어갔던 자들이 쫓기듯 해안가로 몰려나왔다.

그리고 그들 중 일부는 배를 타고 사자의 섬을 떠났고, 또 일부는 인근 바다로 나와 대기했으며, 극소수의 사람들은 해안가에 남아 열두 척의 배에 탄 자들의 동향을 살폈다.

그렇게 자신들에 앞서 사자의 섬을 찾은 무인들을 섬 밖으로 물러나게 만든 자들은 십이신무종 종주들이었다.

독안룡 탑살의 묵룡대선을 따라 사자의 섬까지 온 십이신무종의 종주들은 바로 섬에 상륙하지 않고 탑살처럼 인근 바다에 머물면서 일부의 고수들만 섬에 상륙시켰다.

그리고 섬에 들어간 십이신무종의 고수들은 빛의 술사의 유적을 찾아 헤매는 무인들에게 무거운 경고를 전했다.

—빛의 술사는 과거 오랜 시간 십이신무종의 동행자이자 친구였다. 빛의 술사와 십이신무종 선조들의 맹약은 오늘날 각 무종의 번성을 가져왔다. 그러니 빛의 유적이 있다면 십이신무종이 그 유적을 보호할 책임이 있다.

누구라도 감히 십이신무종의 허락 없이 빛의 술사의 유적을 침범하고 훼손하는 자가 있다면 그자는 십이신무종의 공적이 될 것이다.

이 경고는 즉시 효과를 발휘했다. 일반인들도 그렇지만 무공을 수련한 무인들에게 십이신무종은 더욱 큰 두려움의 대상이었다.

신무종이 자신들의 권위를 침범하는 자들에게는 그 누구보다 가혹하게 보복한다는 사실을 무인들은 알고 있었다.

십이신무종의 수백 년 고고함의 권위는 바로 그런 독한 손속이 바탕이 되었음을 모르는 무인들은 없었다. 적어도 빛의 술사의 유적을 찾아 대양을 건너올 정도의 노련한 무인들은 더더욱 그랬다.

그래서 십이신무종이 사자의 섬에 도착한 것이 알려지자 먼저 도착했던 무인들이 썰물 빠지듯 사자의 섬을 빠져나간 것이다.

그나마 해안가에 남아 있는 자들은 자신의 능력을 자신하는 대범한 자들이라고 할 수 있었다.

그렇게 먼저 도착한 자들을 물러나게 만든 십이신무종의 종주들은 사자의 섬에 도착한 지 삼 일 후에 비로소 사자의 섬에 상륙했다.

철썩!

십이신무종의 고수들을 태우고 온 거선들은 얕은 수심으로 인해 사자의 섬 해안가에 다가갈 수 없었다.

그래서 작은 배들이 바다에 내려졌다. 신무종의 종주들은 그 작은 소선에 올라 해안가로 접근했다.

소선들이 해안가로 접근하자 신무종의 종주들이 차례로 배에서 날아올랐다. 그리고 가볍게 해안가 모래사장에 내려섰다.

그 움직임 하나하나가 사람들의 시선을 잡아끌 만큼 놀라운 무공의 경지를 보여주는 것들이었다.

그렇게 신무종의 종주들이 해안가에 올라서자, 앞서 선발대로 사자의 섬에 상륙했던 신무종의 고수들이 종주들 앞으로 다가와 고개를 숙여 보였다.

"수고들 했소. 그래, 섬에 남은 사람들은 얼마나 되오?"

불산불종의 종주 무량선사가 신무종의 고수들에게 물었다.

"거의 모든 사람들이 섬 안에서 물러 나왔습니다. 극히 일부의 호기심 많은 자들이 숲에 몸을 숨기고 있지만, 크게 신경 쓸 자들은 아닙니다."

신무종의 고수 중 한 명이 대답했다.

"신전의 위치는 파악했소?"

이번에는 도산선종의 종주 명화인이 물었다.

"자세한 것은 아니지만 앞서 들어온 자들 중에 몇몇에게서 얼추 그 위치로 추정되는 곳을 들었습니다."

"음… 그럼 일단 사람들을 먼저 보내 신전의 위치를 확실히 찾은 후에 움직이는 것이 좋지 않겠소?"

명화인이 다른 종주들을 돌아보며 물었다.

그러자 신산종의 종주 현안 무사확이 고개를 저으며 대답했다.

"빛의 술사의 유적이라면, 신전을 의미하는데. 예로부터 빛의 신전은 진법에 의해 세상의 이목에서 감춰져 있다고 했소. 그런 곳은 바로 옆에 있어도 발견하지 못하고 지나치는 경우가 대부분이오. 우리가 직접 추정되는 곳으로 가봅시다. 그래야 실수가 없을 것이오."

무사확의 말에 명화인이 고개를 끄떡였다.

"듣고 보니 그도 그렇구려. 그럼 번거롭더라도 우리가 직접 섬 안으로 들어가 봅시다."

명화인이 무사확의 의견에 동조하고 다른 사람들의 동의를 구했다.

그러자 다른 종주들도 저마다 고개를 끄떡였다.

"그럼 그렇게 준비를 해주게."

"예. 알겠습니다. 바로 준비하겠습니다."

명화인이 신무종의 고수 한 사람에게 말하자 명을 받은 사내가 고개를 숙여 보이고 다른 고수들에게로 다가갔다.

"그는 여전히 움직이지 않는구려."

수하에게 섬 안으로 여행할 준비를 시킨 명화인이 먼 바다에 떠 있는 묵룡대선을 보며 말했다.

"그러게 말이오. 무슨 생각인지… 빛의 술사에 대해선 신무종의 권리를 인정하겠다는 의미일지도 모르겠지만……."

대검종의 종주 검신 막휴가 말했다.

"욕심이 없는 자라 알려졌으니, 어쩌면 이곳에 온 것도 빛의 술사의 유적을 두고 큰 혈사가 벌어지는 것을 막기 위해서인지도 모르오."

명화인이 말했다.

그러자 무량선사가 담담한 어조로 대답했다.

"물론 그럴수도 있지만, 사람의 속마음이란 장담할 수 없는 것이니 계속 그를 주시해야 할 것이오. 물론, 우리가 모두 모인 이상 그가 할 수 있는 일은 없을 테지만……."

*　　　*　　　*

그녀는 먼 바다에 있었다.

독안룡 탑살이 움직이지 않는 한 그녀 역시 움직일 생각이 없었다. 그녀 곁에는 언제나처럼 호천백검의 오대 수장 중 한 명인 여검객 이사야가 서 있었다.

"독안룡님은 섬으로 들어가지 않으실 생각인 것 같습니다."

이사야가 연이설에게 말했다.

"그러게요. 이상한 일이죠. 가장 먼저 오셔서 오히려 가장 늦게까지 움직이지 않으시니, 저에게도 기다리라고만 하시고."

연이설이 대답했다.

"이유를 말하지 않으시던가요?"

"이유야 지난번 전위 전사님이 왔을 때 들은 것 말고는……."

이사야의 물음에 연이설이 대답했다.

연이설이 빛의 유적에 대한 소문을 듣고 두 척의 전선을 이끌고 사자의 섬으로 온 직후, 독안룡 탑살의 전언이 도착했다.

전언은 대제자 전위가 가지고 왔는데, 대해전 이후 전위는 연이설을 떠나 묵룡대선으로 복귀해 있었다.

전위를 통해 전해온 독안룡의 당부는 간단했다. 자신이 움직이기 전에는 사자의 섬으로 들어가지 말라는 것이었다.

그리고 빛의 신전이 존재하는 것은 맞지만, 빛의 후예들 이외의 사람이 그 유적을 탐하는 순간 큰 재앙이 일어날 것이니 절대 앞서서 빛의 유적을 취하려 하지 말라는 전언이었다.

연이설은 잠시 망설이기는 했지만, 결국 탑살의 충고를 받아들였다. 다른 무엇보다 탑살 자신이 신무종의 고수들이 사자의 섬으로 몰려 들어감에도 불구하고 바다 위에 머물러 있기 때문이었다.

하지만 간혹 마음이 초조해지는 것은 어쩔 수 없었다.

빛의 술사의 유적이 십이신무종의 손에 들어가고, 그 유적이 전설적인 힘을 신무종에게 준다면 천록의 왕국 재건은 한순간에 물거품이 될 수도 있기 때문이었다.

"그런데 정말 빛의 술사의 유적이 있기는 할까요?"

이사야가 다시 물었다.

"독안룡님의 말로는 신전은 분명히 존재한답니다. 다만 그 곳의 유적을 취할 수 있는 사람은 오직 빛의 술사의 후예들뿐이라고 하더군요."

"그야 상식적으로는 그렇지만……."

"타인이 취하려 하면 재앙을 받을 것이라고까지 하시니……."

연이설이 말꼬리를 흐렸다.

사실 보물이라는 것은 주인이 없다. 취하는 사람이 곧 주인인 것이 보물 아니던가.

그런 의미에서 보면 독안룡 탑살의 충고는 지나친 면이 있었다. 그렇다고 탑살의 충고를 무시하고 섬에 상륙할 수도 없는 연이설이었다.

만약 독안룡의 충고를 무시한다면 이후 그녀는 독안룡으로부터 어떤 도움도 기대할 수 없을 것이기 때문이었다. 특히 무한과의 인연 또한 불편하게 끝날 수 있었다.

연이설은 결코 그런 위험을 감수할 생각이 없었다. 아무리 빛의 술사의 유적이 유혹적이어도.

"그런데 이상한 점이 있습니다."

지금껏 연이설과 이사야의 이야기를 듣고 있던 호천백검 단허가 입을 열었다.

"무엇이 말인가요?"

연이설이 물었다.

"파나류에서도 수많은 무인들이 빛의 술사의 유적을 찾아 사자의 섬으로 왔는데, 유독 신마성 출신의 무인들은 움직이지 않았습니다."

"…그런가요?"

연이설이 뜻밖의 소리라는 듯 되물었다.

"신마성 출신의 무인들이라면 결국 신마후들로 대표되는데, 신마후 중 사자의 섬으로 들어온 사람은 없는 것 같습니다. 물론 사람들 눈을 피해 왔을 수도 있지만……."

단허가 신중하게 말했다.

"이상하군요. 신마성주가 아무리 강해도 빛의 술사의 유적이라면 누구든 욕심을 낼 상황인데요."

연이설이 고개를 갸웃했다.

"혹시 누군가의 함정일까요?"

이사야가 조심스럽게 말했다.

"함정… 그럴 수도 있지만 누가 왜 이런 함정을 만들겠어요?"

"…그렇군요. 이런 함정은 세상을 정복하려는 목적이 아니라면 만들기 어렵지요. 천하에 퍼져 있는 모든 무공의 강자들, 십이신무종의 종주들까지 불러들이는 함정을 판다는 것은 그만큼 대단한 야심을 가진 자라는 뜻일 테니까요. 육주나 파나류를 통틀어 그런 세력은… 아! 혹시 신마성이 만든 함정일까요?"

이사야가 스스로 자신의 생각에 놀라며 되물었다.

신마성이야말로 파나류와 육주 모두를 제패할 수 있는 유일한 세력이라고 생각했기 때문이었다.

"…음, 생각해 보니 그럴 수도 있을 것 같습니다. 그들의 모습이 보이지 않은 것도 그렇고……."

호천백검 단허가 심각한 표정으로 말했다.

"그래서 독안룡님이 재앙이란 경고를 하신 걸까요?"

이사야가 되물었다.

그러자 연이설이 잠시 생각에 잠겼다가 고개를 저었다.

"그건 아닐 것 같아요. 제 느낌으로는 독안룡님은 이 일에 대해 다른 사람들에 비해 많을 것을 알고 있는 것 같았어요. 그래서 만약 이번 일이 신마성의 함정이라면 당연히 독안룡님도 아셨을 것이고, 경쟁관계이지만 십이신무종에게도 경고를 하셨을 겁니다. 물론 제게도 신마성의 그림자가 보인다고 말씀하셨겠지요. 그런데 그런 경고는 없으셨거든요."

"…그렇긴 하지만 독안룡님이라고 모든 걸 아실 수는 없는 것 아닐까요?"

이사야가 여전히 신마성의 함정이지 않을까 하는 의심을 거두지 않으며 물었다.

"…물론 그럴 수도 있지요. 그래요. 일단 그 가능성도 아주 무시할 수는 없겠군요. 일단 전사들을 잘 준비시키세요. 만약의 경우 진격과 후퇴가 용이하도록!"

"예, 공주님!"

단허가 대답했다.

"상륙을 하더라도 한 척의 배에는 전사들을 남겨놓으세요. 만약을 위해……."

"알겠습니다."

단허가 다시 대답했다.

* * *

무한은 신전 지붕 위에 있었다. 그곳에서 무한은 마치 명상을 하듯 눈을 감고 차분하게 앉아 있었다.

가끔 불어오는 바람이 옷자락과 머리카락을 날렸지만, 무한은 미동도 하지 않았다.

눈은 감겨 있었는데 그렇다고 잠이 든 것은 아니었다. 가끔은 눈을 떠 천년밀교의 진이 만들어낸 남쪽 길을 바라보기도 했기 때문이었다.

그럴 때 그의 눈은 결코 졸고 있는 사람의 눈빛이 아니었다.

밤하늘에 빛나는 별이나, 호수의 투명한 물처럼 그의 눈은 영롱하게 반짝였다.

어떤 때는 세상의 모든 것을 꿰뚫어 보는 사람의 눈 같기도 했는데, 사실 그건 반쯤은 맞는 말이었다.

무한은 빛의 신전 지붕에서 진 안팎의 사정을 모두 읽어 내고 있었기 때문이었다.

천년밀교의 위대한 법술 중 천안비경(天眼秘鏡)이라는 법술이 있었다.

본래 이 법술은 사람의 마음을 읽어 내는 비술인데, 특별한 경지에 이르면 기운의 흐름을 통해 주변의 움직임을 읽어낼 수도 있었다.

무한이 빛의 정원에 들어가, 빛의 술사의 후예가 된 후 사람의 마음을 읽거나 혹은 극대화된 육감을 이용해 주변 상황을 세밀하게 파악하는 능력을 갖게 된 것은 모두 이 천안비경으로 인해 가능했던 일이었다.

그런데 지금 무한의 천안비경은 보통 때보다 훨씬 먼 곳을 살필 수 있었다. 그가 빛의 전사들과 함께 만들어 놓은 신전 주변의 기진 때문이었다.

신전 주변에 펼쳐놓은 기진은 천년밀교 법술의 힘을 최대한 증폭시키고 있었다.

덕분에 무한의 천안비경의 범위도 엄청난 넓이로 시전이 가능했다.

그래서 그는 신전 지붕 위에 앉아서도 진 수백 장까지 접근한 십이신무종 고수들의 움직임을 눈앞에서 보듯 읽어 내고 있었다.

각파의 종주들이 이끄는 신무종 고수들의 숫자는 대략 이백여 명, 각 파에서 적게는 열, 많게는 스무 명까지는 무리를 이뤄 신전의 외곽 지역까지 접근해 있었다.

그들은 거대한 숲이 만들어 놓은 신비로운 길을 발견하고는 더 이상 전진하지 않고 주변을 살피고 있었다.

종주들은 임시로 세운 천막에서 신무종의 고수들이 주변을 살피고 오기를 기다렸다.

그리고 그들은 신무종의 고수들로부터 눈앞에 펼쳐진 신비로운 숲길이 신전으로 가는 유일한 길이라는 것을 전해 들었다.

그때부터 그들의 고민이 시작되었다.

*　　　*　　　*

"뭘 하고 있는 걸까요?"

어느 틈에 지붕 위로 올라온 문지기들 뒤에서 이맥이 중얼거렸다.

그의 시선이 숲의 길 먼 쪽에 어른거리는 신무종의 고수들에게 향해 있었다.

"두려운 거지."

이공이 대답했다.

"우릴 본 건가요?"

"그건 아니다. 저들이 두려운 것은 빛의 전설 그 자체일 거다. 이 안에 사람이 있는지는 중요하지 않을 거야. 적어도 신무종의 종주들에게는."

"본능적인 두려움이라는 건가요?"

이맥이 되물었다.

"그렇다고 봐야지. 사실 빛의 술사가 활동하던 시기에 그들은 빛의 술사와의 맹약을 수백 년간 충실히 지킬 정도로 빛의 술사를 존중했었다. 그건 곧 빛의 술사를 두려워했다는 뜻이지. 그 역사가 신무종의 다른 고수들에게는 몰라도 종주들에게는 여전히 전해지고 있을 것이다. 종주들에게 과거의 역사가 모두 전해지는 것은 당연한 일이니까. 그게 수치스러운 역사라 할지라도."

이공이 말했다.

"그래도 결국 오기는 오겠죠?"

소의가 물었다.

"두려움을 이기는 것이 사람의 호기심과 욕망이다. 이 신전은 그 두 가지를 모두 가지고 있으니 반드시 올 것이다. 그런데… 술사님!"

문득 이공이 무한을 불렀다.

"말씀하세요."

이공 등이 지붕으로 올라온 이후 천안비경을 거둬들인 무한이 이공을 보며 말했다.

"독안룡은 아직 움직이고 있지 않은 것 같은데… 따로 소식을 전하셨습니까?"

"이곳에 오신 후에는 전하지 않았습니다."

"그럼 술사님의 계획을 오르겠군요."

이공이 조금 어두워진 표정으로 말했다.

만약 독안룡이 무한의 계획을 모른 채 신전으로 온다면 그의 존재가 변수가 될 수 있기 때문이었다.

"그들이 움직이면 제 생각을 전할 겁니다."

무한이 대답했다.

"어떻게 말입니까?"

이공이 묻자 무한이 손을 들어 하늘을 가리켰다. 그러자 가마득한 하늘을 유유히 날고 있는 작은 새가 보였다.

보이기에는 새지만 사실은 풍룡이었다.

"풍룡을 그에게 보내시게요?"

이공이 놀란 표정으로 물었다.

풍룡의 존재가 드러나는 순간 세상은 한바탕 소란이 일어날 것이다. 풍룡을 노리는 자들도 나타날 것이다.

"그냥 전서 하나 떨구는 일인데요. 굳이 모습을 드러낼 일은 없지요. 오늘 밤 정도에 보낼 생각입니다. 그 안에는 저들이 움직일 것 같지 않으니까요."

벌써 석양이 지고 있었다.

무한의 말대로 신무종의 고수들은 밤에는 신전으로 접근하지 않을 것이다. 어떤 위험이 도사리고 있는지 모르는데, 시야가 확보되지 않는 밤에 움직인다는 것은 어리석은 일이었다.

"그럼 저희들은 어찌할까요?"

이공이 다시 물었다.

그러자 무한이 빙그레 미소를 지으며 대답했다.

"이제야말로 정말 빛의 전사들이 되셔야지요. 내일 아침 준비해 두었던 새 옷들로 갈아입으시고 손님들을 맞이할 준비를 하세요. 물론 이곳에서는 싸울 일이 없을 겁니다. 다만 저들에게 신비로운 빛의 역사가 실존한다는 것을 보여주면 됩니다. 굳이 싸움을 한다면… 그들이 나의 제안을 거절했을 때, 호수로 유인하기 위한 거짓 싸움 정도가 될 겁니다."

무한이 말했다.

"솔직히 여전히 궁금한 것은 대체 호수에서 어떻게 저들을 상대하시겠다는 것인지 입니다. 저희들이 호수에서 한 일은 오래되고 작은 석조 건물을 보수하고 그 주변에 이곳과 마찬가지로 나무 기둥을 박아 진을 펼친 것 말고는 없는데 말입니다."

이번에는 용노가 걱정스러운 표정으로 말했다.

그러자 무한이 웃으며 대답했다.

"그 걱정은 하지 마세요. 호수로 가는 순간 여러분은 더 이상 싸우실 일이 없습니다. 호숫가에서 준비한 것들은 저들과 싸우기 위한 것이 아니라, 여러분의 안전을 지키기 위한 것이니까요."

신무종의 종주들은 신중했다. 아니, 무한 일행의 생각처럼 두려운 것일 수도 있었다.

그들은 무한의 예상대로 하룻밤을 숲의 길 입구 부근에서 노숙했다. 숲의 길 끝에 무엇이 기다리고 있을지 알지 못하는 상황에서 한밤중에 진입할 수는 없다고 판단한 것이다.

날은 좋았다.

달도 있고, 별도 성글다. 밤공기도 선선했다. 즐기기 좋은 밤이었다.

그러나 신전 안에 머물고 있는 무한 일행과 숲의 길 입구 부근에서 노숙을 하는 신무종의 고수들 모두 팽팽한 긴장감 속에 하룻밤을 보냈다.

그리고 날이 밝자 드디어 신무종의 고수들이 숲의 길로 진입할 준비를 했다.

"안에 무엇이 있을지 모르오. 한 걸음 한 걸음, 신중하게 전진하시오."

무량선사가 앞서서 길을 열 신무종의 고수들에게 당부했다.

그러자 신무종의 고수들이 가볍게 고개를 숙여 보인 후 숲의 길로 들어가기 시작했다.

뒤를 이어 십이신무종의 종주들이 신무종 고수들의 호위를 받으며 십여 장의 거리를 두고 출발했다.

무한은 신무종의 고수들이 숲의 길로 들어서는 것을 본 후 검을 들고 자리에서 일어났다.

그러자 사곤 등이 서둘러 무한을 따라 자리를 털고 일어났다.

"숲의 길에서는 저 혼자 저들을 맞이하겠습니다."

"위험합니다. 술사님 혼자 보낼 수는 없습니다."

사곤이 고개를 저었다.

그러자 무한이 웃으면서 물었다.

"빛의 정원으로 들어가는 빛의 길을 아시죠?"

"그야 당연하지요."

사곤이 대답했다.

모를 리가 없었다. 서역신전의 모든 것을 관리하던 사곤이었다.

"비슷한 길입니다. 물론 급히 만들다 보니 빛의 길과 같을 수는 없지만, 얼추 흉내 낸 겁니다. 그래서 저 혼자 가야 하고요. 다른 사람이 함께 가면 오히려 방해가 됩니다."

"…그렇다면 어쩔 수 없지요. 그래도 조심하십시오."

사곤이 여전히 걱정스러운 듯 말했다.

그러자 무한이 다시 입을 열었다.

"그렇다고 여러분이 쉬고만 계실 수는 없습니다. 모두 옷을 갈아입고, 신전 곳곳에 머물러 주세요. 그들이 볼 수 있는 곳에요. 아마 멀리서 보면 빛의 전사들의 신비로운 모습이 저들에게 두려움을 줄 겁니다. 그럼 나중에 저들을 설득하는 데 도움이 되겠지요."

"후우… 술사님은 여전히 저들을 말로서 설득할 수 있다고 보시는군요."

"가능성이 높지 않다는 건 압니다. 다만… 그래도 할 수 있을 만큼은 해야겠지요."

무한이 대답했다.

"알겠습니다. 그럼 술사님의 지시대로 준비하겠습니다."

사곤이 고개를 숙이며 대답했다.

그러자 무한이 마주 고개를 숙여보이고는 신전으로 이어지는 숲의 길 쪽으로 걸어가기 시작했다.

"잠깐!"

선두에서 걸음을 옮기던 신무종의 고수가 손을 들어 동료들을 멈춰 세웠다.

그러자 신무종 고수들이 일제히 걸음을 멈추고 전방을 주시했다.

그 순간 한 줄기 바람이 차갑게 불어왔다.

스스스!

그들을 스치고 지나가는 바람이 바닥에 깔린 낙엽들을 날려댔다. 생각보다 강한 바람이다.

그리고 마치 그 바람을 몰고 온 듯, 한 사람이 홀연히 그들 앞에 나타났다.

얼굴을 흰 천으로 가리고, 하얀색 무복을 입은 무한이었다.

"누구냐?"

신무종 고수들 중 선두에 선 자가 소리쳐 물었다.

그러자 무한이 입을 열었다.

"이곳은 신성한 땅이오. 외인의 출입을 금하는 곳이니 걸음을 돌려주시기 바라겠소."

"…그대는 누군데 이곳의 주인을 자처하는 것인가?"

신무종의 고수가 다시 물었다.

"빛의 전설이 머무는 곳을 지키는 사람이오."

"…빛의 전설… 그럼 빛의 전사라는 것인가?"
신무종의 고수가 다시 물었다.
"빛의 전사의 일원이며, 위대한 빛의 전설을 이은 사람이기도 하오."
"설마… 그대가 빛의 술사라는 뜻인가?"
신무종의 고수가 침을 삼키며 다시 물었다.
설마하니 수백 년간 세상에 나타나지 않은 빛의 술사일까 싶은 의구심이 얼굴에 보였다.
그런 신무종의 고수에게 무한이 담담한 목소리로 대답했다.
"그렇소. 내가 당대의 빛의 술사요!"
"음!"
"설마……."
신무종의 고수들 사이에서 믿지 못하겠다는 반응이 흘러나왔다.
그리고 그중 한 명이 재빨리 동료들에게 말했다.
"저자의 말이 사실인지 아닌지는 모르겠지만, 종주들께서 보셔야 할 자인 것 같소. 내가 가서 종주님들을 모셔오겠소."
말을 한 신무종의 고수가 훌쩍 몸을 날려 뒤에서 앞쪽 상황을 지켜보고 있는 신무종의 종주들에게 달려갔다.

"빛의 술사?"
"허!"
"정말 빛의 술사라 했는가?"
십이신무종의 종주들이 연이어 입을 열었다.

그러자 앞쪽의 상황을 전한 신무종 고수가 대답했다.

"그렇습니다. 자신의 입으로 분명히 당대의 빛의 술사라 했습니다."

"음… 믿기 힘든 일이군."

검산파 종주 막휴가 고개를 저으며 중얼거렸다.

그러자 신산종의 종주 무사확이 침착하게 말했다.

"그가 정말 빛의 술사인지 아닌지는 만나 보면 알 것이오. 우리가 직접 확인하지 않는 이상 성급하게 판단하지 맙시다. 일단 그를 만나 봅시다."

무사확의 말에 종주들이 이내 침착함을 회복하고 고개를 끄떡였다.

"그럽시다. 여기까지 왔으니 만나지 않을 것도 아니고, 빛의 유적에 가지 않을 것도 아니지 않소. 설혹 그가 정말 빛의 술사의 후예라도 수백 년 전의 전설이니 그 힘이 전설과 같은지도 모르는 일이고……."

도산선종의 종주 명화인이 말했다.

"맞는 말이오. 또 전설에서도 빛의 술사는 위대한 조정자로서 명성을 얻은 것이지, 무공으로 위대해진 것은 아니지 않소?"

악산 천무종의 종주 악종효가 명화인의 말에 동조했다.

"그래도 조심은 해야 할 것이오. 위대한 조정자라는 것도 힘이 없으면 불가능한 것이니. 아무튼 가봅시다."

무량선사가 종주들에게 주의를 한 번 준 후 먼저 걸음을 옮기기 시작했다.

*　　　*　　　*

무한은 거대한 파도가 자신을 향해 밀려오는 것 같은 느낌이 들었다.

열두 명의 절대의 무인들, 지금 이 세상에서 가장 강할 것이라 평가받은 십이신무종의 종주들이다.

그들의 기운을 홀로 받아내는 것은 쉬운 일이 아니었다.

무한은 십이신무종의 종주들을 만나기 위해 숲의 길로 올 때 한 움큼의 나뭇가지를 손에 쥐고 왔었다.

그리고 그중 두 개를 종주들이 다가오자 자신이 서 있는 길 양 옆으로 던져 땅에 꽂았다.

순간 길 양옆에서 아지랑이 같은 기운들이 흘러나와 무한 앞에서 물결처럼 일렁이기 시작했다.

그러자 무한이 모습이 순식간에 장막에 가려진 것처럼 희미하게 보이기 시작했다.

그런 효과로 인해 무한은 조금 더 신비롭게 보였고, 흰 옷을 입고 있어서인지 그에게서 밝은 빛이 번져 나오는 것처럼 느껴졌다.

그리고 결정적으로 그를 지켜보던 신무종의 고수들은 무한과 자신들 사이에 넘을 수 없는 벽이 생긴 것 같아 가슴이 답답해져 왔다.

그래서 그들이 자신들도 모르게 몇 걸음 뒤로 물러날 때 십이신무종의 종주들이 도착했다.

"음… 진법(陣法)인가?"

신산종의 종주 무사확이 빛의 장막 뒤에 서 있는 무한을 보며 말했다.

그러자 무한이 입을 열었다.

"신산종의 종주이시구려?"

순간 무사확이 놀란 표정을 지었다.

자신과 한 번도 만나본 적이 없는 사람이 자신의 정체를 알아봤기 때문이었다.

"어찌 날 아시는가?"

무사확이 물었다.

그러자 무한이 입을 열었다.

"과거 빛의 술사께서 천하 각 무종 종파의 수장들에게 무종의 약속의 받을 때, 각 무종은 언약의 증표로 자신들 신공의 일부를 빛의 술사에게 건넸소. 그 사실을 알고 있소?"

무한의 물음에 무사확의 표정이 딱딱하게 굳었다.

"신무종의 무공을 안다는 것인가?"

"신공의 정수를 건넨 것은 아니지만, 적어도 기운을 읽어 낼 수는 있소."

"……."

무한의 대답에 무사확이 입을 다물었다.

무한의 대답은 많은 것을 의미했다. 무한이 무사확의 기운을 읽고 그가 신산종의 종주라는 사실을 알았다면, 그 자체로 자신이 빛의 술사의 후예임을 증명한 것이 되기 때문이다.

"그럼 나는 누구 같은가?"

무사확이 입을 닫자 문득 천마종의 종주인 혈마룡 나전이 한 걸음 앞으로 나서며 물었다.

그러자 무한이 망설이지 않고 대답했다.

"천하의 수많은 종파 중 그대와 같은 마기를 뿌릴 수 있는 무종은 흔치 않소. 특히 그대는 마기를 이용하면서도 마기에 침범당하지 않는 눈을 가지고 있으니 분명 천마종의 종주이겠구려."

"…놀랍군. 정말 빛의 술사의 후예란 건가?"

"내가 굳이 그대들의 정체를 말하는 것은 그대들의 의심을 미리 풀기 위함이오. 즉 빛의 술사의 후예라는 증거를 보여주는 것이오."

"…좋아. 그대가 이 시대의 빛의 술사라 하자. 그런데 왜 그동안 빛의 술사는 세상의 역사에서 사라졌던 것인가? 수백 년의 시간 동안이나……."

나전이 다시 물었다.

"아시다시피 세상일에는 가끔 의도치 않은 경우가 생기기도 하오. 빛의 역사에도 그런 일이 생겼다고 생각하시면 될 것이오. 그리고 이제 새로운 빛의 역사가 시작되었다는 것을 인정하시면 될 것이오. 그래서… 묻고 싶구려. 그대들은 여전히 과거 빛의 술사와 천하의 무종 종주들이 맺은 무종의 맹약을 인정하오?"

무한이 열두 명의 신무종 종주들을 보며 물었다.

그러자 열두 종주 누구도 쉽게 무한의 질문에 대답하지 못했다.

과거의 맹약을 존중한다고 말하기에는 이미 신무종이 해온 일들이 너무 많았다. 그렇다고 아니라고 말하기에는 빛의 술사라는 이름이 지닌 무게가 적지 않게 무거웠다.

그러자 무한이 다시 입을 열었다.

"과거의 맹약을 인정한다면 빛의 신전으로 초대해 차 한 잔을 대접하겠소. 그러나 수백 년의 시간이 과거의 맹약을 잊게 만들었다면, 이대로 돌아가 세속의 존재로서 살아가시면 될 거요. 물론 고귀함을 버리고 세속의 쟁투에 뒤엉켜 살아가는 삶이 쉽지는 않겠지만."

"그 경우에 그대는 우리 신무종을 어찌 대할 것인가?"

신산종의 종주 무사확이 물었다.

"글쎄… 나 역시 빛의 술사 이전에 이 땅에서 살아가는 한 명의 사람. 나와 인연을 맺은 사람들 역시 적지 않소. 신무종이 그들에게 위협이 된다면 나도 두고 볼 수만은 없을 것이오."

무한이 담담하게 경고했다.

그러자 무사확의 차갑게 말했다.

"그렇다면 우린 이대로 돌아갈 수 없겠군. 그대와의 관계를 이곳에서 정리하지 못하면 두고두고 우리 십이신무종에게 큰 우환이 될 수도 있으니……!"

제7장

충돌

"…이 땅에 무종의 씨앗이 뿌려질 때 그대의 선조들은 빛의 술사에게 세상에 알려진 약속 말고 한 가지 약속을 더 했소. 그 약속이 지켜졌는지는 모르겠지만……."

무한이 빛의 너울 속에서 말했다.

"어떤 약속 말인가?"

천무종의 악종효가 무한을 향해 전의(戰意)를 드러내며 물었다.

"무공이 어떻게 이 땅에 뿌리내려졌는지에 대한 신비한 비밀을 지키는 것… 혹, 그걸 알고 있소?"

무한이 되물었다.

"천하의 무종은 위대한 십이신무종의 조사들께서 고대로부터 이어 내려오는 무공의 파편들을 모아 각자만의 특별한 신공을 만들어냄으로써 이룩된 것이고, 천하의 모든 무종은 십이신무종으로부터 파생되었다. 그래서 십이신무종의 천하무종의 시원으로 인정된 것이 아닌가?"

악종효가 물었다.

그러자 무한이 다른 종주들에게 물었다.

"모두 같은 생각이오?"

"……."

무한의 물음에 다른 종주들이 침묵했다. 악종효와 같은 생각이라는 뜻이다.

그리고 악종효의 말은 천하의 무인들이 모두 인정하는 사실이기도 했다.

십이신무종의 고귀함은 세속의 일에 관여치 않는다는 전통과 천하무종의 시원이라는 태생적 권위에 의해 이뤄진 것이었다.

"모두가 같은 생각이라면 적어도 그대들의 조상들이 한 가지 약속은 지켰다는 뜻이구려."

"대체 무슨 약속을 했다는 것이오? 십이신무종의 조사들께서!"

묵묵히 침묵하던 무량선사가 물었다.

그러자 무한이 무량선서를 보며 가볍게 한숨을 쉬었다.

"다른 종파는 몰라도 불산불종과 선학원까지 이 행보에 찬성한 것은… 참 실망스럽구려."

무한의 질책에 순간 무량선사의 얼굴에 당혹감이 서렸다. 그리고 원정 내내, 아니, 처음 신무종의 종주들이 모였을 때부터 침묵으로 일관하고 있는 선학원의 종주의 눈빛도 한순간 흔들렸다.

그러나 그 당혹감도 잠시 무량선사 고개를 저으며 말했다.

"우리 신무종이 비록 수백 년간 천하 무종의 중심으로 존경을 받아왔지만, 그 존경이 결코 거저 얻어진 것은 아니오. 사실 우리 신무종의 힘이란 것은 위대한 선조들의 명성을 제외하면 이 세상의 한 줌 모래에 지나지 않소. 그 힘으로 각 종파를 생존시키고 이끌어가려면… 가끔은 이렇게 무리한 일을 하지 않을 수 없소."

무량선사의 변명에 무한이 고개를 저었다.

"그 대답 역시 실망스럽구려. 욕망이라는 가장 원초적인 이유를 부인하다니……."

"후우… 그렇게 생각한다면 더 할 말은 없소."

무량선사가 변명을 포기한 듯 말했다.

그러자 이번에는 선학원의 종주가 입을 열었다.

"비난받을 일이란 것은 알고 있소. 또한 본 원의 전 종주이신 대현인께서는 나의 출원을 만류하셨소. 하지만 나로서는 나오지 않을 수 없었소. 최근 상황은… 십이신무종의 존립을 위협할 정도로 위험하기에… 어찌 산속에 머물고만 있을 수 있겠소?"

"…대현인께서 생존해 계시는구려."

무한이 뜻밖이라는 듯 물었다.

선학원의 대현인 오성은 세상에 모습을 드러내지 않은지 수십 년이고, 그 나이가 살아 있으면 백이십 살이 넘어서 대부분의 사람들은 그가 죽었을 거라고 생각하고 있었다.

그런데 여전히 그는 살아 있었던 것이다.

그러나 그가 선학원의 사람이 선학원을 떠나 세속의 일에 관여하는 것은 막지 못했다는 것은 정상적인 상태가 아니라는 것을 의미했다.

"그분은… 인간의 경지를 벗어나신 분이오."

선학원에서 나온 자가 말했다.

"후우… 그렇다면 더더욱 그분의 충고를 들었어야 하지 않겠소? 결국 선학원도 많이 변했다는 증거이구려. 대현인의 만류조차 지켜지자 않을 만큼!"

"감히… 선학원을 모독하는 것인가?"

선학원에서 나온 자가 노기를 드러냈다.

그러자 무한이 담담하게 말했다.

"대현인의 명조차 지켜지지 않는 선학원이라면… 존중받을 이유가 없지 않소? 그리고 모독이란, 그대들 십이신무종이 빛의 술사와의 맹약을 지키지 않았을 뿐더러, 지금 이렇게 빛의 술사의 유적을 탐하기 위해 이곳에 온 행동을 두고 해야 하는 말 아니겠소?"

무한의 추궁에 선학원의 고수가 반박을 하려다 말고 입을 닫았다.

아무리 반박을 해도 지금 십이신무종 종주들의 행동은 정당화 될 수 없기 때문이었다.

그들은 결국 맹약을 깬 자들이고, 빛의 술사의 유적을 탐하는 자들일 뿐이었다.

"시간은 많은 것을 변화시키지. 빛의 술사와 과거 우리 선조들이 맺었던 맹약 역시 시간의 흐름 속에서 영원할 수 없는 법이기도 하고. 또한 우리가 이곳에 온 것은 그대의 존재를 몰랐기 때문이오. 빛의 술사의 유적이 사악한 자의 손에 들어가는 것을 막기 위해서 한 행동이란 말이오."

도산선종의 종주 천도자 명화인이 자신들의 행동을 정당화했다.

그의 말이 제법 논리적이어서 종주들 중 일부가 고개를 끄떡여 그의 의견에 동조했다.

그러자 무한이 그를 보며 말했다.

"알겠소. 그 말이 진심이라고 믿겠소. 그럼 이제 나도 같은 말을 다시 한번 해야겠소. 빛의 술사가 현존함을 알았으니 이제 돌아가시오. 빛의 힘이 사악한 자의 손에 넘어갈 일은 없을 테니까."

무한이 차갑게 말했다.

그러자 명화인이 한순간 당황했다. 빛의 술사가 있는 이상 빛의 유적을 지키기 위해 이곳에 머물 이유가 없기 때문이었다.

"그대가 진정한 빛의 술사임을 어찌 증명할 것인가?"

결국 명화인이 찾은 핑계는 무한의 신분을 의심하는 것이었다.

"이것으로 증명이 되지 않는다는 것이오?"

무한이 손을 들어 자신을 둘러싼 빛의 아우라. 그리고 종주들의 접근을 막는 빛의 장벽을 가리키며 물었다.

"이런 사술은… 환술에 능한 자라면 누구나 만들어낼 수 있지."

환무종의 종주 부여기가 말했다.

"후우… 결국 탐욕을 버리지 못하는구려. 이런 저런 핑계를 들이대는 것을 보니."

무한이 한숨을 쉬며 말했다.

"탐욕이라 해도 좋소. 우리 신무종의 종주들은 이 기회에 혼란한 육주와 파나류에 새로운 신무종의 법을 세우기로 결심했으니까. 세상이 평화로워지면 결국 사람들은 다시 십이신무종의 위대함을 칭송하게 될 것이오. 그러기 위해서… 빛의 유적으로 인한 혈사부터 막아야겠소. 빛의 술사의 유적들을 십이신무종의 이름으로 보호해야겠다는 뜻이오. 우리의 뜻에 동의한다면 길을 여시오."

명화인이 단호한 목소리로 말했다.

세상의 평가는 어찌 되어도 좋다. 이미 뽑힌 칼이므로 자신들이 원하는 것을 얻기 전에는 칼을 거두지 않겠다는 의미였다.

무한이 가볍게 한숨을 내쉬었다.

사실 무한도 이들이 자신의 말을 듣고 물러갈 거라고 생각한 것은 아니었다. 그리고 그들을 이 장소로 불러들인 것 역시 무한 자신이었다.

그러나 무한은 십이신무종의 종주들이 이 장소에서 과거 그들의 선조가 한 맹약을 떠올리기를 원했고, 그 맹약을 다시 지키기로 약속하기를 원했었다.

그게 아니면 적어도 빛의 술사의 신전 앞에서는 겸손하기를 바랐다. 세속을 향한 그들의 행보는 멈추지 못해도…….

그러나 야망에 물든 신무종의 종주들은 무한이 원하는 최소한의 것도 양보할 생각이 없었다.

그렇다면 무한 역시 그들을 위해 준비한 것을 해야 한다. 그것이 빛의 술사로서 그가 해야 할 일이었다.

"원한다면… 빛의 신전으로 들어오시오. 그러나 그 길은 그대들이 열어야 할 것이오. 난 빛의 전사들과 함께 그대들의 능력을 시험하겠소!"

무한이 그 말을 남기고 홀연히 사라졌다.

갑작스러운 무한의 움직임에 놀란 신무종의 종주들이 잠시 당황한 듯 보였으나 이미 빛의 신전으로 들어가기를 결심한 이상 망설일 것은 없었다.

"들어가 봅시다."

명화인이 걱정을 떨치듯 종주들을 돌아보며 말했다.

그러자 환무종의 종주 부여기가 앞으로 나섰다.

"내가 앞장서겠소."

"같이 갑시다."

신산종의 종주 무사확이 부여기 옆으로 다가섰다.

"두 분이라면 세상의 어떤 진법도 파훼할 수 있을 테니 두 분께 부탁드리겠소."

명화인이 부여기와 무사확에게 고개를 숙여 보이고 뒤로 물러났다.

두 사람이야말로 환술과 진법의 대가기 때문이었다.

"시작해 봅시다."

부여기가 무사확에게 말을 건네고는 성큼 빛의 장벽 안으로 들어갔다.

* * *

쿵쿵!

무한은 빛의 전사들과 함께 신전 위에 올라서서 숲의 길을 뚫고 오는 신무종의 종주들을 바라보고 있었다.

신무종의 종주들은 그의 생각대로 강한 자들이었다.

그들은 밀교의 비술이 가미된 진에 막혔지만, 그럼에도 느리게나마 앞으로 전진하고 있었다.

아마도 그들은 수많은 환영에 시달리고 있을 것이다. 자신의 내면 깊숙한 곳에 숨겨두었던 비밀과 욕망들이 불쑥불쑥 자신 앞에 나타나는 경험도 하고 있을 것이다.

그럼에도 불구하고 그들은 그것이 허상임을 알고 있었다. 그리고 그 허상을 깨뜨리기 위해 무한이 만들어 놓은 진을 깨뜨리며 전진하고 있었다.

그 결과 그들이 숲의 길 중간쯤에 이르렀을 때에는, 그들의 뒤쪽으로 빛의 전사들이 세워 놓았던 아름드리나무들이 쓰러지고 처음과는 다른 지형의 숲이 나타나 있었다.

진의 일부를 허물어뜨린 후에는 전진 속도가 조금 더 빨라졌다. 진을 깨뜨리는 방법을 알아냈기 때문이었다.

진의 환영에 가려진 길 양 옆의 거대한 나무 기둥들을 찾아내 쓰러뜨리는 것, 그것에 빛의 술사가 만든 진을 깨뜨리는 방법이란 것을 알아낸 것이다.

환무종의 부여기와 신산종의 무사확은 확실히 진법에 관한한 타의 추종을 불허하는 실력을 가지고 있었다.

그 모습을 보고 있던 빛의 전사들은 초조해질 수밖에 없었다.

"결국 이곳까지 오겠군요."

이맥이 걱정스러운 표정으로 중얼거렸다.

"그럼 저들이 순순히 돌아갈 줄 알았느냐?"

이공이 무심하게 대답했다.

“저들의 숫자가 적지 않습니다. 저렇게 아무런 피해 없이 이곳까지 들어온다면 싸우기가…….”

이맥이 다시 말했다.

그러자 이번에는 무한이 대답했다.

“모두 예상한 일입니다. 진의 역할은 저들을 막거나 살상하는 데 있지 않습니다.”

“그럼……?”

“저들을 지치게 하는 것이 주목적이지요. 물론 두려움을 느끼고 제 제안을 받아들였다면 더 좋았겠지만… 애초부터 그럴 가능성은 없다고 생각했었지요. 아무튼 진의 주목적은 저들을 지치게 만드는 것이었습니다.”

“시간이 오래 걸리기는 하겠지만 단지 진을 깨뜨리며 들어오는 것으로 저들이 지칠까요?”

이맥이 의구심을 드러냈다.

그러자 무한이 대답했다.

“그런 진이 있습니다. 그 안에 들어온 사람들이 눈치채지 못하는 사이 가랑비에 옷이 젖듯 조금씩 자신의 내공을 잃게 되는…….”

“…어떻게 그런 진법이……?”

이맥이 믿을 수 없다는 듯 되물었다.

“보통의 진법도 깨뜨리자면 많은 힘이 들지요. 하물며 천년밀교의 정통 진법입니다. 왜 내공 소모가 없겠습니까? 다만 그들이 그 사실을 느끼지 못하는 것이 함정이지요.”

"그럼 저들과의 싸움이 조금 수월할 수는 있겠군요……."

이맥이 말꼬리를 흐렸다. 그래도 적의 숫자가 너무 많기 때문이었다.

"여러분이 저들과 싸울 일은 없을 겁니다. 싸움 역시 제가 할 일이지요."

무한이 담담하게 말했다.

"솔직히 말해 술사께서 어떻게 저들을 상대하실지 저희들도 걱정이 됩니다. 술사님을 믿지 못하는 것이 아니지만……."

사곤이 신중하게 말했다.

"그러게 말입니다. 저렇게 진이 무너지고 수백의 고수들이 신전으로 오면 결국 호수로 물러나야 하는데… 호수 주변에는 이곳보다 진도 단단하지 않고……."

용노가 걱정스러운 표정으로 사곤의 말을 거들었다.

"너무 걱정 마세요. 원하던 바는 아니지만, 결국 저들은 파멸하게 될 겁니다. 빛의 신전을 더럽힌 죗값으로……."

무한이 차분하게 대답했다.

그리고 그 순간 숲의 길 쪽에서 다른 때보다 조금 더 큰 굉음이 들려왔다.

쿠쿠쿵!

한 번에 십여 개의 통나무가 쓰러졌다.

그러자 신무종의 종주들이 다시 십여 장을 전진해 숲의 길, 거의 끝에 도달했다.

콰직!

거대한 통나무가 천마종의 종주 나전의 손에 밀려 쓰러졌다. 그러자 너울거리던 빛의 물결이 사라지고 시야가 밝아졌다.

그리고 눈앞에 신비로운 신전이 모습을 드러냈다.

빛으로 둘러싸인 눈부신 빛의 신전, 오랜 세월을 버티지 못해 곳곳이 허물어져 있었지만, 결코 폐허와 같은 느낌이 아니다.

오히려 그런 세월의 상처들이 빛의 신전의 신비로움을 더하는 것 같았다.

그 신전 곳곳에 서 있는 이십 명의 빛의 전사들 역시 신무종 고수들의 걸음을 멈추게 한 또 다른 이유였다.

백색의 무복, 아니, 수도복에 가까운 무복을 걸치고 흰색 전포에 달린 모자를 눈 아래까지 내려쓴 빛의 전사들은 한 사람 한 사람 평범해 보이는 사람이 없었다.

물론 그 모습은 신전 주변에 펼쳐진 진법에 의해 본래보다 더 강렬하게 부각되고 있었다.

특히 신전 중앙에 서 있는 무한은 천년밀교의 위대한 신공, 천밀경의 기운을 은은하게 뿜어내고 있어서 더욱더 신비롭게 보였다.

그런 선인 같은 빛의 전사들의 모습은, 수백 년간 스스로 고고한 무종의 선인들임을 자처했던 신무종의 종주들조차도 전진을 멈출 수밖에 없게 만들었다.

"결국 왔구려. 충고를 거부하고……."

무한이 신전 입구에서 걸음을 멈춘 신무종의 고수들을 보며 말했다.

"…이제부터 이 신전은 우리가 관리하겠소."

천도자 명화인이 단호하게 말했다.

빛의 전사들이 뿜어내는 기세가 놀랍기는 하지만 그 숫자가 겨우 이십이다.

절정의 고수 수백의 고수들을 이끌고 온 자신들이 상대하지 못할 상대가 아닌 것이다.

"신전은 오직 빛의 술사가 머물 때만 그 의미를 가질 수 있소."

무한이 충고하듯 말했다.

"그대 역시… 이제부터 우리가 보호하겠소."

명화인이 다시 말했다.

무한의 항복을, 아니, 무한을 사로잡겠다는 분명한 의도를 드러낸 것이다.

"후… 선조가 한 맹약을 지키지 않음은 물론, 오히려 빛의 전설까지 끊겠다는 것이구려."

"그대를 어떻게 하겠다는 말이 아니오. 단지 그대를 우리가 보호하겠다는 뜻이오. 우리의 보호를 받으면서 그대는 빛의 술사로서 세상에 선한 기운을 전하면 되는 것이오. 빛의 술사로서 충분한 존중을 받게 될 것이오."

"…안타까운 일이오. 신무종이 이렇게까지 타락하게 되었다니. 그대가 제안을 했으니 나 역시 제안을 하겠소. 이곳에 오신 신무종의 종주분들 중에는 지금의 이 거친 행동이 꺼려지는 분들도 계실 것이오. 그런 분들은 지금이라도 돌아가 주시오. 그렇지 않다면… 여러분은 빛의 술사가 다만 현명한 중재자였던 것만은 아니었다는 것을 알게 될 것이오."

"…싸움을 하겠다는 뜻이오?"

명화인이 물었다.
"빛의 술사가 오직 설득만으로 과거 무종의 맹약을 이끌어 냈다고 생각하시오?"
무한이 명화인에게 물었다.
"……."
그러자 명화인이 쉽게 대답을 하지 못했다. 질문을 던지는 순간 무한의 눈에서 흘러나와 칼처럼 그의 눈에 꽂힌 차갑고 날카로운 기운에 순간적으로 압도되었기 때문이었다.
만약 그 안광이 검이었다면 자신이 결코 피하지 못했을 거란 생각도 들었다.
"난 이곳을 지킬 것이오. 역대 빛의 술사들께서 남긴 단 한 조각의 유품도 타인에게 내어줄 생각이 없소. 그러니 스스로 부끄러움을 느끼는 분은 돌아가시오. 그리고 과거의 맹약을 지키며 고귀한 삶을 살아주시기 바라겠소."
명화인이 침묵하자 무한이 다시 한번 종주들에게 물러갈 것을 권유했다. 그러나 종주들 중 그의 권유를 받아들일 사람은 없었다.
빛의 신전이 눈앞에 있었다. 그리고 빛의 술사가 있다. 그건 곧 이 신전 안에 빛의 술사의 위대한 전설의 힘이 숨겨져 있다는 뜻이기도 했다.
이미 탐욕에 물든 무인들이 빛의 전설을 포기하는 것을 불가능한 일이었다.

"내가 그대를 시험해 보겠다. 그대가 정말 빛의 술사의 후예인지, 혹은 그렇다 해도 이 시대에 그 전설을 지킬 힘이 있는지! 그걸 증명하라.”

침묵하는 명화인을 스쳐지나 앞으로 나선 자는 천마종의 종주 혈마룡 나전이었다.

신무종의 종주들 중 가장 투기가 강한 자여서 그가 먼저 싸움을 청하고 나선 것은 자연스러운 행동이었다.

그리고 다른 종주들은 그런 나전의 행동을 만류하지 않았다.

그들은 빛의 술사의 후예를 자처하는 무한의 무공을 자신들의 눈으로 보고 싶었던 것이다.

자신들의 걸음을 거의 반나절이나 잡아 놓은 빛의 술사의 진법은 이미 경험했지만, 무공과 진법은 전혀 다른 영역이었다.

그래서 나전이 대결을 청하고 나선 것이 그들에게는 고마울 지경이었다.

“…어차피 정해진 일이라면 물러날 수 없겠지. 좋소. 그대의 도전을 받아들이겠소. 내가 결코 원하는 바가 아니지만, 이 대결의 결과를 보고 그대들이 다시 한번 나의 충고를 되새겨 보길 바라는 마음에서…….”

무한이 가볍게 발을 굴렀다.

그러자 순식간에 그의 몸이 신전 아래로 내려와 혈마룡 나전 앞에 다가섰다.

풍신보다.

그 빠름에 놀란 나전이 슬쩍 한 걸음 뒤로 물러났다.

그런 나전을 보며 무한이 다시 입을 열었다.

“사실… 나도 궁금했었소. 지금의 신무종 종주들의 무공이!

과거의 종주들보다 얼마나 강해졌길래 무종의 맹약을 깼는지 말이오. 기대하겠소."

무한의 말에 나전이 잠시 무한을 응시하다가 등 뒤에 매고 있던 중검(重劍)을 뽑아 들었다.

우웅!

도신이 두껍고 넓은 중검을 뽑는 순간, 검이 그 무게만큼 무거운 검음을 토해냈다.

나전이 검을 뽑자 무한 역시 허리께에서 날렵하게 생긴 검을 뽑았다. 석림도주가 소룡들에게 선물한 바로 그 검이었다.

검신이 밖으로 나오는 순간 자신이 빛의 술사의 검이라는 것을 자랑하듯 눈부신 검광을 뿜어냈다.

그 빛이 너무 강렬해서 신무종 종주들을 따라온 수백 고수들 대부분이 손으로 눈을 가릴 정도였다.

"과연… 빛의 술사답군."

강렬한 검광을 뿌려내는 무한을 보며 나전이 중얼거렸다. 그러면서도 그는 오히려 투기를 끌어올리는 모습이다. 강한 적을 앞에 두면 더 강한 투기를 끌어내는 대무인(大武人)의 모습이 그에게서 느껴졌다.

그런 나전을 보며 무한이 무심하게 검을 겨누었다. 순간 나전이 거대한 산악처럼 움직였다.

쿠우우!

무한은 나전의 마기가 파도처럼 밀려오는 것을 보면서도 그 자리에서 움직이지 않았다. 나전의 마기가 그를 휩쓸 때에도 무한은 그 자리에 있었다.

마치 그대로 나전의 마기에 쓸려 버리기를 원하는 것 같았다.

그러나 한순간 나전의 마기 속에서 한 줄기 빛의 솟구쳤다. 그리고 그 빛을 따라 무한이 나전의 마기 위쪽으로 불쑥 올라섰다.

뒤를 이어 무한이 검은 마기가 시작되는 지점을 향해 번개처럼 검을 꽂아 넣었다.

"웃!"

검은 마기 속에서 혈마룡 나전의 당황한 목소리가 흘러나왔다.

동시에 검은 마기가 열어지면서 나전이 중검을 휘두르며 뒤로 물러났다.

캉!

나전의 중검에 무한의 투명한 검기가 격돌했다.

"음!"

나전의 입에서 다시금 묵직한 음성이 흘러나왔다.

나전이 급히 물러나는 다리에 힘을 줘 몸을 세운 후, 무한을 향해 다시 검을 휘둘렀다.

콰아아!

이번에는 나전의 강력한 검기가 무한을 향해 밀려갔다.

콰지직!

나전의 검기가 움직이는 길을 따라 땅이 갈라지면서 흙덩이들이 솟구쳤다.

그야말로 신무종의 종주란 지위에 어울리는 무공이다.

무한은 처음처럼 나전의 검기가 자신의 눈앞에 밀려올 때까지 움직이지 않았다. 그러다가 나전의 검기가 그의 몸을 반으로 가르려는 순간 갑자기 사람들 시야에서 사라졌다.

"엇!"

"어?"

뒤쪽에서 두 사람의 대결을 지켜보던 신무종의 고수 일부가 놀란 음성을 흘렸다.

무한이 갑자기 세상에서 증발한 듯 사라졌기 때문이었다.

그러나 나전은 천마종의 종주답게 무한의 흔적을 놓치지 않고 있었다.

그는 자신이 일으킨 마기의 파도를 가르며 빠르게 움직이는 한 줄기 빛을 향해 몸을 틀었다.

그리고 그 빛이 멈추는 순간 재차 검을 찔러 넣었다.

콰아!

그의 검에서 뻗어나간 검기가 그대로 사람의 형상으로 나타나는 무한의 몸을 관통했다.

"앗!"

멀리서 무한의 싸움을 지켜보던 빛의 전사들 사이에서 당황한 음성이 흘러나왔다.

무한이 여지없이 나전의 검에 관통당한 것처럼 보였기 때문이었다.

하지만 다음 순간 사람들은 나전의 검에 관통당한 무한의 희미한 잔영이 그대로 나전을 향해 덮쳐가는 것을 보았다.

그리고 그 속에서 날카로운 소음이 일어났다.

지지직!

퍽!

"욱!"

거의 동시에 성격이 다른 세 개의 소리가 터져 나왔다.

처음에 만들어진 소리는 소리라기보다 소음이라 불러야 할 것 같았다. 무한의 손에서 시작된 빛의 술사의 지공, 일지파천이 공기를 가르는 소리였다.

두 번째 소리는 일지파천이 나전의 어깨를 관통하는 소리였고, 세 번째 소리는 나전의 입에서 흘러나온 신음 소리였다.

주르륵!

무한의 일지파천에 어깨를 관통당한 나전이 충격을 이기지 못하고 뒤쪽으로 밀려났다.

몸을 세우려는 그의 발을 따라 바닥이 길게 파여 나갔다.

무한이 그런 나전을 향해 가볍게 검을 내밀었다.

그러자 그의 검에서 한 줄기 검기가 눈에 보이지 않는 속도로 나전을 향해 뻗어 나갔다.

팟!

"윽!"

나전이 다시 한번 비틀거리며 뒤로 물러났다. 어느새 그의 다리에서 붉은 피가 흘러내리고 있었다.

무한이 그런 나전을 향해 다시 다가서려는 순간, 나전의 앞을 두 명의 종주가 막아섰다.

태양종의 종주 양왕 자오와 사천종의 종주 사수 융한이다.

두 사람이 나전을 보호하고 나서자 무한도 공격을 멈추고 두어 걸음 뒤로 물러났다.

그리고 차분하게 양왕 자오와 사천종의 종주 융한에게 물었다.
"이번에는 두 분이 함께 도전하시겠소?"
무한의 질문은 그야말로 모욕적인 것이었다.
신무종의 종주들이 누군가 한 사람을 협공한다는 것도 창피한 일이지만, 도전이라는 말은 더더욱 모욕적인 것이었다.
"감히 우리를 모욕한단 말인가?"
양왕 자오가 붉은 안광을 토해내며 분노했다.
그러자 무한이 담담하게 말했다.
"감히 빛의 신전에 난입한 자들이니 모욕당할 이유가 충분하오. 아무튼 그래서 그럼 그대가 이번에는 도전하겠소?"
무한이 물었다.
그러자 양왕 자오가 소리쳤다.
"좋다. 이번에는 내가 그대를 시험하겠다."
양왕 자오가 분노를 이기지 못하고 무한을 향해 두어 걸음 다가섰다.
그의 손은 어느새 붉게 달아올라 있었다. 태양종의 장기인 극양의 공력을 모두 끌어올린 듯 보였다.
그런데 그때 양왕 자오의 뒤쪽에서 신산종의 종주 무사확의 목소리가 들려왔다.

"양왕께서는 잠시 기다려 주시구려."
그러자 양왕 자오가 무사확을 돌아보며 물었다.
"내 싸움을 막겠다는 것이오?"
"이 싸움 양왕의 싸움만이 아니지 않소. 이 싸움은 우리 모두의 싸움이오. 수백 년… 빛의 굴레에서 벗어날 싸움이기도 하고 말이오."

"그래서 어쩌자는 말이오?"

양왕 자오가 두 손에 모았던 진기를 풀며 물었다.

"그의 실력은 이미 충분히 보았소. 솔직히 말해 혈마룡께서 패했다면 우리 중 그 누구도 그를 홀로 상대하기 어려울 것이오. 이미 그가 정말 빛의 술사의 후예라는 것이 증명된 것이오. 그렇다면… 우린 그의 신분에 맞게 상대해 줄 필요가 있소."

"어떻게 말이오?"

양왕 자오가 답답하다는 듯 다시 물었다.

그러자 무사확이 차가운 음성으로 말했다.

"그가 우리 모두를 모욕했으니, 우린 그가 비난한 대로 모두의 힘으로 그와 그의 전사들을 그리고 이 신전을 차지하면 되는 것이오."

신산종의 무사확은 냉철한 인물이었다. 신산종은 무공의 힘보다 두뇌의 힘을 강화시키는 비공을 가진 종파로 알려져 있었다.

물론 무공 역시 강하지만 그들의 진정한 힘은 무공이 아니라 두뇌에서 나온다는 말이 정설이었다.

그들의 무공이 강한 것 역시 타 종파의 무공에 대한 방대한 지식에서 나온다고 알려져 있었다. 그런 신산종의 종주 무사확이다.

그는 지금 상황에서 누구도 홀로 무한을 상대할 수 없다는 것을 간파했고, 그 사실이 확인한 이상 자존심을 내세워 일대일의 대결을 이어가는 것은 의미가 없다는 판단을 내린 것이다.

더군다나 그들은 이곳에서 무한을 상대로 마냥 시간을 끌 수도 없었다.

그들이 신전에 도달했으니 곧 다른 야심가들도 신전으로 올 것이다. 십이신무종의 이름이 가지는 무게에도 불구하고 무인들에게 빛의 술사의 유적은 너무나 매력적인 유혹이었다.

더군다나 독안룡 탑살이나 천록의 왕국, 혹은 모습을 드러내지는 않았지만 파나류의 신마성 등은 십이신무종의 이름에 주눅 들 세력이 아니었다.

그들이 오기 전에 빛의 신전을 장악하고, 빛의 술사를 제압해 빛의 전설이 온전히 십이신무종의 것이 되었음을 선언해야 했다.

그러기 위해서 가장 좋은 방법은 십이신무종의 고수 모두를 동원해 일거에 빛의 신전을 장악하는 것이었다.

무사확의 냉철하고 단호한 말투에 양왕 자오조차 반박을 하지 못했다.

그 역시 지금 자존심을 내세워 시간을 끌 때가 아니라는 것을 알기 때문이었다.

"모두 동의하시오?"

양왕 자오가 한 걸음 물러나자 무사확이 십이신무종의 종주들을 둘러보며 물었다.

"일은… 신속하고 완벽하게 끝내는 것이 좋겠지요."

도산선종의 종주 명화인이 다른 사람들을 대신해 대답했다.

그러자 무사확이 고개를 끄떡이고는 시선을 돌려 무한을 바라봤다.

"빛의 술사께서도 이 상황을 인정하시길 바라겠소. 겨우 스무 명 남짓한 전사들을 데리고 우릴 막아낼 수 있겠소?"

무사확이 차갑게 협박했다.

그러자 무한이 냉정하게 대답했다.

"신산종의 종주께서는 과거의 일을 다시 한번 상기해 주시기 바라오."

"과거……?"

무사확이 갑자기 무슨 말이냐는 듯 고개를 갸웃했다.

"고대의 빛의 술사들도 언제나 적은 수의 사람만을 데리고 있었소. 그럼에도 천하의 무종들은 빛의 술사가 제안한 맹약을 받아들였소. 그 이유를 잘 생각해 보시기 바라오."

"…그것이 오로지 빛의 술사의 힘 때문이라 생각하지 않소. 다만 공멸할 수도 있는 무종 간의 분란을 잠재우기 위한 선택이었을 것이오."

무사확이 여전히 차갑게 말했다. 조금도 양보하거나 뒤로 물러날 생각이 없어 보였다.

그러자 무한이 길게 한숨을 내쉬었다.

"후우… 좋소. 파국을 원한다면 그대들의 원하는 바를 하시오. 나도 내가 할 수 있는 일을 하겠소."

쿵!

무한이 한순간 발로 강하게 땅을 굴렀다. 그러자 신전이 흔들리는 듯한 진동이 일어나더니 그의 몸이 신전 쪽으로 빠르게 물러나면서 신전과 신무종의 고수들 사이에 앞서 숲의 길에 나타났던 빛의 장벽들이 다시 모습을 드러내기 시작했다.

"준비합시다!"

무사확이 물러나는 무한과 너울거리는 빛의 장벽을 보며 소리쳤다.

그러자 신무종의 종주들이 각자 자신들을 따라온 신무종 고수들을 준비시켰다.

모든 준비가 끝나자 무사확이 무량선사를 바라봤다.

그러자 무량선사가 입을 열었다.

"신전을 장악하는 일에 집중합시다. 가급적 피를 보지 않도록 하시고… 우리 종주들은 그를 제압하는 것으로 합시다."

무량선사의 눈이 너울거리는 빛의 장벽 넘어 신전 앞에 서 있는 무한을 바라보고 있었다.

"갑시다!"

가장 먼저 앞으로 나선 사람은 무한과의 대결이 무산된 양왕 자오였다.

쿠오오!

그의 양손에서 붉은 진기의 덩어리가 만들어졌다.

양왕 자오가 망설임 없이 붉은 진기 덩어리를 단단한 석재로 이뤄진 빛의 신전 바닥을 향해 떨쳐냈다.

신전 바닥을 파괴함으로써 빛의 장벽을 만들어내는 진법을 깨뜨리기 위함이었다.

쿠쿠쿵!

양왕 자오의 무공은 소문대로 엄청난 파괴력을 보였다.

태양종의 특징인 극양의 신공이 그의 손에 모여 신전 바닥에 떨어질 때마다 신전 앞마당을 수백 년간 지탱해 온 귀한 석재들이 산산조각 나 하늘로 솟구쳤다.

양왕 자오가 그렇게 신전 바닥을 박살 내기 시작하자 태양종의 고수들이 양왕 자오 곁으로 다가와 같은 방법으로 신전 바닥을 깨뜨리기 시작했다.

무한은 수백 년 내려온 신전이 서서히 파괴되어 가는 것을 묵묵히 지켜봤다.

그리고 분노보다 슬픔이 일어났다. 사람의 욕망이 만들어내는 무도함, 그 무도함을 행하는 자들은 수백 년간 무공의 구도자들이란 소리를 듣던 고귀한 자들이었다.

"이대로 두고 보실 겁니까? 이러다가는 신전이 모두 파괴될 겁니다."

이맥이 분노를 참지 못하고 소리쳤다.

그러자 무한이 차분하게 대답했다.,

"어차피 이 신전은 파괴될 운명이었습니다. 파괴됨으로써 자신의 역할을 다하는 것이죠. 물론 그렇다고 아무런 대가를 치르지 않고 파괴될 수는 없겠지만."

무한의 말에 이맥이 다시 입을 열려는데 이공이 손을 들어 이맥의 말을 막았다.

빛의 신전이 파괴되는 이 상황이 누구보다 마음 아플 사람이 무한이라는 것을 알고 있기 때문이었다.

"어찌… 할까요?"

사곤이 차분하게 무한에게 물었다.

"일단 모두 신전 뒤로 이동하세요. 이 신전은… 스스로 많은 피를 요구할 겁니다."

우울한 무한의 말에 사곤이 다시 무슨 말을 하려다가 이내 입을 닫고 빛의 전사들을 향해 말했다.

"신전 위로 올라가 뒤쪽으로 물러나라."

사곤의 말에 빛의 전사들이 일제히 신전 앞에서 물러나기 시작했다.

콰르릉!

태양종의 고수들이 신전 앞마당 바닥을 박살 냄에 따라 빛의 장벽이 서서히 안쪽으로 축소되자 다른 무종의 고수들도 신전 바닥을 파괴하는 데 동참하기 시작했다.

더군다나 빛의 전사들과 무한까지 신전 지붕을 넘어 물러나자 신무종 종주들은 일이 생각보다 쉽게 끝날 것 같다는 기대를 하게 되었다.

"서둘러라! 빛의 술사가 다른 곳으로 도주하기 전에 신전을 확보해야 한다."

악산 천무종의 종주 악종효는 신전을 차지하는 것은 기정사실이고, 빛의 술사를 제압하는 것에 욕심을 내고 있었다.

그의 말에 따라 신전 바닥을 파괴하는 자들의 손에 더욱 힘이 들어갔다.

그런데 신전의 건물 사오 장 앞까지 바닥을 파괴하며 전진했을 무렵, 신무종의 고수들 귀에 기이한 진동이 느껴졌다.

쿠르르!

마치 거대한 용이 울음을 우는 듯한 소리가 신전에서 흘러나오기 시작했다.

그러자 신무종의 고수들이 일제히 손을 멈추고 종주들을 바라봤다.

그들도 고귀한 존재로 살아온 사람들이지만 빛의 신전은 신무종 이상의 존재감이 있었다.

그런 신전이 울음을 울자 갑자기 자신들이 하고 있는 행동에 두려움을 느낀 것이다.

그러나 종주들은 달랐다.

그들은 이 소리가 신전이 무너지기 시작한 신호라고 생각했다.

"계속하라. 신전의 기둥을 파괴하고 나면 진은 사라질 것이다."

신산종의 무사확이 신무종 고수들을 재촉했다. 그는 신전에 펼쳐진 빛의 장막이 결국 신전의 십여 개 기둥을 중심으로 만들어진 진(陣)이라고 판단하고 있었다.

그래서 그 열 개의 거대한 기둥을 무너뜨리면 자연스럽게 진도 사라질 것으로 확신했다.

무사확의 재촉에 잠시 손을 멈췄던 신무종의 고수들이 다시 신전 바닥을 파괴하면서 기둥을 향해 전진했다.

그런데 그 순간 신전 기둥에 미묘한 변화가 일어났다.

그르륵!

오랫동안 닫혀 있던 문이 열리듯 신전의 기둥 곳곳에 검은 구멍이 나타나기 시작했다.

그리고 벼락처럼 그 안에서 강전들이 쏟아져 나오기 시작했다.

쐐애액!

기둥에서 발사된 화살들이 무서운 속도로 신무종 고수들을 향해 꽂혀들었다.

퍼퍼퍽!

"악!"

"크억!"

순식간에 수십 명의 신무종 고수들이 화살을 맞고 쓰러졌다.

"물러나라!"

누군가의 입에서 날카로운 경고가 터졌다. 그러자 신무종의 고수들이 너 나 할 것 없이 썰물처럼 뒤로 물러났다.

카캉!

신무종의 고수들은 신전의 기둥으로부터 십여 장 뒤로 물러난 후에야 도검을 빼 들고 날아오는 화살을 쳐내기 시작했다.

본래 신무종의 고수들은 하나같이 뛰어난 무공을 지니고 있어서 화살에 쉽게 당할 사람들이 아니었다.

그러나 빛의 신전 기둥에서 쏘아진 화살들은 작은 철시로, 십 장 안쪽의 가까운 거리에서 막아내는 것이 거의 불가능했다.

그나마 신무종의 고수들이기에 절반 정도는 살아서 물러났다고 할 수 있었다.

하지만 그 거리가 십여 장 이상으로 벌어지면서 화살들은 신무종 고수들의 도검에 막히기 시작했다.

그리고 그들이 조금 더 뒤로 물러나자 기둥에서 쏟아지던 화살이 멈추고, 화살을 쏟아내던 구멍들 역시 그 문(門)을 닫았다.

장내에 잠시 침묵이 감돌았다.

신전 바로 앞에 쓰러져 죽은 신무종 고수들의 시신이 처참하게 너부러져 있었다. 그중 일부는 아직 목숨이 붙어 있어서 부상당한 몸을 꿈틀거리고 있었다.

"일단 사람들을 구합시다."

무량선사가 침착함을 회복하고 말했다.

"하지만 접근을 하면 다시 화살이 쏟아질 것이오."

명화인이 걱정스러운 표정으로 말했다.

그러자 신산종의 종주 무사확이 신무종 고수들을 보며 소리쳤다.

"밧줄을 준비해서 부상자들에게 던져라. 그리고 조심해서 그들을 끌어내라."

간단하게 부상자들을 구할 방법을 찾아낸 무사확의 명에 신무종의 고수들이 급히 움직이기 시작했다.

제8장

파국의 길

신전 기둥에서 쏟아진 화살 때문에 전진이 멈춘 신무종의 고수들은 한동안 화살이 닿지 않는 거리에서 머물렀다.

그렇다고 그들이 신전을 포기하고 물러날 거라고 생각하는 사람은 아무도 없었다. 그리고 예상대로 그들을 다른 대책을 마련해서 다시 신전을 향해 다가왔다.

"망할 놈들!"

용노의 입에서 욕설이 흘러나왔다.

신전을 향해 다가오는 신무종 고수들이 화살을 막을 단단한 방패는 물론 그 뒤쪽으로 어디서 구했는지 석포를 쏠 수 있는 작은 투석기까지 구해왔기 때문이었다.

그건 곧 그들이 신전을 완전히 파괴해서라도 점령하겠다는 뜻이었다.

빛의 역사에 대한 존중은 그 어디에서도 찾아볼 수 없는 행동이었다. 빛의 전사들로서는 분노하지 않을 수 없는 일이었다.

"놀랄 일도 아니네. 애초에 술사님이나 빛의 역사가 안중에 없는 자들이었으니까."

사곤이 차갑게 말했다.

그러자 무한이 입을 열었다.

"호수로 물러날 준비를 하세요."

"벌써 말입니까?"

용노가 싸우고 싶은 기색을 드러냈다.

그러자 무한이 말했다.

"어차피 파국을 원한다면 그들이 원하는 대로 해 줄 생각입니다. 괜히 빛의 전사들이 위험을 감수할 필요는 없습니다."

"…그렇긴 하지만."

"도검을 들고 싸워서 물러나게 할 수도 없고요."

무한이 냉정하게 현실을 말했다.

무한의 말대로 절대적인 사람의 숫자가 적은 상황이어서 싸워서 신무종의 고수들을 물러나게 할 수도 없었다.

"알겠습니다."

용노가 시무룩하게 말했다.

그러자 무한이 빛의 문지기들을 보며 말했다.

"신전은 중요한 곳이지만, 결국 하나의 건물에 지나지 않습니다. 신전을 포기한다고 너무 아쉬워들 마세요. 신전은 포기하지만 오늘 여러분은 위대한 천년밀교의 신비로운 힘을 보게 될 겁니다. 어쩌면… 그 힘이 두려울 수도 있는."

무한의 말에 빛의 문지기들이 새삼스럽게 긴장했다.

다른 때와 다른 무한의 말과 행동도 그렇지만, 무한의 말에서 느껴지는 파국의 기운을 느꼈기 때문이었다.

하지만 지금으로선 어쩔 수 없는 일이었다. 이제 빛의 술사와 십이신무종은 동행할 수 없는 사이가 되어버렸다는 것을 그들도 알고 있기 때문이었다.

"빛의 전사들을 먼저 호숫가로 보내겠습니다. 아우가 전사들을 이끌고 이동하게."

사곤이 용노를 보며 말했다.

"알겠습니다. 별일이야 없겠지만 그래도… 조심들 하십시오. 모두 날 따라오라!"

용노가 명을 내리고는 신전 뒤쪽으로 날아 내렸다.

그러자 긴장한 기색이 역력한 빛의 전사들이 서둘러 용노를 따라 움직이기 시작했다.

쿵쿵!

예상대로 신무종의 고수들은 아예 빛의 신전을 파괴하기로 결심한 듯 보였다.

그들은 두 대의 투석기를 앞세워 신전을 공격하기 시작했다. 무공을 신봉하는 십이신무종에게는 어울리지 않는 공격이었다.

쩌저적!

투석기의 공격을 받자 신전의 우람한 기둥에도 서서히 금이 가기 시작했다.

그리고 급기가 기둥 중 두 개가 무너져 내렸다.

콰르르릉!

거대한 석조 기둥이 무너지자 지진이 나는 듯한 진동이 장내를 뒤흔들었다.

무한과 사곤 그리고 이공과 그 제자들이 서 있는 신전 뒤쪽도 크게 흔들리기 시작했다.

"그만 가시지요."

사곤이 조심스럽게 말했다.

그러자 무한이 고개를 저었다.

"저들을 유인하려면 제가 이곳에 있어야 합니다."

"그 일은 저희들이 하겠습니다."

이공이 말했다.

"제가 아니면 저들은 쉽게 움직이지 않을 겁니다. 이미… 신전의 위험을 경험했으니까요."

콰앙!

무한이 말하는 사이에 다시 하나의 기둥이 쓰러졌다.

이제 남은 기둥은 세 개, 그중에는 지하 석실로 이어지는 문이 있는 기둥도 있었다.

그러나 그 사실을 알 리 없는 신무종의 고수들은 연이어 석포를 쏴서 나머지 세 개의 기둥마저도 결국 무너뜨렸다.

콰르르릉!

세 개의 기둥이 무너지면서 거대한 먼지 구름이 일어났다. 그리고 그 먼지 구름이 내려앉자 폐허가 된 신전이 모습을 드러냈다.

무한 등이 서 있는 건물 뒤편은 단단한 벽의 힘으로 무너지지 않았지만, 신전 앞쪽은 완전히 무너져서 전설의 힘이 만들어내는 고귀함이 더 이상 남아 있지 않았다.

"후우……."

무한이 무너진 신전을 보며 한숨을 내쉬었다.

그러고는 슬쩍 검에 손을 댔다.

"싸우시게요?"

빛의 전사들에게는 싸우지 말 것을 명한 무한이 검에 손을 대자 사곤이 놀란 표정으로 물었다.

"약간의 힘은… 보여줘야겠지요."

무한이 말했다.

"하지만……."

"걱정 마세요. 위험한 일은 없을 테니까요."

무한이 완전히 검을 빼 들었다.

"함께 가겠습니다."

이공과 두 제지가 동시에 검을 빼 들며 말했다.

그러자 무한이 고개를 저었다.

"아닙니다. 이미 말했지만 여러분이 위험을 감수할 필요는 없습니다. 그리고… 무척 빨리 끝날 겁니다."

*　　　*　　　*

화살을 쏟아내던 기둥을 완전히 무너뜨린 후에야 신무종의 고수들은 방패를 앞세우고 무너진 신전을 향해 전진했다.
그들이 이 신비스러운 고대의 신전을 얼마나 두려워하는지 여실히 드러나는 행동이었다.
신무종의 종주들은 방패를 든 신무종 고수들과 일정한 거리를 두고 신전을 향해 걸음을 옮겼다.
그들은 방패를 든 신무종 고수들이 화살 공격을 받았던 지점까지 전진해도 신전에서 아무런 반응이 없자 그제야 걸음을 빨리해 무너진 신전으로 향했다.
"더 이상 비밀 기관을 걱정할 필요는 없을 것 같소."
신산종의 종주 무사확이 무너진 빛의 신전을 둘러보며 말했다.
그의 말대로 신전에서 다시 화살이 쏟아질 가능성은 없었다. 오랜 세월로 퇴화된 신전이 그나마 유지하고 있던 원형을 모두 잃었기 때문이었다.
설혹 그 안에 침입자를 공격하기 위한 기관들이 남아 있다고 해도 무너진 잔해로 인해 제대로 작동할 리 없었다.
"진법도 무너진 모양이구려. 빛의 장벽들이 거의 다 걷혔소. 저쪽 말고는……."
검산파의 종주 막휴가 손을 들어 숲에 가려 보이지 않는 호수 방향을 가리키며 말했다.
그러자 천무종의 종주 악종효가 말했다.
"그를 잡지 못한 것이 아쉽구려."
"조금 휴식을 취하고 그를 추격해 봅시다."
무사확이 담담하게 말했다. 그는 무한을 추격할 자신이 있는 모양이었다.

투석기를 가져와 신전을 파괴하는 방법을 생각해 낸 것도 무사확이었다.

그 방법이 보기에는 투박해 보여도, 사실 이 시점에서 투석기를 구해올 생각을 해낸다는 것 자체가 보통 사람은 생각해 낼 수 없는 방법이었다.

그는 멀지 않은 해안가에서 대휴무종과 신마성의 연합세력이 육주를 침범하기 위해 전선을 건조할 때, 투석기도 제조했었을 거라 짐작하고 사대휴무종의 종주들에게 남아 있는 투석기를 가져올 것을 요구했고, 그 투석기를 이용해 신전을 부술 계획을 세웠던 것이다.

그 자신감으로 그는 무한을 추격하는 일도 어렵지 않게 생각하고 있었다.

"그렇게 합시다. 모두 잠시 휴식을 취한다! 일단 신전 주변으로 살피고 이후에 반 시진 정도 휴식을 취하라."

천도자 명화인이 무사확의 의견에 동의하고 신무종의 고수들에게 명을 내렸다.

그러자 신무종의 고수들이 신전 주변을 살피기 위해 걸음을 옮기기 시작했다.

신무종의 종주들 역시 위대한 전설의 잔해 더미 위를 정복자처럼 느긋하게 둘러보며 휴식을 취할 장소를 찾기 시작했다.

그런데 그 순간 갑자기 신전 위쪽에서 한 줄기 빛줄기가 신무종 고수들 사이로 파고들었다.

무한이었다.

쐐액!

"헉!"

자신의 신분에 맞지 않게 당혹한 음성을 토해낸 사람은 신산종의 종주 무사확이었다.

그는 자신의 해낸 일에 만족해하며 마치 이제부터는 그 자신이 빛의 신전의 주인이 된 것 같은 생각에 다른 종주들보다 조금 더 위쪽에 자리를 잡고 있었다. 그곳에서는 신전을 주변을 좀 더 자세히 살필 수 있었다.

그런데 바로 그 선택으로 인해 무사확은 무한의 첫 번째 공격 대상이 되었다.

무너진 신전의 지붕을 빛의 속도로 날아 넘은 무한이 가장 먼저 공격할 상대는 당연히 가장 가까이 있는 무사확이었던 것이다.

창!

무사확이 급하게 검을 들어 자신의 등을 찔러 오는 무한의 검을 막아냈다.

무한에게 기습을 당하고도 그 공격을 방어해 낸 무사확의 무공은 신무종의 종주로서 부끄러움이 없는 것이었다.

무한은 그런 무사확의 실력에 감탄하면서도 공격을 멈추지 않았다.

무한이 무서운 속도로 무사확 주위를 회전했다. 무사확의 시선이 미처 따라오지도 못할 광폭한 속도였다.

빛의 술사로서 가장 먼저 얻은 풍신보를 극한으로 끌어올린 무한의 속도는 신무종의 종주들조차도 눈으로는 따라갈 수 없는 속도를 가지고 있었다.

팟!

무사확을 두고 회전하던 무한이 한순간 검을 뻗어 무사확을 찔렀다.

그러자 무사확이 이번에도 검을 휘둘러 무한의 공격을 막아냈다.

캉!

검기와 검기가 충돌하면서 강력한 파열음과 함께 눈부신 광채가 터져 나왔다.

그런데 그 충돌의 순간 무한이 허리 아래서 가볍게 왼손을 털어냈다.

지직!

한순간 무한의 손끝에서 미세한 파공음이 일어났고, 그 순간 발출된 일지파천의 지력이 그대로 무사확의 허벅지를 관통했다.

"욱!"

무사확이 신음 소리를 내며 한쪽 무릎을 꿇었다. 그때까지도 그는 검을 들어 무한의 검을 막아내는 자세 그대로였다.

"멈춰라!"

"놈!"

그제야 무사확의 위기를 깨달은 신무종의 종주들이 일제히 무한과 무사확을 향해 몸을 날렸다.

순간 무한이 한쪽 무릎을 꿇은 무사확을 향해 혈랑검 일초식을 전했다.

"흡!"

한쪽 다리에 부상을 입은 무사확이 힘겹게 몸을 옆으로 기울이며 검을 들어 올렸다.

창!

두 사람 사이에서 다시 날카로운 충돌음이 일어났다. 그 순간 무한이 발을 들어 강하게 무사확의 가슴을 걷어찼다.

쾅!

"억!"

무사확의 입에서 억눌린 비명 소리가 터져 나왔다. 그리고 허공으로 떠오른 그의 몸이 그를 구하기 위해 달려오는 신무종의 종주들을 향해 날아갔다.

턱!

"웃!"

가장 앞서 달려오던 악산 천무종의 종주 대무인 악종효가 다급하게 무사확을 안아 들었다.

그러자 다른 종주들이 달려들어 무사확의 상태를 살폈다.

"컥!"

악종효의 팔에 기댄 채 무사확이 피를 토해냈다.

"현안! 괜찮소?"

불산불종의 종주 무량선사까지도 당황한 시선으로 무사확에게 달려와 물었다.

그러자 무사확이 힘겹게 대답했다.

"죽지는… 않을 것이오. 그보다 그자를……."

무사확이 내상을 크게 입은 상태에서도 무한을 제압할 것을 당부했다.

그러자 종주들의 시선이 어느새 무너진 신전의 지붕 위로 물러나 오연한 자세로 종주들을 내려다보고 있는 무한에게로 향했다.

그런 종주들을 향해 무한이 차갑게 경고했다.

"선조들의 위대한 맹약을 깨고, 신성한 신전을 파괴했으니 그대들의 악업은 이제 세상 사람들이 말하는 마인들과 다를 바가 없게 되었소. 그대들은 스스로 특별한 존재임을 자처하니, 변하지 않는 삶의 이치를 알고 있을 것이오. 오늘 내가 행한 일이 내일의 내 운명을 결정한다는… 오늘 그대들이 행한 악업의 대가는 그대들과 신무종의 후예들을 오랜 세월 괴롭히게 될 것이오. 그리고 그 일은 나 빛의 술사로부터 시작될 것이오."

저주 같은 말을 남기고 무한이 사라졌다.

그럼에도 십이신무종의 종주들은 무한을 추격할 생각을 하지 못했다.

무한이 한 말이 가진 섬뜩한 느낌 때문이기도 했고, 믿을 수 없을 만큼 빠른 무한의 움직임 때문이기도 했다.

또한 신산종의 종주 무사확을 치료하는 일도 중요했다.

"모두 모여라. 주변의 경계를 철저히 하라. 잠시 머물 준비도 하고. 신산종의 형제들은 어서 천막을 세우고 종주님을 모시게!"

무량선사가 당황스러운 상황에서도 침착하게 명을 내렸다.

신무종의 고수들이 그의 명에 따라 신전 안쪽으로 모여들었다. 그리고 종주들의 지시를 받아 촘촘하게 신전 주변을 에워싸기 시작했다.

빛의 신전에서 처음 진입할 때 예상치 못한 화살 공격에 수십 명이 상하기는 했지만, 그래도 여전히 일백을 넘는 신무종의 고수들이었다.

한 명 한 명이 육주 각 성에서 활동하는 대전사들에 버금가는 실력을 지닌 고수들이 인간 띠를 만들 듯 신전을 에워싸자 한순간에 신전이 난공불락의 요새로 변했다.

그사이 무사확은 신산종 고수들이 급히 세운 천막 안으로 이동해 상처를 치료하기 시작했다.

* * *

독안룡 탑살과 연이설은 십이신무종의 종주들과 일정한 거리를 두고 빛의 신전으로 접근하고 있었다.

애초에 독안룡은 섬에 상륙할 생각조차 없었다. 그는 이 섬으로 세상의 고수들이 모인 이유를 누구보다 잘 알고 있었다.

빛의 술사의 유적을 찾아 모여든 야심가들을 불러모은 사람은 무한이었다.

물론 독안룡이라고 해서 무한이 사자의 섬에서 하는 일을 세세하게 알고 있지는 못했다. 풍룡이 아무도 모르게 어둠을 이용해 떨어뜨리고 가는 전서를 통해 전해 듣는 소식에는 한계가 있기 때문이었다.

그래도 확실한 것은 있었다. 무한이 사자의 섬에서 하고자 하는 일이 극히 위험한 일이고, 그 위험에 휩쓸리지 않기 위해서는 가급적 사자의 섬에 상륙하지 말아야 한다는 것이었다.

그것이 무한의 당부였다.

무한이 전서를 통해 독안룡 탑살에게 부탁한 것은, 묵룡대선을 이끌고 사자의 섬 인근 해역까지만 오는 것이었다. 그런 독안룡의 움직임이 십이신무종의 종주들을 움직이는 데 큰 동기가 될 것이기 때문이었다.

신무종의 종주들은 무한과 탑살의 의도대로 움직였고, 무한이 원하는 곳으로 들어가 있었다.

이쯤 되면 사실 탑살이 할 일은 끝난 것이나 마찬가지였다.

그는 이제 뱃머리를 돌려 육주로 돌아가거나 혹은 아예 북창이나 무산 열도 봄의 섬으로 갈 수도 있었다.

그러나 탑살은 돌아가지 못했다. 무한의 안위가 걱정되기 때문이었다.

아무리 무한이 계획한 일이라고 해도 상대가 십이신무종의 종주들이라면 걱정이 되지 않을 수 없었다.

그래서 그는 사자의 섬에 상륙했다. 그리고 일정한 거리를 두고 십이신무종의 고수들 뒤를 따르고 있었다.

그가 상륙하자 연이설 역시 그를 따라 호천백검의 검사 십여 명을 데리고 탑살을 따라왔다.

"정말 기이한 싸움이군요……."

연이설이 신무종의 고수들에 의해 파괴된 숲의 길과 그 안쪽의 빛의 신전을 바라보며 말했다.

빛의 신전은 신무종 고수들에 의해 진이 깨지고 점령당한 상태지만, 멀리서 보면 여전히 은은한 빛의 아우라가 감싸고 있었다.

그건 그 장소에 사람이 파괴할 수 없는 어떤 신비로운 기운이 존재한다는 뜻일 것이다.

"어떤 의미에서 말입니까?"

탑살이 연이설에게 물었다.

연이설은 이제 과거의 그녀가 아니었다. 육주에서 그녀는 명실상부한 새로운 천록의 왕국의 왕이었다.

그래서인지 탑살이 그녀를 대하는 모습이 과거보다 좀 더 정중해진 듯 보였다.

"진을 깨뜨리고 신전을 점령했다지만, 저들의 모습은 싸움에서 승리해 적진을 점령한 것이 아니라, 마치 누군가에게 끌려 들어가고 있는 것 같다고 할까요. 피해도 적지 않고… 그리고 빛의 전사라는 사람들이 굳이 신전을 지킬 생각이 없었던 것 같기고 하고요."

연이설의 말에 탑살이 놀란 눈으로 연이설을 돌아봤다.

그런 탑살을 보며 연이설이 눈빛을 반짝였다.

"선장님의 표정을 보니 역시 이 일에는 제가 모르는 다른 뭔가가 있군요?"

"정말 예민하신 감각을 가지고 계시는군요. 그 아이가 말한 것처럼."

"그 아이시라면?"

"칸 말입니다."

"아! 칸 무사님요? 그런데… 정말 칸 무사님은 지금 어디 계신 건가요? 왕의 섬으로 돌아가셨나요? 육주를 떠나신 지 꽤 되셨는데 소식을 알 수 없더군요."

연이설이 칸의 이야기가 나오자 질문을 쏟아냈다.

그 모습을 보며 탑살이 살짝 미소를 지었다. 이럴 때는 새로운 육주의 지배자가 될 사람 같지가 않아 보이는 연이설이었다.

"칸은… 중요한 일을 하고 있습니다."

탑살이 대답했다. 아직은 이 일이 무한에 의해 이뤄지고 있는 일이라는 것을 밝힐 수 없었다.

이 길 끝에서 결국 알 게 될지도 모르지만, 지금 이야기를 해주면 연이설의 어떤 행동을 할지 예측할 수 없기 때문이었다.

칸에 대한 그녀의 마음을 확인한 상태이기에 더욱 말해 줄 수 없는 탑살이었다.

그녀가 칸을 위해 선불리 움직이는 것이 오히려 칸의 계획을 어렵게 만들 수 있었다.

"중요한 일이라… 비밀인가요? 제게도?"

"말씀드리면 당장 그 녀석이 있는 곳을 달려가실 것 같은 기세시라……."

탑살이 미소를 지으며 대답했다.

"제가… 그렇게 보이나요?"

연이설이 놀란 표정으로 되물었다.

"그렇습니다."

탑살이 담담하게 대답했다.

"후우, 그렇군요. 다른 사람들의 눈에도 그렇게 보이는군요. 걱정이네요."

연이설이 눈살을 찌푸리며 말했다. 칸에 대한 자신의 마음을 숨기지 못하는 자신이 못마땅한 모양이었다.

"아마 저만 알 수 있을 겁니다. 제게도 그 아이가 특별한 제자라서, 그 아이에 대한 타인의 반응을 면밀히 살피는 게 버릇이다 보니 알 수 있는 것이니까요."

탑살이 웃으며 말했다.

그러자 연이설이 고개를 저었다.

"가끔 그런 생각을 해요. 세상에는 내가 어쩔 수 없는 일도 있구나. 그중 하나가 내 마음 같아요. 행동은 다른 문제지만……."

연이설이 마치 자포자기한 사람처럼 말했다.

"나로선 그저 세상이 빨리 안정되기를 바랄 뿐입니다. 물론 세상이란 것이 끊임없이 변하게 마련이지만, 그래도 흑라의 시대나 이왕사후의 시대 그리고 지금과 같은 혼란의 시대가 지나면 안정기에 접어들겠지요. 그 시절이 오면 사람들은 아마도 거대한 세상의 변화보다는 작은 각자의 삶에 더 집중하게 될 겁니다."

"…그때가 되면 제 운명도 달라질 수 있다고 말씀하시는 건가요?"

연이설이 물었다.

"그렇습니다. 물론… 알 수 없는 일이기는 하죠. 여전히 사람 일이란."

탑살이 다시 가볍게 미소를 지었다.

"약을 먼저 주시고 병을 주시네요. 한 가지만 약속해 주세요."

"말씀하시죠."

"방해는 안 하실 거죠?"

연이설이 물었다.

그러자 탑살이 고개를 저으며 말했다.

"두 사람 모두 제가 어찌 할 수 없는 고집불통의 성격을 가지고 있으니 반대한다고 제 뜻대로 되겠습니까?"

"반가운 말이네요."

연이설이 미소를 지었다.

그러자 탑살이 정색을 하며 말했다.

"그렇다고는 해도 저로선 그 아이가 세상의 이목이 집중되는 삶을 사는 것이 걱정이 되기는 하는군요."

탑살의 말에 연이설이 고개를 끄떡였다.

"그러실 거라 생각했어요. 사실 저도 그게 걱정이기는 했죠. 그렇다고 제가 천록의 왕국을 떠날 수도 없고……."

"그 일에 대해선 전 더 이상 말하지 않겠습니다. 그것이야말로 두 사람의 문제이니……."

탑살이 답이 없는 문제라 생각했는지 무한과 연이설에 대한 이야기를 그쯤에서 거뒀다.

그러자 연이설이 말했다.

"알겠습니다. 그런데 참 우습네요. 정작 그분의 마음도 모르면서 우리끼리 괜히 심각했네요, 후후"

"…하하! 그렇긴 하군요."

탑살도 가볍게 웃음을 흘렸다.

"자, 그럼 본론으로 돌아가죠. 이렇게 계속 뒤만 따를 건가요?"

연이설이 물었다.

그러자 탑살이 담담하게 말했다.

"이곳에서 나의 역할은 정해져 있습니다. 특별한 경우가 아니면 앞으로 나설 일은 없을 겁니다."

"특별한 경우라면 어떤 경우인가요?"

연이설이 물었다.

그러자 탑살이 신전의 아우라를 넘어 그 뒤쪽 숲을 보며 말했다.

"누군가가 위험해지는 그 순간이겠지요. 물론 그런 일이 없기를 바라지만……."

"그 누군가가 혹시… 빛의 술사인가요?"

연이설이 물었다.

그러자 탑살이 고개를 끄덕였다.

"이쯤 되면 짐작하고 있을 거라 생각했습니다."

"아! 역시… 빛의 술사, 그 위대한 이름이 다시 이 시대에 나타나는군요. 하긴 그가 아니라면 누가 빛의 신전에서 감히 이런 싸움을 하겠어요. 그런데 그럼 선장님은 빛의 술사와 인연이 있으신 거군요?"

연이설이 흥분한 모습으로 물었다.

"그렇습니다. 그래서 이렇게 한 걸음 뒤에서 이 싸움을 지켜보고 있는 겁니다. 세상의 그 누구도 감히 빛의 술사의 싸움에 함부로 관여할 수 없으니까.”

“그가… 누군가요?”

연이설이 조심스럽게 물었다. 아무리 연이설이라 해도 빛의 술사의 정체를 묻는 것은 조심스러울 수밖에 없었다.

“결국에는 보시게 될 겁니다. 지금은 조금 더 인내심을 발휘하셔야 하겠군요. 그 스스로 자신의 정체를 밝히지 않는 이상 내가 그의 정체를 말할 수는 없습니다.”

“…그렇군요. 그럼 이 싸움이 끝날 때까지 이곳을 떠날 수 없겠군요. 그의 정체가 궁금해서라도…….”

연이설의 중얼거렸다.

*　　　*　　　*

무한은 신무종의 고수들이 정복자처럼 빛의 신전에 천막을 치고 휴식을 취하는 것을 확인하고 난 후에야 호수까지 물러났다.

그리고 며칠 전 준비해 둔 장소로 이동했다. 호수로부터 일백여장 떨어진 숲에 위치한 땅속에 지은 비밀스러운 공간이었다.

입구에는 두 개의 거대한 바위가 있어서 겉으로 보기엔 동물들이나 쉬어갈 곳으로 보였지만 그 바위를 통과해 안으로 들어가면 사람 수십 명이 머물 수 있는 너른 석실들이 나타난다.

무한이 석실로 들어가자 사곤 등 빛의 문지기들이 무한에게 자리를 권하며 급히 물었다.

“이젠 어찌해야 합니까?”

그들은 무한의 지시대로 신전에서 싸우지 않고 물러났지만,

이런 식의 후퇴만으로 어떻게 신무종의 고수들과 싸울 수 있을지 의문이 드는 것은 어쩔 수 없었다.

물론 신전 내부에 감춰져 있던 기관에 의해 신무종의 고수 수십 명이 죽거나 다치기는 했지만, 여전히 신무종 고수들의 숫자는 일백이 넘었다.

"여러분은 신무종의 고수들이 호수로 이동하면 그때부터는 이곳에 머무세요. 지난번에 만들어놓은 진을 발동하면 그들의 눈에 띄지 않을 겁니다."

"그 말씀은 이미 하셨지만 저희로서는……."

걱정이 되지 않을 수 없다는 듯 사곤이 말꼬리를 흐렸다.

그러자 무한이 잠시 생각에 잠겼다가 입을 열었다.

"호수가 변하게 될 겁니다."

"호수가요?"

사곤이 되물었다.

"그렇습니다. 사실 저 호수는 인공적인 호수입니다."

"예?"

사곤이 놀란 눈으로 무한을 바라봤다.

"오래전 선대의 빛의 술사들께서 지형을 이용해 인공적으로 만든 호수지요. 호수 이전에는 작은 계곡이 흐르던 곳이었습니다. 그 앞뒤를 막아 물을 모은 것이지요."

"왜 그런 일을 한 겁니까?"

이번에는 용노가 물었다.

그러자 무한이 무겁게 대답했다.

"하나의 문을 숨기기 위해서입니다. 지금부터 호수의 수위가 낮아질 겁니다. 그럼 그 문이 드러나게 될 겁니다. 그리고 사람들은, 천년밀교의 위대함과… 무서움을 경험하게 되겠지요."

무한이 파국을 예언하는 것처럼 말했다.

무한의 말은 단 하룻밤 새 사실로 증명되었다.

숲과 진법으로 외부와 차단된 피난처였지만, 사곤 등 빛의 문지기들은 외부의 상황을 어려움 없이 볼 수 있었다.

동굴 속 밀실 주변의 진법 때문에 외부에서 진 안을 보는 것은 어렵지만, 진 안에서 밖을 살피는 것에는 전혀 방해가 없었기 때문이었다.

그래서 일행은 무한이 호수로 떠난 후 피난처 밖으로 나와 동굴 입구를 가리고 있는 거대한 두 개의 바위 위에 올라가 호수 근처의 사정을 살필 수 있었다.

그런데 그런 그들의 시야에 지금껏 볼 수 없었던 물체가 보였던 것이다.

세 개의 탑, 그리 크지는 않지만 정교하게 만들어진 세 개의 탑이 호수의 수면을 뚫고 그 머리를 내밀고 있었다.

그건 곧 탑들이 그동안 호수에 잠겨 있었다는 뜻이었다. 그리고 그 탑들이 드러난 원인도 분명했다.

"물이 많이 빠졌군요."

이공이 눈으로 호수의 수위를 가늠하며 말했다.

애초에 깊이는 몰라도 넓이가 그리 큰 호수는 아니었다. 통이 큰 사람의 눈에는 작은 호수가 아니라 큰 연못으로 보일 수도 있는 호수였다.

당연히 어딘가 물이 빠질 공간이 생겼다면 빠르게 수심이 줄어들 수 있는 조건이었다.

"정말 술사님 말대로 인공적으로 만들어진 호수가 분명한 것 같군."

사곤도 고개를 끄떡였다.

"그런데 저 탑들이 어떤 역할을 하는 걸까요? 술사님이 말씀하신 그 문(門)이라는 것이 바로 저것들을 가리키는 걸까요?"

용노가 호기심과 걱정이 뒤섞인 표정으로 물었다.

"아마도 그런 것 같군. 어떤 일이 벌어질지는 나도 알 수 없지만……."

사곤이 대답했다.

그런데 그때 문득 이공이 눈빛을 반짝였다.

"술사님이군요."

이공의 말처럼 무한이 어느새 호숫가 근처에 나타났다. 그리고 망설이지 않고 호수로 몸을 날렸다.

호수 위로 도약한 무한이 단 한 번의 도약으로 가장 가까운 곳에 있는 탑 위에 올라섰다.

그 움직임이 바람에 날린 낙엽처럼 가벼워 보여서 문지기들을 감탄시켰다.

"볼수록 놀랍군요. 천년밀교의 힘이란……."

용노가 감탄했다.

"술사님 자체가 뛰어난 분이지."

사곤이 말했다.

"물론 그렇기도 하지요."

용노가 사곤의 말에 얼른 동의했다.

"그들이 올까요?"

이공이 신전 쪽으로 시선을 돌리며 물었다. 무성한 숲에 가려 신전이 제대로 보이지는 않았다.

"아마 오게 될 걸세. 그들이 탑의 존재를 확인한다면. 그리고 당연히 탑을 발견하겠지. 먼 거리도 아니고, 또 우리를 추격하기 위해 호수 주변을 살피려 할 테니까."

사곤이 대답했다.

"그냥 신전을 차지하는 것으로 만족하지는 않을까요?"

용노가 물었다.

"아닐세. 절대 그렇지 않을 거야. 신전이야 하나의 건물일 뿐이지. 중요한 것은 술사님이지 않겠는가? 더군다나 그들도 신전에 아무것도 없다는 것을 확인했을 테니. 그래서 탑이 본다면 그들은 빛의 술사의 유적이 탑에 있을 거라 생각할 걸세. 반드시 올 거야. 이미 적지 않은 손실을 입은 그들이니 어떻게든 이득을 보려 할 걸세."

사곤이 말했다.

"그렇겠군요. 부디 술사님께서 잘 대응하셔야 할 텐데……."

"지금으로서는 믿어볼 수밖에."

용노의 걱정에 사곤 역시 근심 어린 시선으로 무한을 보며 중얼거렸다.

* * *

"탑?"

무슨 뜬금없는 소리냐는 듯 천도자 명화인이 물었다.

아침 일찍 요기를 마치고 본격적으로 빛의 술사 추격에 나설 준비를 하고 있던 십이신무종의 종주들이었다.

그런 그들에게 추격에 앞서 주변의 살피러 나갔던 신무종의 고수가 달려와 지난 밤 새 가까운 곳에 위치한 호수에 탑이 나타났다는 보고를 한 것이다.

"그렇습니다."

보고를 한 고수가 대답했다.

"갑자기 하룻밤 새 호수에서 탑이 솟아올랐다?"

"그것이… 솟아오른 것이 아니라 호수의 수심이 낮아져서 드러난 듯합니다."

신무종의 고수가 조심스럽게 자신의 의견을 말했다.

"수심이 낮아졌다……?"

"그렇습니다. 호수 주변으로 물이 빠진 흔적이 나 있었습니다. 아직 마르지 않은 곳도 많고……."

신무종의 고수가 확신을 가진 표정으로 대답했다.

"음… 탑이라. 갑자기 이 시점에……?"

천도자 명화인이 의구심이 드는 목소리로 중얼거렸다.

"결국 호수와 그 안의 탑은 이 신전과 분명히 연결되어 있을 것이오."

무한에게 제법 큰 부상을 당한 신산종의 종주 무사확이 말했다.

보통의 경우라면 자신의 거처에서 몸을 회복하고 있어야 할 무사확이었다.

그러나 십이신무종의 종주들이 모두 나서는 빛의 술사 추격전에서 결코 뒤로 물러나 있을 수 없는 무사확이었다.

그는 빛의 술사와의 이번 싸움이 향후 수백 년 동안의 종파간 패권을 결정할 수도 있다는 것을 누구보다 잘 알고 있었다.

이럴 때는 죽지 않은 한 자신의 몸을 사리고 있을 수는 없었다.

"신전이 파괴되자 호수의 물이 빠졌다고 생각하시는 것이오?"

선학원의 종주 대현인 오성을 대신해 선학원 고수들을 이끌고 있는 추의가 물었다.

"그렇소이다. 아니면 갑자기 호수의 물이 빠질 이유가 없소. 아무튼 그래서 드러난 탑이라면 어쩌면 진정한 빛의 술사의 유물은 그곳에 있을 수도 있소."

"그렇구려. 이곳은 다만 거주하기 위해 만든 곳이고, 진정한 보물은 사람들의 눈에 띄지 않는 곳에 숨겨두는 것이 보통이니까."

추의가 고개를 끄떡였다.

"그럼 서둘러 가봅시다. 빛의 술사가 유적들을 다른 곳으로 빼돌리기 전에. 물이 완전히 빠지면 그는 가장 먼저 유적들을 숨기려 할 것이오."

환무종의 종주 부여기가 욕심을 드러냈다. 그리고 그 마음은 다른 종주들도 같았다.

그들에게 가장 관심이 있는 것은 결국 선대의 빛의 술사들이 남긴 유적이었다.

검산파 종주 막휴가 먼저 걸음을 옮겼다.

그러자 그 뒤를 다른 종주들이 서둘러 따르기 시작했다.

*　　　　*　　　　*

무한은 삼각형을 이루며 서 있는 세 개의 탑 중 가운데 탑 위에 올라서서 호수를 향해 다가오는 신무종의 고수들을 바라보고 있었다.

종주들에 앞서 길을 열기 위해 앞으로 나온 신무종의 고수들이 물이 빠지고 있는 호숫가에 하나둘 도착했다. 그리고 그들은 더 이상 움직이지 않았다.

그들의 시선은 호수 위에 솟아 있는 세 개의 탑과 그 위에 서 있는 무한에게 고정되어 있었다.

주변의 다른 곳을 살필 여유와 관심이 그들에게는 없어 보였다.

무한은 그런 신무종의 고수들을 묵묵히 바라볼 뿐 어떤 말도 하지 않았다.

신무종의 고수들도 감히 호수를 건너 탑으로 갈 생각을 하지 못했다. 그들로서는 종주들을 능가하는 무공을 지닌 빛의 술사 무한에게 도전할 용기가 없었던 것이다.

그렇게 낮아진 수심의 호수를 가운데 둔 대치는 신무종의 종주들이 와서야 끝이 났다.

"여기요? 진정한 빛의 전설이 잠든 곳이?"

호숫가에 도착한 도산선종의 종주 명화인이 무한에게 물었다. 마치 이제는 막다른 골목에 몰린 상태가 아니냐고 추궁하는 것 같았다.

그런 명화인의 질문에 무한이 순순히 고개를 끄떡였다.

"맞소. 이곳이야말로 빛의 역사가 만들어진 곳이오. 위대한 전설이 탄생하고 잠든 곳… 그런 곳을 당신들이 침범하고 있는 것이오."

"후우… 여전히 일을 어렵게 만드는구려. 그냥… 빛의 역사를 십이신무종이 보호한다고 생각하면 안 되겠소? 그럼 모두가 평화로운 일상으로 돌아갈 텐데……."

"평화라. 스스로 그 말을 하는 것이 부끄럽지 않소. 지금까지 그대들이 해온 일과 앞으로 하려는 일을 생각하면……?"

무한이 되물었다.

그러자 명화인의 얼굴이 굳어졌다.

"우리가 한 일에 대한 평가는 사람에 따라 다를 것이오. 아무튼 그대는 끝까지 우리의 일을 방해하겠다는 것이구려?"

"이대로 물러가 본분을 지키고 살아간다면 그럴 일은 없을 것이오."

무한이 담담하게 말했다.

"후… 그건 어렵겠소. 세상의 평화를 위해서라도 이젠 빛의 전설을 우리가 보호해야겠소. 거부한다면 그대는 결코 이 호수를 빠져나갈 수 없을 것이오."

명화인이 경고했다.

그러자 무한이 대답했다.

"이 세상에 빛의 술사를 가둘 그물은 없소. 빛의 술사는 가고자 하면 어디든 갈 수 있고, 머물고자 하면 어디에도 머물 수 있소."

너무도 대담한 무한의 말에 명화인과 신무종의 종주들이 잠시 말을 잃었다.

그러나 그들은 천하에서 가장 강하다고 자부하는 사람들이었다. 그런 자들이 함께 있었다. 일대일 대결이라면 걱정할 테지만, 함께라면 무한을 두려워할 이유가 없는 사람이었다.

"제압합시다. 말로 설득될 사람이 아니니."

태양종의 자오가 붉은 눈빛을 토해내며 말했다.

그러자 신산종의 종주 무사확이 말했다.

"물이 모두 빠질 때까지 기다립시다. 자세히 살펴보니 물은 지금도 여전히 빠지고 있소. 깊이로 보면 얼마 지나지 않아 호수 바닥이 드러날 것이오. 지금 공격하는 것은 변수가 많소."

무사확의 말에 종주들이 잠시 생각에 잠겼다.

기다리는 일은 어려운 일이 아니다. 그러나 빛의 술사의 유적이라는 보물을 앞에 두고 기다리기에는 그들의 인내심이 부족했다.

하지만 그렇다고 누구도 먼저 앞으로 나서서 빛의 술사 무한을 상대할 마음은 없었다.

이미 나전과 무사확이 제법 큰 부상을 당하는 것을 직접 보았기 때문이었다.

특히 지금 싸우려면 결국 세 개의 탑 위에서 싸워야 하는데 그 탑이 빛의 역사의 비밀을 간직한 것이라면, 신전에서처럼 어떤 기관장치가 설치되어 있을지 모를 일이었다.

그래서 결국 신무종의 종주들은 다시 한번 더 기다리기로 결정했다.

"약간의 시간을 더 주겠소. 그 시간 동안 다시 한번 깊게 고민해 보시오. 빛의 역사가 무너지는 광경을 비참하게 지켜보든지,

아니면 우리 십이신무종과 함께 새로운 영광의 시대를 열어갈지!"

도산 선종의 종주 명화인이 무한에게 마지막 기회를 주듯 말하고는 뒤로 물러났다.

십이신무종의 종주들은 나름대로 여유를 보였다.

그들은 호숫가에서 삼십여 장 뒤로 물러나 천막을 치고 물이 빠지기를 기다렸다.

그사이 신무종의 고수들은 조금 더 넓게 흩어져 무한이 도주할 길을 차단했다.

물론 그럼에도 불구하고 그들의 관심은 온통 무한에게 쏠려 있어서, 호숫가에서 백여 장 떨어진 곳에 위치한 빛의 전사들의 은신처를 발견할 가능성은 없었다.

무한은 탑 위에서 좀체 움직이지 않았다. 그는 마치 그곳에서 평생을 살아갈 사람처럼 그렇게 탑을 지키고 서 있었다.

그러다가 문득, 탑 위에 머문 지 반 시진 가까이 시간이 흐르고, 탑의 삼분지 이가 물 위로 모습을 드러냈을 때 갑자기 무한이 움직였다.

그가 향한 곳은 삼각형을 이루며 서 있는 세 개의 탑 중간 지점의 물속이었다.

제9장

시공의 문

"뭘 하는 거지?"

무한의 갑작스러운 움직임에 신무종 고수들이 놀라 호숫가로 몰려들면서 중얼거렸다.

순간 무한이 품속에서 세 개의 도편을 꺼내 세 개의 탑을 향해 던졌다. 그러자 허공에 떠오른 도편들이 마치 살아 있는 생명체처럼 너울거리며 날아가 각기 세 개의 탑 속으로 빨려 들어갔다.

콰아아!

그 순간부터 호수의 물이 더욱 급격하게 빠지기 시작했다. 마치 호수 밑에 구멍이라도 난 듯 빠지는 물로 인해 호수의 수위가 급격하게 낮아져 호수 바닥이 선명하게 보이기 시작했다.

놀랍게도 탑 아래 바닥은 석재로 이뤄져 있었다. 애초에 탑을 세울 때 지반을 단단히 하기 위해 석재를 썼을 수도 있지만, 그 넓이가 세 개의 탑을 세우기 위한 것이라기에는 지나치게 넓었다.

하지만 신무종의 고수들은 그런 사실에 관심을 둘 여유가 없었다. 그들은 무한의 일거수일투족에 정신을 집중하고 있기 때문이었다.

그리고 그건 십이신무종의 열두 종주들도 마찬가지였다.

그들도 잠시 휴식을 위해 쳐놓은 천막 밖으로 나와 급히 호숫가로 달려왔다.

그들이 호숫가로 다가왔을 때 무한을 둘러싼 탑 주변에서 다시 변화가 시작됐다.

수심이 낮아진 세 개의 큰 탑 주변으로 작은 탑들이 모습을 드러내기 시작한 것이다.

탑의 숫자는 적지 않았다. 작은 호수 바닥의 거의 삼분지 일을 차지할 만큼 넓은 면적에 작은 탑들이 우후죽순처럼 나타나고 있었다.

"도대체 저 탑들은 왜 만들어 놓을 것일까? 그것도 호수 안에……."

해산종의 종주 연정토가 이해할 수 없다는 듯 중얼거렸다.

"그가 저 탑들을 지키려 한다는 것은 탑들이 그에게 중요한 것이란 뜻일 것이오."

한뢰종의 종주 동천록이 대꾸했다.

"숨겨진 위험 같은 것이 있는지 모르겠소. 신전에서처럼……."

연정토는 무한 주변의 탑들이 신전에서처럼 기습적인 반격을 위해 만들어진 것이 아닌지 걱정하는 모습이다.

"아니면 그 안에 진정한 빛의 술사의 유적들이 잠들어 있을 수도 있소."

악산 천무종의 종주 악종효가 말했다. 말을 하는 그의 눈에 탐욕의 빛이 스치고 지나갔다.

그러자 환무종의 종주 부여기가 말했다.

"수심이 충분히 낮아진 것 같소. 들어가 봅시다."

부여기의 말에 종주들이 서로를 바라보며 시선을 교환했다. 부여기가 말한 대로 수심은 충분히 낮아져 있었다.

더군다나 작은 탑들이 수백 개나 나타났기 때문에 극에 이른 무공을 가진 종주들은 호수 바닥에 발을 대지 않고도 무한에게 다가갈 수 있었다.

하지만 욕심을 드러낸 신무종의 종주들조차 쉽게 움직일 수 없었다.

수백 개의 작은 탑들이 드러나는 순간부터 만들어지기 시작한 빛의 아우라가 무한이 서 있는 탑들의 군락을 다른 곳과 다른 신성한 장소처럼 느껴지게 만들었기 때문이었다.

"…하지 않을 수 없는 일이오. 그리고 어차피 할 일이면 확실하게 합시다."

신산종의 종주 무사확이 다른 종주들을 보며 말했다.

"어떻게 말이오?"

도산선종의 종주 명화인이 되물었다.

"이번에는 모든 전력을 다합시다. 우리 각자가 앞장서서 사방을 포위한 후 일거에 그를 제압하도록 합시다. 그리고 나서 탑들을 살펴봅시다. 내 생각에는 분명히 탑 안이든 아니면 그 아래 빛의 술사의 유물이 존재할 것이오. 탑이라는 것은… 본래 귀한 물건을 숨겨두는 장소로 쓰이는 것이니까."

무사확의 말에 종주들이 수긍하는 듯 모두 고개를 끄떡였다.

사실 그들 중 누구도 혼자서 무한을 공격할 의사를 가진 사람은 없었다.

이미 두 명의 종주가 무한에게 도전했다가 큰 부상을 당했기 때문이었다.

이럴 때는 위험도 공평하게 나누는 것이 일을 제대로 진행시키는 방법이었다.

"그렇게 합시다. 그리고… 이번에는 그의 생사에 너무 집착하지 맙시다."

사천종의 종주 융한이 말했다.

굳이 무한을 사로잡으려 무리하지 말자는 뜻이다. 죽일 수 있으면 빨리 죽이는 것도 이 상황을 마무리하는 한 방법이라 생각하는 듯했다.

"후… 그럽시다. 어쩔 수 없는 일이니……."

도산선종의 종주 명화인이 대답했다.

다른 종주들은 침묵으로 융한의 말에 동의했다.

"시작합시다. 시간을 끌 일은 아니니!"

무사확이 말하자 각 종주들이 무한을 향해 움직이기 시작했다.

* * *

무한은 십이신무종의 종주들이 각자 데려온 자파의 고수들을 동원해 호수 앞쪽에 있는 탑의 군락지를 포위하는 것을 묵묵히 지켜보고 있었다.

도주를 하려면 포위망이 완성되기 전에 해야겠지만, 무한은 도주할 생각이 전혀 없었다.

오늘 이런 상황을 만든 것은 그 자신이고, 그가 이 싸움을 시작할 때 원했던 바로 그 모습이기 때문이었다.

이미 무한은 신무종의 고수들이 신전을 침범할 때부터 지금까지 여러 번 신무종의 종주들에게 이 싸움을 멈출 기회를 주었었다.

하지만 신무종의 종주들을 자신들의 야심과 욕망을 버리지 못했다. 그래서 결국 그들은 무한이 계획 속으로 한 걸음씩 들어와 이제 그 막바지에 이르고 있었다.

"진입하라!"

남쪽에서 호수로 진입하던 도산선종의 종주 명화인이 무겁게 명을 내렸다.

그러자 그 말을 신호로 사방에서 신무종의 고수들이 몸을 날렸다. 물론 그들 앞에는 신무종의 종주들이 있었다.

타탁!

신무종 고수들이 탑을 떠받치고 있는 호수의 돌바닥을 차는 소리가 어지럽게 들렸다.

그들은 찰박거리는 물에 발을 적셨고, 또 일부는 물에 젖는 것을 꺼려해 작은 탑들을 밟으며 무한을 향해 전진했다.

그렇게 탑의 군락으로 들어온 신무종의 고수들이 포위망을 좁히며 무한을 향해 전진하기 시작했다.

"후우……!"

무한이 길게 한숨을 내쉬었다. 이제 모든 준비가 되었다. 남은 것은 자신의 결심, 그리고 위대한 천년밀교의 비술이 제대로 발휘될 수 있느냐일 뿐이다. 여전히 마음속에는 갈등이 있었다.

그러나 결국 무한은 운명을 직시했다. 이 일은 빛의 술사로서 반드시 해야 할 일이었다. 그리고 십이신무종은 그들이 그동안 장막 뒤에서 세상을 지배하기 위해 행한 일들에 대한 대가를 치러야 한다.

그것이 세상의 이치였다.

"모든 것은 그대들이 자초한 일이다."

무한이 중얼거리며 검을 빼 들었다.

그건 마치 그가 일백여 명에 이르는 신무종의 고수들을 홀로 상대하려는 듯한 모습이었다.

"쳐라!"

무한이 검을 빼 드는 것을 본 사천종의 종주 융한이 차갑게 명을 내렸다. 그러자 그를 따라온 사천종의 고수들이 일제히 무한을 향해 돌진했다.

파파팟!

무한을 향해 날아오는 사천종 고수들은 고고한 신무종 무도자들의 명성과 달리 살기로 똘똘 뭉쳐진 야수 같았다.

사천종을 시작으로 거의 동시에 무한을 공격하기 위해 나선 다른 신무종 고수들조차, 사천종 고수들의 강력한 살기에 놀란 듯 보였다.

무한은 검을 든 채 자신을 향해 날아오는 야수 같은 살수들을 응시했다. 그러면서 내심 안도의 한숨을 내쉬었다.

'이런 자들이라면!'

번쩍!

무한이 검을 휘둘렀다. 그의 검에서 눈부신 검광이 사방으로 퍼져 나갔다.

"컥!"

"욱!"

무한을 향해 날아들던 사천종의 고수 두 명이 눈부신 무한의 검기에 휘말려 피를 뿌리며 쓰러졌다.

그럼에도 불구하고 사천종의 고수들은 무한을 향한 공격을 멈추지 않았다.

파파팟!

사천종의 고수들이 만들어낸 검기가 무한의 사지를 날카롭게 잘라왔다.

순간 무한의 검이 다시 한번 움직였다.

쿠오오!

무한의 검이 자신의 몸을 중심으로 강렬하게 회전했다. 그러자 그의 검에서 일어난 빛의 무리가 방패처럼 단단해져 닥쳐드는 적의 공격을 막아냈다.

콰쾅!

빛의 방패에 막힌 사천종 고수들의 검기가 사방으로 흩어지고, 무한을 공격했던 자들이 보이지 않은 힘에 밀려 뒤로 튕겨나갔다.

순간 무한이 왼손을 들어 사방으로 흩뿌렸다.

파지직!

그의 손에서 흘러나온 세 줄기의 지력이 벼락처럼 물러나는 적의 몸을 관통했다.

퍼퍼퍽!

"윽!"

"크윽!"

파천일지에 격중된 사천종 고수들의 입에서 비명이 터져 나왔다.

가장 먼저 무한을 공격한 사천종의 고수 중 절반이 쓰러지자 신무종 고수들은 감히 무한을 향해 다가오지 못했다.

이 한 번의 격돌에서 보여준 무한의 무공은 신무종 고수들조차 전혀 경험하지 못한 것들이었다.

특히 밝은 빛의 아우라에 휘감겨 홀로 육주 최고의 살객들이라는 사천종 고수들을 상대하는 무한의 모습은 전설 속의 빛의 술사의 모습, 그 자체였다.

일부의 고수들은 그런 무한에게 강한 두려움을 느꼈고, 또 일부의 고수들은 빛의 전설을 훼손하려하는 자신들의 모습에 자괴감을 느끼는 듯도 보였다.

그래서 일부의 신무종 고수들은 뒤로 물러나기도 했다.

그러나 그럼에도 불구하고 신무종의 열두 종주들은 무한에

대한 공격을 멈출 의사가 없었다.

이곳에서 물러나면 그들은 영원히 빛의 술사의 권위를 넘어서지 못할 뿐 아니라, 자신들은 육주의 무종들의 균형을 잡아온 오래된 맹약을 깨뜨린 자들로 비난받아 다시는 지금의 명성을 회복하지 못할 것이기 때문이었다.

그들이 지금 선택할 수 있는 유일한 방법은 무한을 제압하는 일이었다.

"함께 공격합시다."

절반의 수하를 잃은 산천종의 종주 융한이 다른 종주들을 보며 말했다.

그러자 다른 종주들이 고개를 끄떡이며 앞으로 나섰다.

그러고는 각자 병기를 꺼내 들고 무한을 겨누었다.

"스스로 죽음을 자초했으니 우리를 원망하지 마시오."

도산선종의 종주 명화인이 무한을 보며 말했다.

그러자 무한도 냉랭한 목소리로 대답했다.

"당신들 스스로 파국을 자초했으니 당신들 역시 날 원망하시마시오. 어디에서든……."

"오만하구려. 우릴 모두 죽일 수 있다고 생각하다니……."

명화인이 분노보다는 어이없는 표정으로 말했다.

어디에서든 자신을 원망 말라는 무한의 말을 그는 무한이 자신들을 모두 죽일 수 있다는 말로 받아들인 것이다.

"내가 오만한 것이 아니라 빛의 역사가 위대한 것이오."

무한이 담담하게 대답했다.

그러자 명화인이 가볍게 고개를 젓고는 더 이상 대화가 필요 없다는 듯 다른 종주들을 향해 소리쳤다.

"시작합시다!"

명화인의 말을 신호로 열두 명의 신무종 종주들이 일제히 도약해 무한을 향해 날아들었다.

무한은 각양각색의 기운과 병기를 든 십이신무종의 종주들이 자신 한 명을 향해 날아드는 모습을 담담한 시선으로 바라봤다.

그러면서 내심 생각했다.

'아름답구나, 무공이란… 다만 사람의 마음이 사악할 뿐!'

무한은 진심으로 십이신무종의 무공에 감탄했다.

이들 열두 명의 종주들은 단 한 번도 함께 모여 협공을 수련한 적이 없음에도, 거의 완벽한 협공을 펼치고 있었다.

그들이 뿜어내는 기운의 종류는 무척 달랐으나, 마치 열두 갈래의 물길이 하나로 모여들듯 그렇게 자연스럽게 어우러지며 무한을 그 진기의 물길 한가운데에 가둬놓았다.

누가 봐도 무한은 절대로 이 강력한 십이종주의 협공을 감당할 수 없을 것 같았다.

무한은 여전히 눈부신 빛의 아우라를 흘리고 있었지만, 십이종주가 만들어내는 빈틈없는 협공을 막아내거나 벗어날 수는 없을 것 같았다.

하지만 그럼에도 불구하고 무한은 침착했다.

열두 갈래의 진기가 만들어낸 바람이 그의 얼굴에 닿을 때에도 무한은 눈 한 번 깜빡이지 않았다.

대신 그는 문득 검을 거꾸로 들어 올렸다. 그리고 마치 싸움을 포기한 사람처럼 그의 검 끝이 젖어 있는 호수 바닥을 향했다.

그런데 그때 멀리서 강렬한 사자후가 지진을 일으키듯 들려왔다.

"멈춰라!"

순간 무한의 눈에 한 덩어리의 검은 구름이 호수를 향해 밀려오는 것이 보였다.

'그가 왜?'

무한은 호수로 밀려오는 검은 구름의 정체를 단번에 알아챘다.

어둠의 술사인 신마성주가 분명했다. 그런데 그가 무한의 위기를 보고 왜 저토록 다급하게 달려오는지 그 이유를 알 수는 없었다.

하지만 그런 의문도 잠시, 무한은 어느새 자신의 머리 위에 떨어지고 있는 십이신무종 종주들의 기운에 집중했다.

신마성주를 신경 쓰기에 그는 너무 먼 곳에 있었다. 지금 당장 그가 이 일에 변수가 될 수는 없었다.

'가자!'

신무종 종주들의 강력한 기운들이 무한을 뒤덮으려는 순간, 거꾸로 서 있던 무한의 검이 그대로 그의 발아래 있던 작고 영롱한 옥탑(玉塔)을 뚫고 들어갔다.

콰르릉!

무한의 몸을 휘감고 있던 빛의 아우라가 미치는 곳 안쪽에서 강렬한 굉음이 일어났다.

동시에 그의 몸이 마치 신무종 종주들의 공격에 밀리듯 호수 바닥으로 밀려들어 갔다.

그러면서도 빛의 아우라는 신무종 종주들의 도검을 막아냈다. 무한은 단 일 검도 적의 공격을 허용치 않았다.

그리고 그 찰나의 격돌이 끝나는 순간 무한의 몸은 더 이상 그 자리에 있지 않았다.

쾅!

쿠웅!

무한을 베지 못한 십이신무종 종주들의 검기와 도기들이 무한이 올라서 있던 자리를 들이쳤다.

쿠르릉!

그런데 보통이라면 신무종 종주들의 공격에 박살 났어야 할 탑과 바닥이 신기하게도 조금의 손상도 입지 않았다. 대신 살아 있는 괴물처럼 무거운 울림을 만들어냈다.

그러나 십이 종주들은 멀쩡한 탑과 바닥에 신경 쓸 여유가 없었다. 그들에게는 갑자기 사라진 무한을 찾는 것이 더 급한 일이기 때문이었다.

"역시 기관이 있었어!"

무사확이 탄식했다.

그런데 그때 갑자기 수백 개의 탑들 중심에 우뚝 서 있는 세 개의 탑 중 북쪽 탑 위에 무한이 나타났다.

"이 모든 것은 그대들이 자초한 일이오. 그러니 새로운 운명에 순응하며 살아가길 바라겠소!"

탑 위에 나타나자마자 신무종 종주들을 향해 일갈한 무한이 검을 들어 석탑의 정수리에 꽂았다.

그 순간 갑자기 모든 것이 변했다.

쿠오오!

수백 개의 탑이 거의 동시에 눈부신 빛을 뿜어냈다.

그 빛들은 호수에서 빠져나간 물을 대신해 순식간에 호수 전체를 채웠다.

신무종 고수들은 당황했다. 빛의 너무 눈부셔서 앞도 제대로 볼 수 없었다.

더군다나 시야를 가린 빛 너머에서 들려오는 소리는 그들의 공포심을 더욱 자극했다.

"당장 이 사이한 짓을 멈추시오!"

불산불종의 종주 무량선사가 상황이 심각함을 깨닫고 불장을 들고 무한을 향해 앞서 돌진하며 소리쳤다.

그 순간 정신을 차린 다른 종주들 역시 무한을 향해 몸을 날렸다.

그런데 그 순간 다시 이해할 수 없는 일이 벌어졌다.

무한을 향해 몸을 날린 종주들과 무한의 거리가 좀체 좁혀지지 않았던 것이다.

무한과 그가 올라있는 석탑은 여전히 그 자리에 있었지만, 종주들이 아무리 도약을 해 날아가도 무한에게 닿을 수 없었다.

그 순간 신무종의 종주들은 깨달았다. 자신들이 거대한 환영,

혹은 신묘한 진법 속에 빠졌다는 것을.

"에잇!"

대검종 검산파의 종주 막휴가 강력한 진기를 뿜어내며 주변의 석탑들을 후려쳤다.

그것이 신무종의 종주들이 빛의 신전을 침범한 이후 진법들을 파훼한 방법이기 때문이었다.

그러나 이번에는 달랐다. 강력한 막휴의 공격은 마치 허깨비를 베듯 석탑 근처에도 가지 못했다.

분명히 눈앞에 있지만 전혀 다른 세계에 있는 것처럼 석탑과 막휴의 검기 사이에는 허황되게 느껴질 만큼의 공간이 존재했다.

"이게… 대체!"

그와 석탑 사이의 공간이 굴곡된 것처럼 느껴지는 현상에 막휴가 당황한 표정으로 중얼거렸다.

"이건… 좋지 않은 상황이오."

신산종의 종주 무사확이 눈을 가늘게 뜨고 무한을 노려보며 말했다.

그의 목소리에서 숨길 수 없는 두려움이 느껴졌다. 그 두려움이 무한을 향한 분노로 바뀌는 것 같기도 했다.

"깰 수 없소?"

천도자 명화인이 물었다.

"보통 진이 아니오. 이건… 환영만이 아닌 것 같소."

무사확이 말했다.

"환영이 아니라면 뭐란 말이오?"

태양종의 종주 양왕 자오가 다급한 표정으로 물었다.

"우리 주변에서 일어나는 이 변화는 실제로 일어나는 변화 같소. 마치… 우리가 다른 곳으로 이동하는 듯한……."

그런데 말을 하다 말고 무사확이 입을 닫았다.

장내에 갑자기 다른 변화가 일어났기 때문이었다.

스스스!

어둠은 그렇게 유령처럼 밀려들었다. 그리고 순식간에 십이신무종 고수들이 들어와 있는 탑의 군락을 집어삼켰다.

그들은 분명 한낮에 호수 안에서 무한을 공격했고, 공격을 시작한 지 채 반 시진도 지나지 않은 상태였다. 절대 어둠이 몰려올 시간이 아니었다.

그렇다면 이 또한 환영이랄 수 있는데, 놀랍게도 그들의 머리 위, 뜨거운 태양이 눈부시던 하늘은 한밤처럼 검게 변했고, 보석처럼 반짝이는 별이 보였다. 결코 환영으로 치부할 수 없는 광경이었다.

보통 때라면 아름다운 밤하늘이라고 감탄할 만하지만, 결코 아름다울 리 없는 밤하늘이었다. 아니, 그건 경험하지 못한 공포였다.

"아미타불… 대체 무슨 일을 벌인 것이오?"

무량선사가 은은한 분노를 담아 여전히 탑 위에 서 있는 무한을 보며 물었다.

그러자 무한이 담담한 표정으로 입을 열었다.

"그대들은 선대로부터 조사들이 과거로부터 내려오는 여러 무종의 파편을 모아 신무종의 무공을 만들고 육주 각파의 무종의 씨앗이 되었다고 들었다고 했소. 그런데 그럼 그 이전, 신무종의 조사들이 탄생하기 전 그 윗대의 조상들이 어떻게 이 땅에 오게 되었는지에 대해 들은 바가 있소?"

갑작스러운 무한의 질문에 무슨 뜬금없는 소리냐는 듯 무한을 바라보는 종주들을 대신해 무량선사가 입을 열었다.

"전설 같은 이야기를 들은 바는 있소, 수백 년, 아니, 천 년이 넘었다고 하던가. 새로운 무공의 세계를 만들고자 먼 곳에서 육주로 이주해 온 선조들이 있었다는 것, 그분들의 위대한 여정이 육주에서 끝이 났고, 그분들로부터 육주의 무종 역사와 신무종의 조사들이 탄생했다는… 그런데 갑자기 그 이야기를 왜 묻는 것이오?"

무량선사가 물었다.

그러자 무한이 빛의 아우라 속에서 대답했다.

"그대의 선조들은 빛의 술사와의 약속대로 그 일을 모호한 전설로 묻어두었구려. 하지만 빛의 역사는 그 일을 명확하게 기록해 왔소. 하지만 그 여행의 이유와 육주 무종의 탄생은 그대들이 알고 있는 것과 많이 다르오."

"…말해보시오. 그대가 알고 있는 것을!"

무량선사가 말했다.

"그 여행은 생존을 위한 여행이었소. 여행을 시작하기 전, 각 종파는 무종을 말살하려는 위험한 지배자에 의해 모든 종파가 사라질 위기에 처했었소. 그래서 새로운 땅을 찾아 여행을 떠날 수밖에 없었던 것이오, 그 여행은 빛의 술사에 의해 인도되었소. 술사가 탈출구를 만들었고, 그대들의 선조들을 이 땅으로 인도한 것이오. 그 이유로 빛의 술사는 이 땅에 도착한 모든 무종 종파들에게 무종의 맹약을 약속받을 수 있었던 것이오. 그런데 수백 년 전부터 그대들은 십이신무종이 마치 이 세계 모든 무종의 시원인 것처럼 신성시하며 빛의 술사와의 맹약을 깨뜨렸소. 물론… 빛의 술사가 한동안 부재했기에 그런 오만함이 가능했던 것이겠지만."

무한이 냉정한 눈으로 십이신무종의 종주들을 보며 말했다.

그러자 무사확이 반발했다.

"그 이야기가 사실임을 누가 증명한단 말이오? 단지 우리의 양보를 받아내기 위해 지어낸 이야기일 가능성이 더 큰 것 같은데. 우리가 그런 허무맹랑한 이야기를 순순히 믿을 거라 생각한 것이오?"

무사확의 추궁에 다른 종주들도 고개를 끄떡였다.

그러자 무한이 냉정하게 말했다.

"그대들에게 내 말을 증명할 필요가 내게는 없소. 왜냐하면 내가 증명하지 않아도 이미 그 이야기는 증명되었기 때문이오."

"무엇이 증명되었다는 것이오?"

무사확이 되물었다.

그러자 무한이 탑 위에 꽂아두었던 검을 뽑았다.

후우웅!

무한이 검을 뽑자 차가운 바람이 불어왔다. 수백 개의 탑을 감싸고 있던 어둠과 안개들이 썰물처럼 밀려났다.

그러자 나무 한 그루 없는 거대한 절벽과 바위산들이 모습을 드러냈다.

빛의 신전이 있던 숲과는 전혀 다른 모습, 같은 것이라고는 오직 수백 개의 탑이 서 있는 그 장소뿐이었다.

더군다나 탑의 군락이 위치한 곳 역시 그들이 애초에 있던 호수가 아니었다.

탑의 군락은 절벽에 둘러싸인 메마른 땅 위에 위치해 있었다.

"이게… 대체……."

전혀 다른 세계에 와 있는 것 같은 풍경의 변화에 신무종의 종주들이 당황스러움을 감추지 못했다.

그런 그들을 보며 무한이 말했다.

"이 세계는 결코 진법이 만들어내는 환영이 아니오. 이곳은 실재하는 세계이고 이제 그대들은 다시는 육주로 돌아갈 수 없소."

"그게… 무슨 소리냐?"

천마종의 종주 혈마룡 나전이 분노를 토해냈다.

"최초의 빛의 술사이자 위대한 천년밀교의 전승자인 마후께서 그대들의 선조들을 구하기 위해 역천의 법을 깨고, 신비한 시공의 문, 천밀문을 열어 육주로 데려왔듯이, 나도 맹약을 깬 그대들을 육주에서 떠나게 하기 위해 천밀문을 열었소. 이제… 그대들은 다시는 육주로 돌아갈 수 없소. 이곳이 어떤 곳인지, 그대들에게 어떤 위험과 기회가 주어질지 솔직히 나도 모르겠소. 천밀문은 이제 닫힐 것이오. 그리고 그대들은 이 땅에서 새로운 삶을 살아가게 될 것이오."

"놈! 감히 그런 요사한 소리에 우리가 속을 것 같으냐?"

"굳이 내 말을 믿으라 말할 생각도 없소. 시간이 모든 것을 증명해 줄 테니까. 당신들이 시공의 문을 통과해 새로운 세계에 왔다는 것을 하루가 지나기 전에 인정하게 될 것이오!"

"이놈……! 일단 저놈을 제압합시다. 저놈의 요사스러운 말이 사실이든 아니든 저놈을 제압하면 모든 것을 제자리로 돌려놓을 수 있을 것이오!"

천마종의 종주 혈마룡 나전은 살기를 드러내며 소리쳤다. 십이신무종의 종주들 역시 지금은 무한을 제압하는 것이 가장 중요하다는 사실을 알고 있었다.

그래서 그들은 나전의 말이 끝나는 순간, 누가 먼저랄 것도 없이 탑 위에 서 있는 무한을 향해 몸을 날렸다.

팟!

번쩍!

신무종의 종주들이 뻗어낸 도검들이 빛의 아우라 속에 서 있는 탑 위의 무한을 갈랐다.

그런데 그 순간 종주들 사이에서 당황스러운 목소리가 흘러나왔다.

그들의 공격이 마치 환영을 벤 듯 허무하게 무한의 몸을 관통했기 때문이었다.

"헛!"

"음!"

종주들이 당황한 얼굴로 무한을 찾았다.

그리고 다시 그들은 거짓말 같은 상황과 마주했다. 무한은 여전히 탑 위에서 그들을 바라보고 있었던 것이다.

다만 무한과 그들과의 거리는 오히려 조금씩 멀어지고 있는 듯 보였다.

"대체 이게……?"

환무종의 종주 부여기가 당혹스러운 표정으로 중얼거렸다. 환술의 최고봉에 올라 있다는 그조차 무한과 그들 사이에서 일어나는 일을 도저히 이해할 수 없었다.

당혹해하는 신무종의 종주들을 보며 무한이 담담하게 말했다.

"위대한 천년밀교의 법술을 굳이 이해하려 하지 마시오. 오히려 당신들은 한 번 더 기회를 얻은 것에 감사해야 할 것이오. 난 당신들을 이곳으로 데려오는 대신, 당신들 모두의 목숨을 거둘 수도 있었소. 하지만 살생은 밀교의 법에서도 꺼려하는 것이라 그대들에게 육주를 떠나 새로운 세상에서 다시 살아갈 기회를 준 것이오. 그곳에서는 부디 선한 삶을 살기를 바랄 뿐이오."

"잠깐… 지금 그곳이라고 했느냐?"

신산종의 무사확이 급히 물었다.

"그렇소."

"그 말은… 넌 지금 이곳에 없다는 뜻이냐?"

"…역시 신산종의 종주답구려. 그렇소. 난 문 안쪽에 있소. 그대들은 문 밖에 있고. 이제 이 문은 닫힐 것이오. 그리고 영원히 열리지 않을 것이오. 그럼……!"

무한이 가볍게 고개를 까딱였다. 직후 무한의 모습이 서서히 옅어지기 시작했다.

순간 신무종의 종주들이 일제히 본능적으로 무한을 향해 몸을 날렸다.

무한을 이대로 사라지게 해서는 안 된다는 위기감 때문이었다.

"서랏!"

"갈 수 없다!"

흐릿해지는 무한을 향해 열두 줄기의 강력한 기운이 몰려들었다.

하지만 그 모든 기운들은 이전처럼 허무하게 허공을 갈랐다.

그런데 그중 오직 하나 불산불종의 종주 무량선가가 선장으로 만들어낸 기운이 한순간 무한을 곤욕스럽게 만들었다.

보통의 경우 도기나 검기, 혹은 장력 등 모든 무공은 몸안의 진기를 밖으로 밀어내는 힘으로 만들어지는 것이다.

그런데 무량선사가 선장을 휘둘러 만들어낸 회오리는 반대로 힘이 작용했다.

무한의 옷자락 끝이 그 진기의 회오리에 걸리는 순간 무한의 몸이 무량선사 쪽으로 쭉 당겨지는 느낌이 들었던 것이다.

'방심했다!'

무한은 순간 자신이 실수를 했음을 깨달았다.

가장 큰 실수는 신무종 종주들과의 대화가 너무 길었던 것이다.

천년밀교 최고의 비법인 천밀문을 여는 데는 여러 가지 조건이 필요하다.

세 개로 나뉘었던 도편들, 시공의 틈을 만들어낼 수 있는 수백 개의 탑진(塔陣), 그리고 밀교의 법술에 통달한 시전자의 강력한 진기가 있어야 잠시 동안이나마 시공의 문(門)인 천밀문을 열 수 있었다.

그나마도 사람의 힘으로 천밀문을 열 수 있는 시간은 일각 남짓, 그 와중에 시전자는 엄청난 공력을 소모해야 한다.

그런데 무한은 신무종의 종주들과의 대화에 너무 많은 시간을 허비했다. 그건 그가 신무종의 종주들의 방해를 받아도 충분히 천밀문을 제 시간에 닫을 수 있다는 판단 때문이었다.

그런데 그의 예상을 벗어난 일이 생긴 것이다.

사람을 쳐내는 것이 아니라 당기는 힘을 만들어내는 무량선사의 신공은 무한의 전혀 예상하지 못했던 것이었다.

"핫!"

무한이 검에 진기를 모아 벼락처럼 휘둘렀다.

번쩍!

그의 검에서 일어난 검기가 그대로 무량선사의 선장을 가격했다.

쾅!

"흡!"

무량선사의 입에서 나직한 다급성이 흘러나오면서 무한을 당기는 힘이 약해졌다.

그러자 무한의 모습이 다시 흐릿해지기 시작했다.

"어딜!"

무한이 그의 등 뒤쪽에 만들어진 빛의 너울 속으로 사라지려는 순간 사방에서 뻗어낸 종주들의 도검이 그의 몸을 갈가리 찢어버릴 듯이 달려들었다.

"후읍!"

무한이 천밀문을 빠져나가지 못하고 다시 검에 진기를 모아 자신을 향해 날아드는 신무종 종주들의 강력한 공세를 막아냈다.

카카캉!

무한의 몸 주변에서 벼락이 치는 듯한 충돌음들이 무섭게 일어났다.

"읍!"

무한의 입에서 나직한 신음 소리가 흘러나왔다.

그의 허벅지와 등에서 피가 솟구쳤다. 적의 공세를 완전히 막아내지 못하고 부상을 입고 만 것이다.

무한으로서는 신무종 종주들과의 싸움에 온전한 힘을 사용할 수 없었다.

작은 틈이라도 생겨 천밀문을 유지하지 못하면 그조차도 육주로 돌아갈 수 없기 때문이었다. 하지만 그 작은 틈을 보이지 않고 세상에서 가장 강하다는 열두 명의 신무종 종주들을 상대하는 것은 불가능한 일이었다.

무한은 자신이 선택의 순간에 놓였음을 깨달았다.

적들의 공세를 무시하고 목숨을 걸고 천밀문을 통과할 것인지, 아니면 돌아가는 것을 포기하고 신무종의 고수들을 상대할 것인지. 그 둘을 한 번에 할 수는 없었다.

하지만 어느 쪽도 그에게는 치명적인 위험이 있는 선택이었다.

하지만 그래도 선택을 해야 하는 시점이었다.

"후우……."

무한이 길게 한숨을 내쉬었다.

그리고 그 순간 결심했다.

"이곳에 남아서 내가 할 일은 없다."

무한이 나직하게 중얼거리는 순간 갑자기 그의 몸에서 눈부신 광채가 터져 나왔다.

"웃!"

"음……."

무한이 뿜어내는 강력한 광채에 놀란 신무종의 종주들이 잠시 멈칫했다.

그 순간 무한의 몸이 다시 등 뒤 빛의 너울 속으로 빨려 들어가기 시작했다.

"갈 수 없소!"

무한의 반격에 한 걸음 뒤로 물러나 있던 무량선사가 무한의 의도를 깨닫고 가사자락을 휘날리며 다시 선장을 휘둘렀다.

그러자 그의 선장에서 일어난 회오리가 재차 무한의 옷자락을 잡아끌었다.

그 순간 멈칫하던 신무종 고수들도 늑대처럼 달려들며 무한을 향해 도검을 휘둘렀다.

무한은 그 순간 자신의 온몸의 힘이 사라지는 듯한 느낌을 받았다. 천밀문을 유지하는 데 모든 진기를 써버리고 만 것이다.

쐐액!

밀려든 도검의 무량선사의 진기에 잡혀 있는 무한의 다리를 잘라왔다.

무한의 자신의 눈으로 자신의 다리가 적들의 검에 잘려 나가는 것을 지켜봐야 했지만 어떤 방법도 찾을 수 없었다.

그런데 그 순간, 갑자기 무한은 무량선사가 자신을 잡고 있는 힘보다 몇 배 강한 힘이 등 뒤에서 자신을 끌어당기는 것을 느꼈다.

"웃!"

그 차갑고 거대한 힘의 존재를 느끼는 순간 사라졌던 무한의 힘도 되살아났다.

쾅!

무한이 아적삼에게 전수받은 혈랑검을 벼락처럼 펼쳤다. 그가 펼칠 수 있는 가장 빠른 검초기 때문이었다.

혈랑검의 검초가 무량선사의 선장을 강력한 힘으로 때리는 순간, 무한의 발이 무량선사가 만든 진기의 올가미에서 빠졌다.

바로 그 순간 신무종 종주들의 도검이 무한의 다리가 있던 공간을 베고 지나갔다.

하지만 이미 무한의 몸은 등 뒤 작은 빛의 너울 속으로 사라지고 없었다.

쿵!

"욱!"

무한이 젖은 호수 바닥에 나뒹굴었다.

그와 신무종의 고수들이 올라있던 탑의 군락은 거짓말처럼 사라지고 없었다.

"젠장!"

무한이 진흙투성이로 변한 옷을 보며 투덜거렸다. 털어낼 엄두가 나지 않을 만큼 몰골이 비참한 무한이었다.

무한이 누운 채로 두 다리를 들어 보았다. 다행히 그의 두 발은 그의 몸에 제대로 붙어 있었다.

"다행히 걸을 수는……!"

두 다리가 무사한 것에 안도하던 무한이 갑자기 입을 다물었다. 그리고 들고 있던 검을 힘주어 잡으며 천천히 몸을 일으켰다.

그의 몸에 묻어 있던 진흙들이 투두거리며 떨어졌다.

무한이 검을 쥔 채로 무겁게 몸을 돌렸다. 그러자 눈앞에 검은 전포에 검은 기운을 뿜어내고 있는 신마성주의 모습이 보였다.

"돌아왔다는 기쁨에 날 구해준 사람이 있었다는 걸 잊고 있었구려."

무한이 신마성주를 보며 말했다.

그러자 팔짱을 낀 채 무한을 바라보고 있던 신마성주가 물었다.

"그 힘이 정말 있었군."

"믿지 않았소?"

무한이 되물었다.

"음… 도통 믿을 수가 있는 말이어야지. 시간과 공간의 문을 열 수 있는 법술이라니. 그런데 정말 가능했어. 세 개의 도편은 그래서 필요했던 것이었고."

신마성주의 말에 무한이 묵묵히 고개를 끄떡였다.

"참 대단한 종파군. 천년밀교는……."

신마성주가 그답지 않게 두려운 듯 말했다.

"그 힘의 절반을 가지고 있으면서도 밀교의 힘이 달갑지 않은 모양이구려?"

"글쎄… 내게는 즐거운 기억은 없군. 천년밀교의 힘을 얻은 이후의 삶에서……."

"어둠의 힘을 얻었기 때문일 것이오."

"그럴 수도……."

신마성주가 고개를 끄떡였다.

"그런데 왜 날 구해준 것이오?"

무한이 물었다.

"우리 사이에는 해결해야 할 일이 있으니까."

"후우… 여전히 내 힘을 원하시오? 정말 이 땅의 지배자가 되고 싶은 것이오?"

무한이 조금 화가 난 듯 물었다.

"못 될 것도 없지만, 그보다… 더 중요한 문제가 있으니까."

"더 중요한 문제? 그게 무엇이오?"

무한이 물었다.

그러자 신마성주가 물끄러미 무한을 바라보다가 고개를 저으며 말했다.

"지금은 우리 사이의 일을 해결할 때가 아닌 것 같군."

"……."

"네놈이 성치 않으니."

"그 말은 결국 나와 싸워야겠다는 말이오?"

"필요하다면……."

"대체 진심으로 원하는 것이 뭐요?"

무한이 모호한 신마성주의 말에 짜증이 나서 퉁명스럽게 물었다.

신마성주의 말만으로는 정말 그가 진심으로 원하는 것이 무엇인지 짐작할 수 없었다.

"나중에… 다시 마정에서 보는 것으로 하지. 그건 약속할 수 있겠지? 적어도 내가 너의 목숨을 구해줬으니까. 아니, 목숨을 구해준 것이 아니라 널 이 세계로 돌아오게 해줬다고 해야 하나?"

"…알겠소. 곧 찾아가겠소."

무한이 대답했다.

"날 찾아올 때는 완벽하게 회복된 몸으로 오너라."

"물론이오. 회복하지 못할 부상을 입은 것은 아니니까."

무한이 대답했다.

"좋아. 그럼 기다리겠다!"

신마성주가 가볍게 고개를 끄덕이고는 그대로 몸을 날렸다.

신마성주는 순식간에 호수를 벗어났다. 그리고는 뒤도 돌아보지 않고 숲으로 사라졌다.

무한은 신마성주가 사라질 때까지 그 자리에 서서 신마성주의 뒷모습을 바라보고 있었다.

그러다가 동쪽 호숫가에서 들려오는 소리에 고개를 돌렸다.

"술사님!"

어느새 은신처를 벗어난 사곤 등이 호수로 뛰어들며 무한을 부르고 있었다.

그러자 무한이 얼른 손을 저었다.

"오지 마세요. 제가 가죠. 옷을 더럽히실 필요 없습니다!"

그렇게 자신을 향해 달려오려는 사곤 등을 멈추게 한 후 무한이 저벅저벅 진흙 밭을 걷기 시작했다.

"다치신 곳은 없습니까?"

무한이 호수 밖으로 나오자 사곤 등이 무한에게 달려와 물었다.

"걱정 마세요. 크게 다친 곳은 없으니까."

"이런! 검에 베이셨군요?"

무한의 몸을 살피던 이공이 무한의 허벅지와 등 부근의 핏자국을 보며 놀라 소리쳤다.

"깊지 않은 상처입니다. 걱정할 것 없습니다."

무한이 별것 아니라는 듯 말했다.

그러자 이맥이 조심스럽게 물었다.

"그런데 술사님… 그들은 어떻게 된 겁니까? 지하에 묻힌 건가요?"

무한이 시공의 문을 열 수 있다는 사실을 아직도 빛의 문지기들은 모르고 있었다.

그래서 눈부신 빛 무리에 휩싸여 있던 수백 개의 석탑과 신무종 고수들이 한순간에 사라진 이유를 이공 등은 알 수 없었다. 당연히 무한이 대체 어떻게 사라지게 한 것인지 궁금할 수밖에 없었다.

"일단 좀 쉬어야겠어요. 어떻게 된 일인지는 쉬면서 말씀해 드릴게요."

무한이 미소를 지으며 대답했다.

제10장

아버지와 아들

"그는… 대체 어떤 사람인 거죠?"

연이설이 굳은 표정으로 물었다.

두 사람이 빛의 신전을 지나쳐 호숫가 인근으로 온 것은 무한이 탑의 군락에서 신무종의 고수들을 상대로 신비한 싸움을 하고 있을 때였다.

빛의 아우라 속에서 벌어지는 싸움은 탑살과 연이설조차도 그 안의 사정을 제대로 확인할 수 없었다.

그래서 그들은 무한이 천밀문을 열어 신무종의 고수들을 다른 세계로 데려간 후, 그들의 반격에 말려 이 세계로 돌아오지 못할 위기에 처했을 때도, 신마성주가 갑자기 숲에서 나타나 무한을 도왔을 때도, 무한을 도울 수가 없었다.

그래서 그들은 다만 무한이 신무종 일백 고수들과의 싸움을 끝낸 것을 확인한 후에야 안도의 한숨을 내쉬었을 뿐이었다.

하지만 무한의 안전이 확인된 이후에는 참을 수 없는 수많은 의문들이 생겨날 수밖에 없었다.

그들은 아직도 무한이 어떤 일을 한 것인지 그 내막을 정확히 알지 못했다.

신무종의 고수들이 다른 세계로 보내졌다는 사실 역시 알지 못했다.

그들은 다만 신무종의 고수들이 호수 아래 비밀스러운 공간에 갇혔거나 혹은 그 안에서 죽었을 거라 생각하고 있었다.

시간과 공간의 문을 열 수 있다는 것은, 전혀 그들이 생각할 수 있는 일이 아니었다.

하지만 그 사실을 몰라도 무한이 십이신무종의 종주들과 일백여 고수들 일거에 물리친 것은 놀라운 일이 아닐 수 없었다.

연이설의 질문을 들은 탑살이 잠시 동안 침묵했다. 그리고 슬쩍 고개를 돌려 자신들을 따라온 묵룡대선과 천록의 왕국 전사들을 살폈다.

그들 역시 경악과 두려움을 가득 담은 눈으로 무한이 사라진 숲을 바라보고 있었다.

뒤따르는 사람들과의 거리를 확인한 탑살이 연이설에게 나직하게 말했다.

"칸은 나의 제자이자 철사자 무곤의 아들, 그리고… 위대한 빛의 전설의 후계자이지요."

"…역시 알고 계셨군요?"

연이설이 물었다.
무한이 철사자 무곤의 아들이라는 사실은 당연히 알고 있을 거라 생각했었다.
무한이 자신에게 말한 사실을 탑살에게 말하지 않을 리 없었기 때문이었다.
하지만 무한이 빛의 술사의 전인이라는 것까지 알고 있었을지는 반신반의한 연이설이었다.
"그리 오래된 일이 아닙니다. 내가 소룡들에게 명했던 마지막 수련 여행에서 인연이 닿았던 모양입니다."
"후… 전 빛의 술사의 전설이 실존할 줄은 전혀 생각 못했어요. 그리고 저런 강력한 힘이라는 것은……."
"나 역시 빛의 술사로서의 칸의 능력을 제대로 본 것은 이번이 처음입니다. 신비한 힘입니다."
탑살도 무한이 한 일에 대해서는 무척 놀란 모양이었다.
"그나저나 마지막에 칸 무사님을 도운 사람은 누구일까요? 그 역시 칸 무사님만큼이나 강력해 보이던데……?"
연이설이 물었다.
"글쎄요. 저 역시 그의 정체가 궁금하군요. 또 걱정이 되기도 하고. 그의 기운이……."
탑살이 말꼬리를 흐렸다.
그들은 신마성주 무곤을 지금까지 한 번도 만나본 적이 없었다.
더군다나 어둠의 기운으로 몸을 가리고 전포에 달린 큰 모자로 얼굴을 가리는 신마성주여서 더더욱 그 정체를 짐작할 수 없었다.
"그래도 칸 무사님을 구해줬잖아요? 마기를 바탕으로 무공을 수련한 사람이라고 모두 악인은 아니지 않겠어요?"

"물론 그렇긴 하지만……?"

탑살이 말꼬리를 흐렸다.

"빨리 칸 무사님을 만나고 싶군요. 물어볼 말이 너무 많아요."

연이설이 숲으로 무한을 찾아갈 듯한 기세로 말했다.

그러자 탑살이 담담한 어조로 연이설을 진정시켰다.

"일단 신전에서 기다리지요. 칸 역시 우리가 온 것을 알고 있을 겁니다. 그러니 때가 되면 우릴 만나로 오겠지요. 아마도 지금은 휴식이 필요한 시간일 겁니다. 그걸 방해할 수는 없지요."

* * *

무한은 빛의 전사들의 은신처로 만든 동굴 속 석실에 들어와 등을 벽에 기댄 채 조용히 눈을 감고 있었다.

그는 그가 만들었던 천밀문, 시공의 문과 그 너머의 세상을 하나하나 다시 떠올리고 있었다.

그리고 그 기억들을 떠올리면서 그는 점점 더 완벽한 빛의 술사가 되어가고 있었다. 왜 수백 개의 석탑이 필요했는지, 왜 세 개의 도편이 있어야 했는지, 이제는 완벽하게 이해한 무한이었다.

'하지만 천밀문을 다시 열려면 많은 세월이 필요하겠지.'

천밀문을 아무 때나 필요할 때 만들어낼 수는 없었다.

이제 빛의 역사를 모두 알고 있는 무한은 초대 빛의 술사 마후가 수백의 무인들을 이 땅으로 데려올 때 했던 희생이 어떤 것인지 알고 있었다.

그때 마후에게는 석탑으로 만들어내는 신비로운 진법의 힘도, 지형의 이로움도 없었다.

그는 온전히 그의 힘만으로 천밀문을 아주 잠깐 동안 열었던 것이 분명했다.

그래서 그는 그가 온 세계로 돌아갈 수 없었을 것이다. 당연히 그 자신도 이 땅에 남을 수밖에 없었다.

아니, 어쩌면 애초부터 돌아갈 생각을 하지 않았을지도 모르지만.

어쨌든 그래서 그는 자신의 내공과 원기를 평생 회복할 수 없을 만큼 소실했을 것이다.

그래서 그는 무공이 아닌 설득의 힘으로, 그리고 무인들에게 새로운 삶을 열어준 사람으로서의 권위로 무종의 맹약을 만들어 평화의 씨앗을 심었던 것이다.

그것이 초대 술사 마후가 무공보다 현명한 중재자로서 전설로 남은 이유였다.

"술사님!"

자는 듯하면서도 깨어 있는 것이 확실한 무한을 사곤이 조심스럽게 불었다.

"아, 예!"

무한이 눈을 떠 사곤을 바라봤다.

"요기라도……."

무한 앞에는 어느새 소담한 밥상이 차려져 있었다. 아마도 석실 밖에서 이맥과 소의가 밥을 지은 모양이었다.

"밥을 지으셨군요?"

무한이 미소를 지으며 물었다.

"녀석들이 그래도 쓸모가 있어서……."

뒤에서 이공이 무한의 미소를 보며 마음이 놓인 표정으로 대답했다.

"형님들도 들어오라고 하세요."

무한이 이맥과 소의를 찾았다.

"괜찮으시겠습니까? 녀석들이 들어오면 시끄러울 수도 있는데……."

"괜찮습니다. 어느 정도 몸이 진정되었어요. 물론 소모된 진기는 하루 이틀에 해결될 문제는 아니지만."

"알겠습니다. 들어들 오너라."

이공이 문 쪽으로 시선을 돌려 이맥과 소의를 불렀다. 그러자 두 사람이 기다렸다는 듯이 석실 안으로 들어왔다. 아마도 문밖에서 자신들을 부르기를 기다렸던 것 같았다.

"술사님 괜찮으십니까?"

들어오자마자 이맥이 물었다.

"예, 괜찮으니 걱정 마세요. 그나저나 모두 같이 요기들을 하시죠. 설마 제 밥만 지어놓은 것은 아니겠지요?"

"아, 예. 물론 저희들 것도 있습니다."

"그럼 일단 먹죠! 힘을 많이 썼더니 배가 고프군요."

무한이 농담 같은 말을 던지고는 앞에 놓인 음식들을 먹기 시작했다.

무한은 정말 며칠 굶은 사람처럼 정신없이 음식을 입으로 가져갔다.

하지만 빛의 문지기들은 먹는 둥 마는 둥 하며 무한을 살피기에 여념이 없었다. 그들은 여전히 무한의 몸 상태를 걱정하고 있었기 때문이었다.

그러나 그들의 걱정과 달리 게 눈 감추듯 음식을 먹어치운 무한이 여전히 느리게 식사 중인 문지기들을 잠시 바라보다가 불쑥 물었다.

"소문이 나겠지요?"

갑작스러운 무한의 질문에 문지기들이 음식을 먹다 말고 수저를 놓았다. 그리고 이공이 입을 열었다.

"어떤 일이 일어났는지 정확히 아는 사람은 없겠지만… 그래도 소문은 날 겁니다. 설혹 독안룡과 연이설 님이 함께 온 사람들의 입을 막아도 오늘 일이 전혀 세상에 알려지지 않을 수는 없지요."

"그들은 어떻게 반응할까요?"

"그들이라시면……?"

"십이신무종의 본산에 남아 있는 사람들 말입니다."

"음… 그들이라면……."

"제게 복수를 하기 위해 몰려올까요?"

"그것까지는……."

이공이 대답하기 어려운 문제라는 듯 고개를 저었다.

그러자 용노가 조심스럽게 물었다.

"술사님, 그들은 모두 죽은 겁니까? 아니면 어디에 갇혀 있는 겁니까?"

사실은 그게 가장 중요한 문제였다. 신무종의 종주들이 살아 있다면 십이신무종 본거지에 남아 있는 자들의 반응이 다를 수 있기 때문이었다.

"죽지는 않았어요. 다만… 그들은 다시는 이 땅으로 돌아올 수 없습니다. 그들은 다른 세계에서 살아가게 될 겁니다. 그런 면에서 보면 이 땅에서는 죽은 것과 다름없지요."

"음… 그, 그게 솔직히 말해서 좀 이해가……."

용노가 머리를 긁적이며 말했다. 그는 십이신무종의 종주들이 탑의 군락과 연결된 지하 공간 같은 곳에 갇혀 있거나 함몰되어 죽었을 거라고 생각하고 있었다.

"제가 찾으려 했던 세 개의 도편과 호수에 잠들어 있던 탑의 군락은… 믿으실지 모르겠지만, 아니, 눈으로 보셨으니 믿으시겠지요. 그것들은 시공의 문을 잠시나마 열 수 있는 열쇠들이었습니다. 그 옛날 초대 빛의 술사 마후께서 이 땅으로 각 무종의 조사들을 데려오신 것도 그 시공의 문, 천밀문을 통해서였지요. 사실 그래서 무종의 맹약도 가능했던 겁니다. 초대 빛의 술사 마후께서는 각 무종의 멸문을 막기 위해 천밀문을 여셨던 것이었으니까요. 그래서 초기의 무종 종주들은 자신들의 행동을 제약하는 초대 술사님의 맹약에 순순히 응했던 것이지요. 다만 천밀문에 대해선 당시의 각 종파 종주들이 후손에게도 비밀을 지키기로 약속했고 그런대로 그 약속들이 잘 지켜졌기에 세월이 흐르면서 전설처럼 잊혔던 것이고요."

"……."

"……"

문지기들과 이맥, 조의는 그저 무한을 바라볼 뿐 어떤 말도 하지 못했다.

아무리 천년밀교가 신비로운 종파라 해도, 시간과 공간의 문을 열 수 있다는 무한의 말은 믿기 힘들었다. 그렇다고 무한이 자신들에게 거짓말을 할 리도 없었다.

그래서 믿을 수도, 안 믿을 수도 없는 말을 하는 무한을 바라보는 것 말고는 아무 것도 할 수 없는 그들이었다.

그런 문지기들을 보며 무한이 미소를 지었다.

"믿기 힘드시죠?"

"그것이……"

사곤이 말꼬리를 흐렸다.

"아마 약속을 깨고 후손들에게 천밀문에 대해 이야기한 종파가 있다 해도, 이 이야기를 전해 들은 각 종파 후예들의 반응은 바로 지금 여러분의 모습과 같았을 겁니다. 이 일은 자신이 직접 경험하지 않으면 완전히 믿을 수 없는 일이니까요. 그래서 백 년도 되지 않아 이 이야기들은 다만 먼 지방에서 육주로 각 파의 조상들이 이주해 온 이야기를 과장한 것으로 여겨졌을 겁니다. 당연히 빛의 술사의 위대함도 믿지 않게 되었겠지요. 그게… 오늘날 십이신무종이 전통의 맹약을 깨뜨리게 된 이유 중 하나일 겁니다."

"…사실이라면 그럴 것 같습니다. 그 광경을 본 저희조차 반신반의하는 일이니."

사곤이 대답했다.

"어쨌든 그래서 그들은 돌아오지 못합니다. 각파의 본거지에 남아 있는 신무종 사람들은 그들이 죽었다고 생각할 가능성이 크겠지요."

"그렇겠지요."

사곤이 다시 대답했다.

"그들과 싸우게 될까요? 그들이 절 찾아올까요?"

무한이 물었다.

"……."

무한의 물음에 사곤이 더 이상 대답하지 않았다.

그러자 이공이 조심스럽게 말했다.

"아무래도 이 일은 독안룡과 상의하셔야 할 것 같습니다."

"사부님과요?"

무한이 되물었다.

"그렇습니다. 그라면 이 일을 적당하게 무마할 방법이 있을 겁니다. 사실… 보지 않은 이상 그 누구도 십이신무종의 열두 종주들과 일백여 명의 고수가 한 사람에 의해 세상에서 사라졌다는 것을 믿지 않을 겁니다. 술사님 말씀처럼 직접 보고도 믿기 힘든 일이니까요. 그러니까, 독안룡이라면 그들이 갑자기 세상에서 사라진 그럴 듯한 이야기를, 혹은 새로운 전설을 만들어낼 수 있지 않을까요?"

"새로운 전설이라……."

"그 전설이 다른 사람도 아닌 위대한 영웅 독안룡으로부터 전해진 이야기라면, 사람들은 반신반의하면서도 독안룡의 이야기를 받아들일 겁니다."

"그렇군요. 그게 좋겠어요. 소문을 만들어내는 것은 사부님과 어울리지 않은 일이지만, 그래서 사람들이 더 신뢰할 수 있는 전설 한 자락을 만들어내기에 적당한 분이시죠. 제 부탁이라면 반드시 들어주실 겁니다."

무한이 가볍게 미소를 지으며 고개를 끄떡였다.

무한은 어둠 속에서 탑살과 연이설을 만났다.

연이설과의 만남은 예상치 못한 것이었지만, 무한의 연락을 받은 탑살이 연이설을 데리고 나왔기에 그녀와의 만남 역시 어쩔 수 없는 일이었다.

세 사람은 사자의 섬 동남쪽 해안 절벽에서 조용한 만남을 가졌다.

오직 세 사람만의 조용한 만남이었지만, 그 만남에서 육주와 파나류에 수백 년을 이어 전해질 하나의 위대한 빛의 전설이 또 하나 만들어졌다.

그 전설의 모든 것이 꾸며낸 것만은 아니었다. 어쩌면 그 전설은 사실일 수도 있었다.

—빛의 신전을 찾은 십이신무종의 종주들은 수백 년 만에 모습을 드러낸 빛의 술사를 따라 위대한 무도의 여정을 떠났다. 빛의 술사는 그들에게 신의 경지에 이를 수 있는 무공이 존재하는 세계의 존재를 알렸고, 십이신무종의 종주들은 기꺼이 위대한 구도의 여정을 선택했다. 육주의 안락함을 버리고 고귀한 무도를 이루기 위해 고단한 여행을 떠난 십이신무종 종주들의 선택은, 그들이 수백 년간 지켜온 무공의 구도자로서의 삶에 어울리는 아름다운 선택이었다. 그리고 그 위대한 구도의 길을 선택

한 신무종 종주들의 결정에 감동한 독안룡 탑살은 자신의 배를 기꺼이 그들의 여행을 위해 내어 주었다.

소문은 무한과 두 사람이 절벽 위에서 호젓한 담소를 나누는 그 순간에도 이미 세상으로 퍼져 나가고 있었다.

아마도 채 열흘이 되지 않아 소문은 바람을 타고 세상 곳곳으로 신무종 종주들의 위대한 구도행을 전하게 될 것이다.

"아깝지 않으세요?"

무한이 독안룡 탑살에게 물었다.

검은 바다 위에서 출렁이는 묵룡대선을 보며 한 말이었다.

위대한 전설을 만들기 위해 독안룡 탑살은 묵룡대선의 본선을 포기하기로 결정했기 때문이었다.

묵룡본선은 평생 동안 탑살의 집이었다.

그 배를 타고 그는 세상 사람들이 가보지 않은 곳을 여행했고, 흑라의 대선단을 물리쳤다. 그리고 그는 그 배 위에서 죽어갈 것이라는 것을 의심치 않고 있었다.

그런데 이제 막내 제자의 부탁으로 그 배를 세상에서 지우기로 결정한 것이었다.

"아깝지는 않지만 아쉽기는 하구나. 저 배 위에서 늙어 죽어야 하는 것을, 그리고 그 위에서 바다에 던져져 바다의 품으로 돌아가는 것이 내 작은 소망이었거든."

"죄송해요."

무한이 미안한 기색이 역력한 표정으로 말했다. 작은 소망이라고 말했지만, 그 바람이 탑살에게 무척 중요했다는 것을 알기 때문이었다.

"아니다. 이렇게라도 널 위해 해줄 수 있는 일이 있다는 것이 다행이지. 다만, 이렇게 한다 해도 세상은 이 소문을 끊임없이 의심할 것이다."

탑살이 걱정스럽게 말했다.

"소문이란 건 믿는 사람도 믿지 않는 사람도 있게 마련이죠. 모든 사람이 이 소문을 믿기를 바라는 것은 아니에요. 절반만 믿어도 성공이죠. 의심을 가진 사람들이 있다 해도 결국 전설은 만들어질 겁니다. 믿는 사람의 숫자가 일부여도… 전설이란 게 그렇잖아요?"

"후후, 그렇긴 하지. 전설은 전설일 뿐이니까. 역사가 아니라……."

탑살이 실소를 흘렸다. 자신이 쓸데없는 걱정을 한다는 것을 깨달은 것이다.

사실 본산에 남아 있는 신무종의 사람들이 이 소문을 온전히 믿을 거란 기대는 애초부터 하지 않았다.

다만 이 소문의 광풍이 전설이 되어가는 것을 그들 역시 크게 반대하지 않을 거라 생각했다.

왜냐하면 소문이 사실이든 아니든, 그들의 종주와 수뇌부의 실종에 대한 충격을 극복하는 데 이 소문만큼 좋은 이야기는 없을 것이기 때문이었다.

전설이 된 위대한 구도의 정신을 지닌 무인들을 배출한 종파로서 그들은 다시 천하무종의 존경을 받을 수도 있을 것이다.

종파의 주요 고수들이 사라진 그들에게 필요한 것은 오래 이어질 수 있는 전설적인 명성 그 이상의 것이 없기 때문이었다.

물론 어쩌면 그 명성이 그들을 지켜줄 수 있는 시간도 그리 길지 않을 테지만…….

"세상은 어떻게 변할까요?"

문득 연이설이 물었다.

십이신무종의 종주들이 사라진 이 초유의 사태는 육주나 파나류에 엄청난 변화를 가져올 것이 분명했다. 그 변화의 끝을 예상하는 것은 결코 쉬운 일이 아니었다.

"앞날을 예측하는 것은 쉬운 일이 아니지요. 특히 지금 같은 경우는 더더욱, 하지만 한 가지 분명한 사실이 있습니다."

"그게 뭔가요?"

무한의 말에 연이설이 되물었다.

"그 변화의 중심에 이설 님과 천록의 왕국이 있을 거라는 거죠. 신무종이 사라진 이상… 사람들은 육주의 구심점으로 천록의 왕국을 바라볼 테니까요. 그러니까, 세상이 어떻게 변할까 고민하지 마시고, 육주를 어떻게 이끌어갈지 그걸 고민하시는 게 좋을 것 같아요."

"칸의 말이 맞습니다. 이설 님은… 이제 육주의 새로운 시작을 만들어가야 하는 분입니다. 왕국의 부활을 넘어 육주 전체를 생각하실 때죠."

탑살이 무한의 말을 거들었다.

그러자 연이설이 얼른 고개를 저었다.

"아뇨, 아뇨. 전 그러고 싶지 않아요. 제가 원했던 것은 다만 천록의 왕국의 부활이었어요. 숨어 사는 것이 싫었고… 세상에 대한 분노 같은 것도 있었으니까요. 하지만 왕국 재건을 넘어 세상을 책임지기는 싫어요. 그럴 만한 사람도 안 되고요."

연이설이 얼른 고개를 저었다. 정말 그런 삶을 살고 싶지 않은 기색이 역력했다.

"사람이 자신이 원하는 대로 살아지는 것이 아니지요. 타고난 운명이란 게 있으니까요."

탑살이 말했다.

그러자 연이설이 다시 강하게 고개를 저었다.

"아니죠. 그렇게 따지면 두 분이야말로 육주를 책임져야 하는 것 아닌가요? 한 분은 육주 제일의 영웅이고, 한 분은… 무종의 역사를 만들어낸 빛의 술사인데요. 그런데 두 분 모두 육주의 일에서 한 걸음 벗어나 있으려 하잖아요?"

"그거야……."

탑살이 연이설의 반박에 제대로 대답을 하지 못했다.

그러자 연이설이 다시 말했다.

"그러니까, 그런 책임을 제게 강요하지 마세요. 전 천록의 왕국이 재건된 것에 만족해요. 전 그렇게 그릇이 큰 사람이 아니에요. 제 앞가림하기 급급한 사람이라고요. 육주의 운명요? 풋! 그런 건 솔직히 제 알 바 아니죠. 거기 사는 사람들 모두의 몫이죠."

연이설이 두 손을 들어 올리며 말했다.

그러자 무한이 실소를 흘렸다.

"후후, 정말 그렇군요. 육주의 운명이 이설 님이 책임질 일은 아니죠. 그래도 어쨌든 천록의 왕국이 육주의 중심이 되긴 할 거예요."

"그렇긴 하겠죠. 골치 아프지만……."

연이설이 고개를 끄떡였다.

그러자 이번에는 탑살이 무한에게 물었다.

"넌 이제 어떻게 할 생각이냐? 봄섬으로 돌아가겠느냐? 아니면 육주로 가겠느냐?"

"…아직 한 가지 해야 할 일이 있어요."

"…아직도?"

탑살이 의아한 표정으로 물었다.

"예."

"뭘 또 하려고?"

탑살이 걱정스러운 표정을 지었다.

"그를 만나러 가려고요."

"그?"

"신마성주요."

"음……!"

"왜 그를 만나려는 거죠?"

무한의 말에 탑살과 연이설 모두 얼굴이 굳었다.

신마성주는 신무종의 종주들과는 또 다른 두려움을 주는 존재다.

"그와 해결할 일이 있어요."

무한이 대답했다.

"그와… 싸우려는 건가요?"

연이설이 물었다.

"그게 목적은 아니지만 어쩌면 그렇게 될 수도 있겠죠."

무한이 대답했다.

"위험한 일이다."

탑살이 고개를 저으며 말했다.

그는 신마성주가 육주나 그들에게 직접적인 위협이 되지 않으면 굳이 그와 싸울 필요가 없다고 생각하고 있었다. 그만큼 신마성주의 존재감은 압도적인 것이었다.

"생각보다 위험하지 않을 겁니다."

무한이 탑살을 안심시키려는 듯 말했다. 그런데 그 말이 꼭 허투루 하는 말 같지는 않았다.

"그를 상대할 방법이 있는 거냐?"

탑살이 무한이 신마성주와의 대결에 자신감을 갖는 이유를 알고 싶다는 듯 물었다.

"특별한 방법이라기보다… 느낌이 그래요. 싸운다 해도 그에게 질 것 같지는 않아요."

"……."

"……."

무한의 말에 탑살과 연이설이 물끄러미 무한을 바라봤다.

평소와 다르게 자신감을 드러내는 무한이 그들에게는 익숙하지 않은 표정들이다.

그러자 무한이 다시 말을 이었다.

"제가 누굽니까? 철사자의 아들이고, 빛의 술사이자, 위대한 영웅 독안룡님의 제자인데… 제가 설마 신마성주에게 패하겠어요?"

"허! 이놈이……."

무한의 말에 탑살이 어이없다는 듯 고개를 저었다.

그러자 무한이 다시 말을 건넸다.

"아무튼 걱정 마세요. 어떻게든 살아 돌아올 수 있으니까요. 그리고 돌아온 이후에는… 아마도 신마성주는 더 이상 걱정할 대상이 아닐 겁니다."

"후우… 어찌 하려는지 모르겠지만, 난 여전히 네가 그를 만나러 가지 않았으면 하는구나."

"그래도 갈 거라는 걸 아시잖아요?"

무한이 웃으며 물었다.

"물론, 네가 고집이 세다는 걸 누구보다 잘 알고 있으니까. 누구 아들인데……."

탑살이 눈살을 찌푸리며 말했다.

"아버지께는 신마성주를 만나러 갔다는 말은 하지 말아주세요."

무한이 말했다. 아적삼을 두고 하는 말이다.

"알겠다. 괜히 걱정시킬 필요는 없겠지. 그래서 언제 가겠느냐?"

"두 분이 떠난 후에요."

"알겠다. 우린 내일 새벽에 떠나도록 할까요?"

탑살이 연이설에게 말했다.

"그렇게 빨리요?"

연이설이 되물었다.

"묵룡본선을 처리하려면 빨리 움직여야지요. 그래야 소문에 대한 의심이 적을 겁니다. 또 그러려면 새벽에 움직이는 것이 더 좋을 것이고……."

탑살이 대답했다.

"그렇기는 하군요."

연이설이 아쉬운 듯 고개를 끄떡였다.

"내일 떠날 때는 뵙지 못할 거예요."

무한이 탑살과 연이설에게 말했다.

"그렇겠지. 너 역시 지금은 이곳에 있으면 안 되는 사람이니까. 아무튼… 그를 만나고 나면 다른 곳으로 가지 말고 바로 돌아오너라. 묵룡대선의 사람으로……."

"알았어요. 그렇게 할게요."

무한이 얼른 대답했다.

그러자 연이설도 무한에게 당부했다.

"천록의 성에도 꼭 들러요. 그때쯤이면 천왕산 기슭의 성도 거의 완성되어 있을 거예요."

"그렇게 하죠."

무한이 미소를 지으며 대답했다.

*　　　*　　　*

철썩철썩!

어스름한 새벽 기운이 해안가를 물들이고 있었다. 아직은 어둠의 기운이 남아 있는 해안가에는 제법 거친 파도가 일고 있었다.

그 파도를 뚫고 세 척의 배가 사자의 섬에서 멀어지고 있었다.

탑살이 이끄는 묵룡대선의 사람들과, 연이설의 천록의 왕국의 전사들을 태운 배들이었다.

탑살은 무한에게 말한 대로 날이 밝기도 전에 사자의 섬을 떠나고 있었다.

무한은 빛의 문지기들과 함께 해안가 숲에서 떠나는 탑살과 연이설을 바라보고 있었다.

무한이 배들이 수평선 너머로 사라지고 더 이상 보이지 않게 되자 세 문지기에게 입을 열었다.

"이제 우리도 떠날 준비를 하죠. 아마도… 이번 여행이 끝나면 한동안 빛의 술사는 세상에 나타나지 않을 겁니다. 묵룡대선의 선원으로 돌아가 있을 테니까요."

"서운하게 그런 말씀을……."

용노가 서운한 표정으로 말했다.

"덕분에 여러분도 한동안 자유를 얻게 되실 텐데요?"

"지금도 충분히 자유롭습니다."

이공이 대답했다.

"그런가요? 그럼 다행이군요. 아무튼… 우리도 오늘 떠나도록 해요."

무한이 검은 대륙 파나류가 있는 서쪽 바다를 보며 말했다.

* * *

긴 여행이었다.

일부러 서둘지 않은 영향도 컸다. 무한과 빛의 문지기들은 사자의 섬을 떠나 파나류 내륙을 통해 다시 한번 신마성주가 있는 마정으로 향했다.

빛의 문지기들은 여전히 불안해했다.

신마성주가 무한을 구해줬다는 사실을 듣고 난 후에도 그들은 무한이 신마성주를 만나는 것에 대한 막연한 불안감을 떨쳐버리지 못했다.

그런 문지기들에게 무한은 가볍게 말하곤 했다.

"그와의 싸움이 처음도 아니잖아요? 첫 번째 대결보다는 두 번째 대결이 훨씬 수월했고요. 그러니 세 번째 대결은… 제가 이길지도 모르죠."

무한의 말이 틀린 것은 아니었다.

그의 말대로 첫 번째 대결에서는 중상을 입었지만, 두 번째 대결에서는 도편을 얻어내는 성과를 얻었었다.

그리고 이제 세 번째 대결이다. 어쩌면 무한이 이길 수도 있다는 기대감이 생길 수밖에 없었다.

그럼에도 문지기들은 불안해했다.

어둠의 술사, 신마성주의 거대하고 강력한 검은 기운에 대해 본능적인 공포심이 있기 때문이었다.

그러나 그렇다고 여행을 포기할 수는 없었다. 다른 사람들은 모르지만, 적어도 문지기들은 이제는 빛의 힘이 하나로 모여야 할 때라는 것을 알고 있기 때문이었다.

아무튼 무한의 여행은 느렸다.

파나류 내륙을 이동할 때는 유명한 절경을 구경하기 위해 일부러 길을 둘러가기도 했다.

문지기들은 그것이 무한이 천밀문을 열 때 소모된 원기를 회복하기 위한 시간을 벌기 위함임을 짐작하고 있었다.

그들의 예상처럼 여행이 이어질수록 무한은 점점 더 강해지는 것 같았다. 그리고 넉 달의 여행 끝에 그들은 다시 마정이 있는 대곤모산 동쪽 지역에 도착했다.

*　　*　　*

후우웅!

언제나처럼 수십 개의 만년설봉을 가진 대곤모산은 차가운 바람을 만들어냈다. 그리고 또 예상했던 대로 눈보라가 휘날렸다.

"망할 놈의 눈!"

용노가 머리 위에 쌓이는 눈을 털어내며 투덜댔다.

마정이 가까워질수록 느껴지는 검은 기운 때문에 신경이 날카로워졌기 때문이었다.

"모두 이쯤에서 기다리시죠? 마정에는 저 혼자 다녀오겠습니다."

무한이 신경이 예민해진 문지기들을 보며 말했다.

"아니, 그게 무슨 말씀입니까? 여기까지 왔으면 당연히 같이 가야지요."

용노가 말도 안 된다는 듯 고개를 저었다.

그러자 사곤도 거들었다.

"맞습니다. 어떤 일이 벌어질지도 모르는데……."

"그리고 드디어 빛과 어둠의 싸움이 제대로 결판날지도 모르는 중요한 순간인데, 그 구경을 하지 않을 수 없지요."

이공이 무거운 분위기를 돌리려는 듯 농담을 했다.

"하하하, 그런가요? 그렇군요. 이런 구경은 다시없을 테니까요. 좋아요. 함께 가세요. 하지만 이전에도 그랬지만 그와 나의 싸움에는 관여하지 않으시는 겁니다!"

무한이 다짐을 받으려는 듯 말했다.

"뭐… 저희가 관여할 여지라도 있겠습니까? 제대로들 싸우면 우린 방해만 되겠지요. 다만 다른 자들이 방해하는 것은 막아보겠습니다."

"알겠습니다. 그럼 힘들 내시죠. 얼른 가서 잠시 쉬는 것이 좋을 테니까요."

무한이 일부러 큰 소리로 말하며 걸음을 옮기기 시작했다,.

* * *

변한 것은 없었다.

여전히 중심 부근은 얼지 않은 검은 호수, 호수 서북쪽 대설봉 아래 깊은 곳에 위치한 작은 성(城), 그리고 그 호수가 내려다 보이는 동쪽의 숲까지.

마정은 무한 일행이 지난번 방문했을 때와 같은 모습으로 일행을 맞이했다.

일행도 익숙하게 지난번 머물렀던 숲으로 들어가 천막을

쳤다.

수백 년 된 숲과 천막이 눈바람을 막으니 그런대로 아늑한 느낌이 든다. 그러자 사람들의 마음도 차분해졌다.

이맥과 소의는 재빨리 모닥불을 피우고 물을 데워 따뜻한 차를 준비했다.

그러고는 한쪽에 앉아서 조용히 마정을 바라보고 있던 무한에게 조심스럽게 차를 건넸다.

"고맙습니다."

"뜨거우니 천천히 드세요."

소의가 무한에게 주의를 줬다.

다른 때라면 함께 차를 끓였을 무한이지만, 신마성주와의 만남을 앞두고는 몸과 마음에 충분한 휴식을 주기 위해 가급적 말과 움직임을 줄이고 있는 무한이었다.

"좋군요. 몸에 온기가 도네요."

차를 한 모금 입에 머금은 무한이 소의를 보며 말했다. 그러고는 다시 시선을 마정으로 돌렸다.

그러자 소의가 무한의 휴식을 방해하지 않으려는 듯 조심스럽게 뒤로 물러났다.

무한은 한동안 그렇게 마정을 바라보며 휴식을 취했다. 그 누구도 그의 휴식을 방해하지 않았다. 그러다 한순간 무한이 불쑥 자리에서 일어났다.

"다녀오겠습니다."

무한의 갑작스러운 행동에 문지기들이 놀라 무한을 바라봤다. 그리고 그들은 곧 마정 서북쪽 작은 성에서 검은 그림자가 마정을 향해 다가오는 것을 보았다.

신마성주다.

"조심… 하십시오."

사곤이 자신도 모르게 걱정을 드러냈다.

"걱정 마세요. 큰일은 없을 테니."

무한이 일행에게 미소를 지어 보이고는 훌쩍 몸을 날려 마정을 향해 움직이기 시작했다.

* * *

후우웅!

눈 폭풍이 일어날 것 같았다. 흰 눈이 날림에도 주변의 공기가 그늘이 진 것처럼 거무스레하다.

무한은 그 거무스레한 기운을 이끌고 천천히 걸어오는 신마성주의 손에 검이 들려 있는 것을 보았다.

검은 검집을 벗어나 그 끝으로 눈밭을 긁어대고 있었다.

"제길!"

무한이 나직하기 투덜거렸다.

그리고 그도 자신의 검을 빼 들었다. 검신이 드러나는 순간 번쩍이는 광채가 신마성주가 만들어내는 어둠을 밀어내는 것 같다.

"시작하자!"

수십 장 밖에서 한 말이었지만, 신마성주의 목소리는 또렷하게 무한의 귀를 파고들었다.

"사양치 않겠소!"

무한도 역시 나직하게 대답했다. 그러나 그의 말 역시 신마성주의 귀에 정확하게 들렸을 것이다.

그렇게 서로에게 말을 건넨 두 사람이 한순간 서로를 향해 질주하기 시작했다.

콰아아!

검고 흰, 두 개의 눈바람이 서로를 향해 폭발했다. 그리고 급기야 공간이 터져 나갈 듯한 굉음이 터져 나왔다.

쿠웅!

지진이 난 것 같은 울림이 마정 주변의 땅을 뒤흔들었다. 주변 숲의 나무들은 오랫동안 이고 있던 무거운 눈들을 털어냈다.

마정의 수면이 끓어오르듯 흔들렸다.

그 순간 무한과 신마성주가 서로를 스쳐 지나갔다.

"후우!"

무한이 길게 숨을 내쉬었다.

단 한 번의 충돌로 공력의 절반이 날아간 듯한 느낌이다.

신마성주 역시 다르지 않았다. 그가 뿜어내는 검은 기운이 한결 옅어져 있었다.

하지만 두 사람의 싸움은 멈추지 않았다.

각자 한숨을 돌리는가 싶은 순간 두 사람은 다시 서로를 향해 질주했다.

카카캉!

첫 번째 대결이 강력한 진기의 충돌이었다면, 두 번째 대결은 순수한 검과 검이 격돌했다.

두 사람은 마치 내공이 없는 사람들처럼 검기도 일으키지 않고 검을 교환했다.

날카로운 검날이 서로의 급소를 파고들었고, 상대의 옷자락을 베어냈다.

그럼에도 두 사람 중 누구도 뒤로 물러나지 않았다.

베어진 옷자락 속으로 차가운 바람이 밀려들어옴에도 불구하고 두 사람은 공방을 치열하게 이어졌다.

그러다 한순간 신마성주가 다시금 진기를 끌어올려 검은 기운으로 온몸을 휘감았다.

그러자 무한도 재빨리 진기를 모아 눈부신 빛의 아우라를 만들어냈다.

쩌정!

무한과 신마성주가 거의 동시에 강렬한 검기를 만들어냈다. 그리고 약속이라도 한 듯 서로를 향해 돌격했다.

콰앙!

다시 한번 강렬한 충돌음이 마정 주변을 뒤흔들었다.

그리고 뒤를 이어 무한의 눈부신 아우라와 신마성주의 검은 기운이 뒤엉키기 시작했다.

"가져갈 수 있겠느냐?"

빛과 어둠의 혼돈 속에서 신마성주가 무한에게 물었다.

"그럼요… 아버지!"

무한이 대답했다.

"…역시 알고 있었구나."

신마성주가 담담하게 말했다.

"두 번이나 목숨을 살려줬는데… 모를 리 없지요. 아무리 많은 세월이 지나고 모습이 변했다고 해도……."

"원망하느냐?"

"물론이죠."

무한이 대답했다.

"이해는 하느냐?"

"예."

무한이 다시 대답했다.

"그럼 됐다! 이제 이 지겨운 어둠의 힘을 가져가거라. 이로서 흑라는 결국 내게 완벽하게 패하게 되었구나, 후후후!"

신마성주가 나직하게 웃음을 흘렸다.

그리고 그 웃음을 신호로 눈부신 광채와 검은 어둠이 소용돌이치며 섞여 들더니 서서히 무한의 모든 모공으로 스며들기 시작했다.

*　　　*　　　*

"성주님!"

괴승 아불이 무서운 속도로 달려와 어둠의 기운을 잃은 신마성주 무곤을 부축했다.

어느새 무한은 그의 일행이 있는 동쪽 숲을 향해 걸어가고 있었다.

"괜찮네."

신마성주가 아불을 보며 미소를 지었다.

아불로서는 정말 오랜만에 보는 무곤의 미소였다.

"어찌된 것입니까?"

아불이 물었다.

"저 아이는 이제 온전한 빛의 술사가 되었네. 그리고 난… 오랜 저주에서 벗어났지. 아! 자네들 역시 이 저주에서 벗어날 것이네. 그 방법을 알려주더군."

"그것보다… 말씀하셨습니까?"

아불이 물었다.

"알고 있더군."

"아!"

아불이 나직하게 탄식다가 다급한 표정으로 물었다.

"그런데 왜……?"

떠나는 무한을 보며 아불이 의혹 어린 표정으로 물었다.

"위대한 영웅 철사자 무곤이 지금의 신마성주임을 온 세상에 알릴 수는 없으니까. 또 마의 대명사 신마성주가 위대한 빛의 술사의 아비임도 알릴 수도 없으니까. 지금은 이렇게 헤어지는 것이 최선이지. 나중에… 다시 보면 되니까."

그러자 신마성주가 담담하게 대답했다.

그러면서도 그의 시선은 무한에게서 단 한시도 떨어지지 않았다.

신마성주의 시선을 느꼈을까. 일행이 기다리고 있는 숲 가까이에 도착한 무한이 문득 시선을 돌려 신마성주를 바라봤다.

그리고 신마성주를 향해 천천히 고개를 숙여 보였다.
신마성주가 그런 무한을 향해 마주 고개를 끄떡였다.
그렇게 인사를 나눈 무한에게 일행들이 달려왔다.
"어떻게 된 겁니까?"
이맥이 급히 물었다.
그러자 무한이 미소를 지으며 대답했다.
"어떻게 되긴요. 이제 다시 완전한 빛의 술사의 전설이 시작되는 거죠."

『사자의 아들: 칸의 여행』 完.